榆树下的省思

康正果 著

DIXIE W PUBLISHING CORPORATION U.S.A.
美国南方出版社

榆树下的省思 / 康正果 著

责任编辑：周景玲
版面设计：张龙道

Reflection under the elm © 2020 by Zhengguo Kang

Published by
Dixie W Publishing Corporation
Montgomery, Alabama, U.S.A.
http://www.dixiewpublishing.com

All rights reserved.
No part of this book may be reproduced in any form or by any electronic or mechanical means including information storage and retrieval systems, without permission in writing from the publisher. The only exception is by a reviewer, who may quote short excerpts in a review.

本书由美国南方出版社出版
▪ 版权所有 侵权必究 ▪
2020 年 10 月 DWPC 第一版

开本：229mm x 152mm
字数：145 千字

Library of Congress Control Number: 2020945865
美国国会图书馆编目号码：2020945865

ISBN-13: 978-1-68372-291-5

作者简介

  康正果，退休教师，曾执教西安交通大学和耶鲁大学。已出版的著作有《风骚与艳情》、《重审风月鉴》、《女权主义与文学》、《生命的嫁接》、《百年中国的谱系叙述》、《诗舞祭》和《我的反动自述》等。

"平庸之恶"弥天的时代的独行者

——我读康正果

苏 炜

"平庸之恶"(The Banality of Evil),是犹太裔政论家汉娜·阿伦特提出来的著名概念。这,也是我读完康正果兄为他的自选集《榆树下的省思》写的自序,并再次浏览了他集子里的文字后,第一个浮上脑海的清晰语词意象。

1961年4月,以色列政府对德国纳粹头目艾希曼的审判在耶路撒冷进行。阿伦特以《纽约客》杂志特约撰稿人的身份,现场报道了这场审判,并于1963年出版了《艾希曼在耶路撒冷——关于艾希曼审判的报告》,提出了"平庸之恶"概念。汉娜·阿伦特在文中指出:罪恶可分为两种,一种是极权主义统治者本身的"极端之恶",第二种是被统治者或参与者的"平庸之恶"。其中第二种的恶劣效应,比第一种有过之而不无及。对于显而易见的恶行却不加限制,或是直接参与其中的行为,就是平庸之恶。比如德国的纳粹时代(当然也包括中国的文革时代),大量附庸专制、歌颂极权的"民众之声"弥漫于国中,正是这样的"平庸之恶"时代的表征。

2004年10月,康正果的自传体长篇《我的反动自述》在香港出版(随后还有台湾版和美国英译版与美国简体版印行)。

康正果第一次对"反动"——这个从青少年时代就像恶梦一样尾随着他的污名"帽子"或人生标签,作出了毫不避讳的自我认知,从而借老子的"反者道之动"之新解,让"反动"一词一新读者耳目,从中文语义到社会涵义,都极具独特的"颠覆性"。此书的中英、简繁几种版本,因之也广受业界瞩目和读者的青睐。据我所知,好几家美国大学——比如耶鲁大学社会学系的一门著名的中国当代社会历史课程,就将康正果的《我的反动自述》列为课程的参考书目。在我看来,康正果对"反动"一词的新解,建立起了某种与"平庸之恶"概念的相对应与相映照关系。这本散文自选集,他把此书的题旨从"反动"落到"正动"之上,却是又一番新解,我们恰可通过这一"康氏文字"去窥见康氏人生风景,从而辟出一个俯瞰大时代大社会的绝佳窗口和绝妙蹊径。

——"反动",何以成为恶梦甚至恶魔一样的污名,尾随了康正果的几乎前半生?在我认识了康兄之后,对身边这位"关西大汉"异常鲜明的特异独行的个性,我曾有所观察和思考。作为同在"红旗下长大"的平辈人,我们都是在同一套意识形态话语系统里走出来的。——"做党的驯服工具"、"做革命机器上的螺丝钉"、"天大地大不如XXX大,爹亲娘亲不如XXX亲"、"一不怕苦,二不怕死"等等,这一类的熟语套语,曾经确像空气和雨露一样,滋养着、也规范着我们的言说方式和行为模式。但,很"不按牌理出牌",康正果没有,康正果不是。他从小成长在他爷爷的"寂园"里——受到开初"统战政策"的保护,作为西安佛教净土宗掌门人的爷爷以他始终保持的生活习性,包括他存有的琳琅满目的线装书古籍,成为了为小正果"开蒙"的行为规范和精神资

源。个性纯真而憨直的康正果，于是在"寂园"的土壤里生长为一棵拔节高挺同时有棱有角的茁壮小树。高墙外的那个"红彤彤的世界"，于他，反而是个相对陌生的世界。于是，这棵自然生长、有骨有节的茁壮小树，就和那个广大严密得无所不包、无孔不入的"红世界"之间，从少年时代起，就发生种种样样的冲撞和抵牾了。在《我的反动自述》出版后接受的媒体采访中，康正果曾作了如此的陈述："……也就是说一个人的天性上，或者他从小受的教养上，这个人总是喜欢说真话，比较诚实，喜欢对现实中看不惯的东西、不公平的事情发表一些批评的言论。也不愿意盲从权威，就是说党让我们干什么我就去干什么……"他说，这种性格在美国，顶多是老板不喜欢，还不至于有 FBI 找你麻烦；但是在中国大陆，很多像他这样性格的人，比他的遭遇还悲惨。"但我并没有在自己的书中，象张贤亮、吴宏达这些人写的回忆录或者小说，给自己去喊冤。也没有给自己辩解，说我不反动，我还爱党，或者什么的。我坦然的承认，我就是和那个现实格格不入的，一直不接受教训，不思悔改。"（引自网文报道）——这，就是康正果前半生的人生历程中，始终无法摆脱"反动"污名的由来。

完全可以想象，以康正果饱读传统诗书而渐具独立思考品格，同时又执着倔强、不肯随波逐流的个性，被套上"反动"污名后，在那样一个"红彤彤年代"会遭遇怎样的厄运了。读《我的反动自述》，在绵长的成长岁月里，一个活泼阳光、率真坦诚的少年人，因为日记、墙报文字和日常发言发声所遭逢的诸般政治麻烦，这种麻烦到了文革或"严打"（"严厉打击XXX"运动）这样的特殊年代，更要变成牢狱之灾以至有生死之虞，就在在让人扼腕叹息、掩卷惊心了。我在《反动》一书的阅读中，有时会忍不住为书中的"果子"坦直却笨拙的诸般行止暗暗捉急：忍一忍、装一装，分明就可以混过去了——你为什么不呢？！而康正果，偏偏就不忍，不装，也不混，始终按照自己从"寂园"岁月里确立认知的义理和心性，立身、行事，为人、为文，以至历险、遭厄、罹罪，也不改其性、其衷、其志。今天回头看去，康君，果真是在一个万马齐喑、"平庸之恶"弥天的时代里的独醒者和独行者啊，果真是"千山独行"、"虽千万人，吾往矣"这些古贤真言的一位真实的实践者和先行者啊。上引的康正果的"夫子自道"，忽然让我想起早年读过、而近期有缘于书海重遇的朱光潜译的《歌德谈话录》里的一段话。歌德说："在最近这两个破烂的世纪里，生活本身已经变得多么孱弱呀，我们哪里还能碰到一个纯真的、有独创性的人呢？哪里还有足够的力量能做一个诚实人，本来是什么样就显出什么样呢？""我只是有勇气把我心里感到的诚实地写出来，……使我感到切肤之痛的，迫使我创作《维特》的，只是我生活过，恋爱过，苦痛过，关键就在这里。"康正果的《我的反动自述》一书，因在域内遭禁而一度引发"网红"围观，其实，也不过是把他在那个"平庸之恶"弥天的"破烂的世纪"里，"生活过，恋爱过，苦痛过"的"切肤之痛"，直白坦诚地揭示出来、袒露出来罢了。

　　康兄与我，既曾是多年的耶鲁同事，也是可以无话不谈的知友与诤友。我这里特意提到这个"诤友"的身份，是因为我历来看重珍视康正果那种直言不讳的批评品格。在他那里，确实一就是一，二就是二，他从来不会给你玩套路，打马虎眼,以哓哄的暖语去敷衍一般我辈国人会特别在意的"人情"和"面子"。我曾在一篇曰"中文乌托邦"的旧文里,提到我们之间这种敢于直言争辩、刀斧相见的文字切磋和思想交流(这个"我们",有时还包括了孙康宜和郑愁予这两位兄长辈的老师),哪怕他老兄有时候"一句话就能呛人一个大筋斗",我们也可以彼此安适相对并甘之如饴,然后各自清理思绪、梳理文字而同步佳境。细览此书的目次,我发觉本书的文字,大多是我们在那种坦直切磋的初稿时刻就读过的。有些题目(比如《母语之根》、《鹿梦》、《牡丹天堂》、《饮趣》、《树的风骨》等等),就仿若一曲多年前萦绕脑际的旋律一样,看到题目,我的脑海屏幕上就会浮现出与文字成形时相关的许多场景来。在本书的自序里,康正果简略回忆了他人生中的这一长段不无坎坷痛楚又不无荒诞奇谬的"反动"经历,在他生命留下的深刻印迹之后,笔锋一转,特别强调了他人生遭逢的最大"善缘"——从天而降的耶鲁"正动"岁月。从"反动"到"正动"——此书,正是康兄所言的:人生中除了那个"反动"故事后再无故事的故事——耶鲁大故事里康兄的个人小故事的点滴留迹。

　　陶渊明诗云:"春秋多佳日,登高赋新诗。"命运的善待和厚待,终于让康正果走出"反动"的恶咒而来到人生的春秋佳日,登上了耶鲁这个可以游目骋怀、真正堪称"岁月静好"的"高处",从而可以畅怀赋诗了。古贤曰:登高能赋,可以为大夫。这个文学与身份的古来约定,其源头,可以追溯到《汉书·艺文志》之言:"言感物造端,材知深美,可以图事,故可以列大夫也。"古人此言,在本文语境里,或也可作如此的解读——在"平庸之恶"弥天的时代的独醒与独行，一旦获得从"反动"转演为"正动"的人生机缘，就必定会有所闻也有所得，更应该有所思再有所言，这，或许正是"为大夫"者——当今的知识者与读书人的某种使命和职责。康正果此书，正是他在耶鲁生涯中，身处异域新境，登临人生与世道高处的一些细微的观察和思考的结晶。这些文字，一如康兄在序言中所言，"既记录了初至新世界的种种不适，也捕捉到陌生环境中令人惊喜的新奇感受，更有往昔经验与当下境遇碰撞下的对比，有关中西文化差异的感性解读。或长篇纪实，或短章论述，写作的机缘多出于即兴感发，率然成文。……由于不受检查制度的限制，很多在国内会有反动嫌疑的话题，置诸海外华人的语境，遂得以畅所欲言，独树我见，多少算是疏解出某些于己于人均有启迪的亮点。"

在我这位熟友看来，本书的文字，独到的思见有之，深蕴的文采有之，含蓄的谐趣亦有之，读来时如轻风拂岸、流水抚壁，让人引发会心的思悟与感触。此乃康兄在耶鲁生涯中登临人生高处，细品来路沧桑，醍贯澡雪襟怀，记录生命感悟，提举一己精神心魄所留下的斑斑墨痕、缕缕足迹。所以，我不揣冒昧，愿以这篇拙陋的小文为一个浅显的导读，引领各位步上康正果这个人生与文学的登临之崖，凭栏之处，观天光帆影，览云舒云卷。

2020 年 10 月 12 日午后，于康州衮雪庐

由反动到正动

我举家移民美国，纯属偶然。移居后能把适合自己的工作干到退休，可谓蒙福幸运。与很多考托福，读学位，谋得高职的英才相比，我那点自学的英水平文远不够格。与那些从中餐馆打工起步，做成了各自事业的成功人士相比，我也不具备务实打拼的本事和魄力。我虽曾有过去此危邦，适彼乐土的向往，却从未作过目标明确的努力。所以在移居美国之前的很多年月内，我一直都处于想出走却无计走出去的境地。只是到后来，偶然应邀去耶鲁大学东亚系参加学术会议，才欣逢初次出国的机会。可能是我那篇会议论文给该系教授留下较好的印象，没想到他们急需聘用一名中文教师，仓促间竟遴选到区区在下。

我因参与"六四"抗议活动，那时候尚属余罪在身的人物，我所就职的大学恨不得把我一脚踢出。我多方寻求可调离的去处，均遭碰壁。就在此出奔无门之际，突然收到来自耶鲁的聘用征求。我如获救命稻草，立即回覆应聘，加紧办理了出国手续，携带妻子儿女，逃难般空降到这所藤校校园。一个背了多年"反动"罪名的前科犯，又因写过被认为"宣扬色情"的学位论文而声名狼藉，更有动乱问题记录在案，一朝入境美国，所有曾加于我的罪名都一洗而净，全部排污到故国下水道内。上天的眷顾和公正就这样传奇般惠及我们康家，为尘世上普济众生的善缘作了活灵活现的见证。

我那部在美国南方出版社出了简体版的"反动自述"讲

述至此，便在默诵南无大慈大悲的观世音菩萨中告以终结。若有人读过此书而余兴未尽，遗憾其中缺少我移居美国后的故事，我可以诚实告诉他们：我只有那一个故事，从此以后，再也无故事可讲。我宁可平淡度日到无疾而终的一天，也不想再有什么动听的故事讲给他人了。就我移居美国后的经历来说，岁月静好的日子大都是没故事可讲的。

"岁月静好"这四个字，我发现近年来国内网络上用得很滥，对此滥调，我本不想加入合唱。如今走笔至此，之所以特别点出，意在借机作一正本清源的阐述。"静好"一词出自《诗经·郑风·女曰鸡鸣》："宜言饮酒，与子偕老。琴瑟在御，莫不静好。"说的是一对恩爱夫妻，男女对唱，咏叹他们安静而和好的生活。胡兰成当初与张爱玲成婚，并未举行婚礼，仅以两人私下签发一纸婚书作为信誓。张爱玲上书："胡兰成张爱玲签订终身，结为夫妇。"胡兰成下续："愿使岁月静好，现世安稳。"（见《今生今世》，台北远景，页286）不幸的是，两人同居期间，胡兰成投靠汪伪政府，很快即移情别恋。张爱玲所托非人，贻误终身，几十年之后，无声无息病逝于美国空屋。张死后张热突然热传大陆，作为连锁反应，胡兰成及其《今生今世》随之畅销起来。折戟沉沙铁未销，胡兰成暴发的文名掩蔽了他汉奸的罪名，书中这句牙慧不知被谁拾出，一犬吠形，百犬吠声地传播网际，遂让手中有了几个钱可花的小资们挪用成粉饰升平的口头禅。这个被歪曲错置的流行语之所以令人生厌，以致我忍不住要在此稍作辨析，是因为改革开放发展到今日，据李克强总理披露，全国还有六亿中低收入及以下人群月收入平均在人民币一千元左右。必须指出，总理说的是"中低收入及以下人群"平均的月收入，可想而知，其中不知有多少人的收入低到几

百元,乃至更低。这四十年来,血腥征地和暴力拆迁连续不断,为地方政府和房地产开发商赢得天文数字的暴利;防火墙死死封锁网民想获取的境外信息,因言获罪者前仆后继。岁月之并不静好,皆归咎於私有财产得不到保障,言论自由横遭取缔,法治不立,分配不公,从党政高官到草野贱民,随时都处于动辄得咎的状况。人心惶惶,官民结怨,如此世道,谈何"岁月静好"?一句胡兰成忽悠张爱玲的应景巧言,不意传至今日,竟被偏解成众网民们沾沾自喜的隽语。

就我移居美国的经历来看,只有私有财产能得到保障,人民有法定的言论自由,国家的法治也比较健全,而且政党及其政府有能力有条件发挥纠错机制,穷人及不同的弱势群体还能得到起码的保护和一定的优待,越来越多的国民才庶几过得上岁月静好的生活。

我这部没故事可讲的文集中,大多数文字所讲述的就是我移居美国后,有关"岁月静好"的所见所闻,所感所思,以及经过认真的观察和思考,得以澄清的认识,进而提高的觉悟。其中绝大部分篇幅都写于我移居初期,既记录了初至新世界的种种不适,也捕捉到陌生环境中令人惊喜的新奇感受,更有往昔经验与当下境遇碰撞下的对比,有关中西文化差异的感性解读。或长篇纪实,或短章论述,写作的机缘多出于即兴感发,率然成文。若不是那时趁初来乍到,兴致勃发,感受敏锐,及时写出那些联翩的感想,过了那家村,也就没有这个店了。这些文字多发表在北美《世界日报》和港台报刊上。由于不受检查制度的限制,很多在国内会有反动嫌疑的话题,置诸海外华人的语境,遂得以畅所欲言,独树我见,多少算是疏解出某些于己于人均有启迪的亮点。

至于反动(reactionary)一词,我还要在以下稍作诠释。

该词来自西语，意指作出对抗性反应（reaction）的行动。在法国大革命期间，最先是波旁王朝的支持者顽固反对当时过激的革命行动，作为合法的对抗性反应，他们自称其行动为反动（réactionnaire）。它意味着守成传统，拥护教会，逆转当前的乱象，恢复以前的社会状况。此"反动"与"保守"语义相通，互为表里，在当时并无贬义。只是在后来经苏俄反复操弄，再转手中共，"反动"一词才固化为纯粹的负面，绝对的否定，被定格为上纲上线的罪名，成了铁定的大帽子，常用以判决必须消灭的阶级，定性任何不服从权威的个人，贬斥各级党政领导不喜欢听到的言论。

然而世上的事物总是在相反相成的状态下运行的，谁也阻挠不住其中的反向趋势。由对立走向统一，由互相冲突趋于互相妥协，这一直都是民主制度下政党竞争的规则。就拿美国共和党与民主党的运作来说吧，天下大事，争来争去，也不外乎左极则右，右极则左，激进与保守总是在对抗中得以互相纠偏，对抗的双方中任何一方也无权把对方打成罪该万死的反动派。经过双方反复对抗的较量，才逐步达成某种"制衡"（a system of checks and balance）的效果，因而在此纠结缠斗的过程中，任何一方的的对抗性反应都有可能起到正动的作用。"正动"一词，是我要为被污名的反动进行正名而在此杜撰的一个用语，读者若有兴趣思考反动与正动的辩证关系，不妨打开我这部没有故事可讲的文集，就把其中的文字作为"我的正动自述"读下去好了。是为序。

2020年9月26日

目 录

"平庸之恶"弥天的时代的独行者…………………… iii
由反动到正动………………………………………… ix

榆树下的省思………………………………………… 1
墓园心祭……………………………………………… 11
母语之根……………………………………………… 20
神圣的避难…………………………………………… 28
鹿　梦………………………………………………… 36
东　岩………………………………………………… 40
感恩节有感…………………………………………… 43
好鸟枝头亦朋友……………………………………… 46
磨坊河………………………………………………… 51
谷仓与廊桥…………………………………………… 54
消失了的游戏………………………………………… 59
宠　物………………………………………………… 64
暧昧的猫……………………………………………… 71
荒野之美……………………………………………… 79
树的风骨……………………………………………… 85

干 花	91
阿美什之乡	95
护生与护心	100
罗家庄	110
牡丹天堂	120
步 行	124
独 处	129
闲话聚会	133
白发的美学	136
休说鲈鱼堪脍	139
老孙家	142
死 睡	148
流年知多少	152
端午节漫谈	155
饮 趣	158
山情海梦	164
公私辨	169
五毛党可以休矣	174
盖章与签名	181
身体教堂	184
华人华文发光华	188
海外华人写作的"海外性"	192
我在美国教中文	196
从四合院到大杂院	209

榆树下的省思

天上何所有，历历种白榆。

——汉乐府

与美国各地的大学大致相同，耶鲁的暑假每年也放得很早，大约到了五月中旬，在考完最后一门课之后的当天或次日，住在十二个寄宿学院内的学生便群鸟般四散而去。三两天之间，纽黑文大草地周围的街道就显得空空荡荡了。今年暑期，我没有旅行或出访的计划，一天到晚，大都泡在自己的办公室内读书消夏，看到同事们出游的出游，去暑期学校授课的照常上课，我自满足这孤云独在的悠闲。有时候在室内坐闷了，我就出门沿庙街（Temple St.）向校园中心走去，穿过圣玛丽教堂石壁外的夹道，转到纪念堂（Memorial Hall）的大圆顶下，然后在威廉大楼（WLH）前那块鲜嫩的草地上坐下来，靠着大榆树消受浓荫下的清凉。闲暇和宁静的确是生活的补药，闲暇滋长了人寻觅的幽趣，宁静则拓宽了思考的空间，消受此难得的清福，再加上终日独处，平时忙碌得麻木了的感觉遂慢慢恢复过来，心里忽然生出省思和回顾的冲动。

比如拿刚才提到的这段路线来说，它其实就是我每天来威廉大楼上课所走的捷径。只因我平日赶路总是来去匆匆，沿途的景观多擦肩而过，很多熟悉的建筑物在眼中只留下大概的轮廓，若要问起有关的掌故或某一个局部的细节，我几乎一片茫然。很高兴现在有充足的时间，更有较好的心境，可以停下脚步，以欣赏的目光注视这些建筑物不同的细部了。细观默察之下，平日熟视无睹的东西竟现出几分陌生，行步之间，再反复品味这些从不同角度获得的视觉感受，我才模糊觉察出很多从前没注意到的韵致。周围不少建筑物修建的年代其实并不算特别久远，但用来砌墙的石块好像经过做旧处理，其斑驳的颜色均显得年深月久，而未经打磨的棱角也有意保留其原本的粗糙，全都在墙面上不规则地显露出来。连刻在其上的铭文也很简朴，并不怎么精美的字迹若隐若显，恍若路人随意刻下来的。还有笨重的铅制檐沟和水落管，绿锈斑驳的青铜大门，深暗的彩色玻璃窗，总之，从墙街（Wall St.）走到高街（High St.），沿途所见的石壁、圆柱、拱卷和装饰雕刻，处处都流露出一种韬光养晦的情调，令人如置身某一故旧的修道院内。每一个寂寞的石台阶都长凳子一样干干净净，只要你愿意坐下来，那里就是读书或思考的好地方。

但仰望四周，高处的空旷则别有一番景致。直刺青天的尖顶，厚重的圆顶，以及屋顶上形态各异的烟囱和小塔楼，所有这些像大旗高举或喇叭吹奏一样指向高空的建筑物顶部，都挺拔得错落有致，各自耸立于所应处的位置，在耶鲁校园的上空撑起了并不让人感到压抑的宏伟气势。哈克尼斯塔楼（Harkness Tower）在尖顶的群峰中最引人注目，一看见它高临老校园（Old Campus）背后的雄姿，我就联想起"塔势如涌出"那句咏雁塔的唐诗。它确实如一股巨大的喷泉从平地上涌起，皇冠状的顶部则像水柱喷到最高处向下散落时一下子冻结在半空的泡沫。在纽黑文的建筑群中，它那看起来好像有点剥落颓败的剪影给人的印象尤其深刻。现在，这座建于本世纪初的塔楼已成为纽黑文的地标，也常被视为耶鲁大学的象征，前来游观者大都喜欢以它为背景照一张难忘的留影。这座塔楼的建筑风格最能代表老校园周围建筑群的特色：

仿古的优雅和现代技术效果的简洁和谐地结合在一起,具有古老的欧洲风味,却无繁琐雕琢的痕迹。尖顶林立的哥特式空间凸现了精神对上苍的仰慕,由于在总体布局上协调了远近的对比、高低的搭配和虚实的互补,高耸的建筑群并未给人来人往的地面投下过于沉重的阴影。它们被一块块绿草地隔开,再有大榆树夹道而立,长春藤爬上石壁,经过岁月的漫长积累,在这些旧式建筑的隐居群落间,思想已经给它的自由栖息建立了恒久的家园。

耶鲁建校至今已近三百年,从最初只有十几个毕业生发展到今天这样的规模,其间当然有一个逐步积累的过程。想到这个凝聚了时间刻痕的空间中分布着如此丰富的积累,有关耶鲁的建校史及其治学精神,我觉得应该作一番详尽的了解。耶鲁的传统是怎样形成的?作为这个学者集团和朋友社会的一个成员,对比一下我在中国大陆读书和教书的经历,耶鲁的精神有什么特别值得我们省思的地方?带着这些问题,我读了一些有关耶鲁的材料。文字的记载就是有这样的好处,它构成了公共记忆的贮藏库,我从同事们口中了解不到的事情,打开书本,一件件都写得清清楚楚。经过几天辛勤研读,谈起这个学校一些有趣的往事,连在此执教多年的一位同事都惊叹我所知之多。现在就趁我的印象还比较新鲜,先把我以为一般的中文读者有兴趣了解的信息,以及由此引起的感想写在下面。

耶鲁是很多很多人经过近三百年的努力创造出来的,它的名字则来自其实与它并无多大关系的埃利胡·耶鲁(Elihu Yale)。此人的一生颇有传奇色彩,据他自撰的墓志铭所说,他"生于美洲,长于欧洲,游于非洲,娶于亚洲,最后死于伦敦。"大约是一七一七年左右,一个建立不久的学院刚从塞布茹克(Saybrook)迁到纽黑文,为资助该学院兴建,富有的埃利胡捐出价值562英镑的九包货物和417本书籍,以及英王乔治一世的一张肖像。对他寄有厚望的校董事们因此便以他的姓氏命名了草创中的学院。但这位恩主此后似乎再也没有向学院提供什么实际的帮助，在当时乃至其后的漫长岁月中，学院的财源主要来自教会和地方政府。

最初，耶鲁学院是公理会（Congregational）——独立的基督教教会联盟——所办的学校，从主管大事的董事直到教员和学生，几乎全都是公理会的成员。该校在很大的程度上是一个神职人员培训部，在那个年代，大批毕业生都当了公理会的牧师。正如早期的一个校长克莱普（Thomas Clap）所说，耶鲁是培养牧师的宗教团体，不是造就不同专业人才的学校。由于它的神学根基和浓厚的宗派性，在建校后长期为坚持自己的价值和独立的管理权，耶鲁同地方政府发生过很多摩擦和冲突。此处实不必涉及那些复杂的人事纠纷，对比本人在国内公立大学的经历，可以明显地看出，在耶鲁这样的美国私立大学中，源于基督教精神的保守立场的确有其非常可贵的一面：那就是绝不向世俗权威和物质利诱妥协，只要是为维护个体独立，固守既定的价值，即使付出牺牲的代价也在所不惜。这种对抗的立场也为革命精神的滋生提供了合适的土壤，一本记述耶鲁师生参与美国独立革命的专著，竟题以如此挑战的书名：《耶鲁学院：反叛的康涅狄格神学院》（Connecticut's Seminary of Sedition：Yale College）。

精神在俗世的成长往往得经历拉锯战般的磨砺过程，它必须坚持它的抽象原则，但它还得在不断的自我调整中寻求发展，一边放弃过时的负荷，一边与时俱进，寓不变于自觉的求变之中。基督教本身的发展就是这样的，西方社会的民主进程也大致如此，耶鲁同样经历了类似的历程。耶鲁在早期和地方政府的主要纷争，可以概括为谁控制学校的问题，教会人士为紧抓手中的治校大权，一直抵制政治干涉，因而也使学校的财政长期陷入困境。耶鲁与哈佛、普林斯顿等最早建立的长春藤盟校都有一个一致的方向，那就是在官方的限制外走自己办学的路子，由此铸造了美国私立大学各自坚持的个性特色。在中国大陆那种一统天下的情况下，所有的大学都被办成对人进行严格管理的机构，要发展像美国私立大学那样的个性特色，当然是根本无法想象的事情。

一个独立的大学也不能只靠信仰活下去，它还需要金钱撑腰，耶鲁同时也在适应社会需求的过程中向综合大学的方向发展。稍后的另一位校长斯狄尔（Ezra Stiles）扭转了克莱普狭隘的宗派模式，在原有的古典和宗教课程外增添了大量的专业科目。十九世纪初期，耶鲁校友会成立，校友的慷慨捐赠从此给耶鲁的财政打下雄厚的基础，校友会的力量同时也取代公理会的牧师，逐渐渗入校董事会。耶鲁从此走上了耶鲁人自己壮大自己的发展之路。此类反哺母校的馈赠不只使耶鲁深受其惠，在美国，它已成为所有私立大学的主要财源。在一个离了钱寸步难行的社会中，没有这种把私人资产积累到公共教育机构中去的文化投资，教育的独立和学术的自由根本是无从确立的。积累的意义大矣哉！不幸在中国大陆，多少年来所做的事情多为拆毁和消蚀既有的积累，新的增长常采取从外部注射的方式，于是揠苗助长的结果，比比皆是也。中国的教育事业至今仍缺乏民间资源，那里的大学实际上都是"官学"。

南北战争后，随着宗教的影响逐渐削弱，耶鲁最终从公理会的宗派模式超脱出来，发展成今日这种多样统一的自治局面。它最初那种"狷者有所不为"的气质，并没有在走向未来的开放中受到侵蚀，反而与更多的新观念熔铸得愈加坚实。举最近的两个事例即可看出，面对国家强权和金钱支配，耶鲁的固执拒绝所表现的那种学院式孤傲，是绝不可能出现在中国政府所控制的大学内的。越战期间，美国政府指示各大学对于借故逃脱征兵的大学入学申请者一律取消奖学金的资助，命令下来，独有耶鲁拒不执行。校方依然坚持要根据学生本人的成绩办事，不考虑外部强加的政治因素。同时，对越战复员回来的申请者，也不按政府的规定作任何照顾，在录取与否上仍一律按惯常的标准对待。为此，耶鲁失去了来自联邦的一大笔基金，至今在财政上都未能恢复那一次受创的元气。前不久一位富人捐给耶鲁两千万美元，但条件是要按捐款者的意图开设指定的课程，聘用指定的教授。由于耶鲁不愿意屈从对方的专断，最后在财政极其困难的情况下毅然退回了全部捐款。

在耶鲁学习和工作，你往往会觉得这里的某些方面古风犹存，上述那些也许会被外人视为固执得近乎迂腐的做法，岂不就是孔子坚守的"固穷"，孟子所谓君子"难罔以非其道"吗？其实，在美国这块开发不过三百多年的新世界里，你有时反而会看到很多被保存得完好的旧事旧物，会偶尔感受到生活在过去某个遥远年代的经验。这里基本上是一个"天不变道亦不变"的社会，没有那种朝令夕改的现象，既有人追逐新潮，也有人甘于守旧，谁也不会无故干涉他人的事情。因为尊重自由和独立的价值已铁定了，传统的东西才得以日新而不失其旧韵。不仅耶鲁校园的建筑面貌如此，它的校风和学风也是如此。可叹我们历史悠久的中国却因百年来的苍黄反覆而耗竭了自己古老的脉气，致使社会过分求新的热潮浮躁得像老顽童一样滑稽。传统中有生命力的东西不但没有得到应有的发扬，甚至连幸存下来的旧事旧物也被时髦包装，与假古董、复制的古迹同流合污在后现代生意经的俗艳狂潮中。诚如孟子所说，"所谓故国者，非谓有乔木之谓也"，然而长满了老树古木的城市毕竟在环境上更具有历史感，也更容易触发人思旧的情怀。在又名榆城（Elm City）的纽黑文市内，如今的榆树虽大不如十九世纪的作家描写的那样铺天盖地，但合抱参天者依然随处可见，你既可以在晴日下享受其密布的浓荫，也可以月下散步时欣赏其摇曳的幽姿。这块和平的土地就是这样神奇地得天独厚，精神只要在它的泥土中扎下深根，欣欣向荣的生意自然就会向不受限制的高空伸展开去。

耶鲁大学现由本科学院（这里习惯以"耶鲁学院"相称）、研究生院和十个专业学院构成，而本科生始终都是学校的主体和教学的中心。同美国其他大学一样，耶鲁的一、二年级学生无所谓选学什么专业，即使是三、四年级选定了主修的方向，也只是在已经由博览形成的知识广度上有所侧重地加强深度，为进一步读研究院或专业学院打下基础而已。从课程的设计和选课规定，直到现任校长赖文（Richard C. Levin）在不同场合的讲话，可以明显地看出，耶鲁的大学本科教学一贯都坚持了这里常说的"通识教育"（liberal education）。

谈起通识教育的问题，又使我痛切地想到百年中国在各个方面都因缺乏积累而陷入的困境。大学在西方是经过长期积累而逐步发展起来的教育机构，它本来就有它的人文精神传统。但在中国，大学的兴办则是为了学习西方的先进技术，为了培养富国强兵的人才，从一开始就有片面的功利倾向。五十年代向苏联学习的结果更加强化了人才培养的专业化方向。我在国内常听到所谓"人是世间最宝贵的财富"，这一说法貌似强调重视人的价值，其实是在宣扬一种把人当作资源去利用的态度。由此出发，人才的培养只着重制造工具型的专业工作者，而不重视受教育者作为独立的个人如何全面发展自身的问题。一个在入学前就被确定了所学专业的大学生，简直就是送进大学的人才生产线上加工的人"料"，不管他或她喜欢不喜欢或适合不适合所学的专业，专业一旦确定，这个人就必须被制造成有用的专业工作者。

通识教育并不造就所谓"有用的"人才，其目的只是培养学生的悟性，扩充他们推理和感受的能力。它并不教什么特殊的知识或技巧，而只致力于丰富学生的心智，促使他们发展自己批判地、独立地进行思考的能力，使他们尽量少受或不受偏见、迷信和教条的束缚。因此，通识教育是以教育为目的本身，并不为任何特殊的目标服务。在一次毕业典礼的讲话中，校长赖文曾明确指出，耶鲁并不打算为二十一世纪制造一批只精于运算、理财和经商的实业家，或只懂得操纵媒体作有效交流的从政者。耶鲁要培养的是二十一世纪的引路人，他们要有创造性独立思考的能力，要有能力在自己精通的专业知识之外思考更为广泛的问题。

也许赖文的期待有不少只属于他个人理想的成分，现代的受教育者已不是从前的有闲阶级，文凭与求职的关系毕竟是很现实的问题。但不管怎么说，从耶鲁本科学院的课程设计和要求可以看出，所有的限制都有意防止学生选修的课程陷入过于狭窄的知识领域，都鞭策他们均匀地选修四大类课程，使其中的每一门都和将来的主修课合理地搭配起来（distributional requirements）。这样的努力至少对过分专业化的倾向可起到冲淡的作用，至少在一个学生达到学有专长之前先打下全面发展的基础，然后才由博返约，在广泛求知中培养其有所偏好的兴趣。你到底要从事什么专业，一开始可能完全是未知的。起先的选课几乎是一种"游学"，是通过选课来发现你的兴趣和能力，是在有趣的实习中检验你可能成为什么样的人。你可以反复放弃，直至找到适合你从事的专业。但不管学什么专业，人类系统经验的几个基本类型——数学、实验科学、历史、哲学和文学的阐释——则是必须全面了解的。本科生在耶鲁向来被置于首位，所有的名教授都得给本科生上课，因为这些基础课程被认为是最重要的，而在必要的时候，学生还可以要求教师做专门的辅导。耶鲁也不主张满堂灌的讲课，学生的自由发言一直受到鼓励。因为通识教育就是要引导学生质疑和界定我们的价值，让学生自由探讨，公开争议，接受挑战，只有冒险让不同的思想和价值得到自由表达，才能培养出对偏见和不宽容有勇气抗拒的公民。正如赖文面对耶鲁学生演讲所说："你们既然幸运地拥有自由和独立的头脑，就不可避免地要担负捍卫自由和独立的责任。"

除了课堂学习，耶鲁还建立了十二个寄宿学院，让住在其中的学生在完全自治的环境中过他们的课外生活。耶鲁是一个没有围墙和大门的学校，所有的建筑都分布于纽黑文城内不同的街道上，教室和办公室与市内的商店、公司比邻而处，错落在一起。与这种整体上的开放相反，寄宿学院则修建得像古堡一样封闭，大铁门总是沉重紧关，你几乎难以从外面看见里面是什么情形。因为那是属于寄宿学生自己的领地，封闭显然不是要把学生关在其中，而是为了制造一种自成体系的氛围。这就是耶鲁的哲学：在大的方面，是一个松散的组合，但同时又在其中有意地安排下一些彷佛有自己的隐私要保藏起来的独立单位，在分散与凝聚的协调中保持整体的活力。十二个寄宿学院各有各的院徽和旗帜，各有自己的食堂、图书馆、活动厅，各按各的传统过各自的节日，开展自己的体育运动，再于其中作形形色色的结社，组织更小的朋友圈子。这里有自发的互相学习和竞赛，有种种以游戏的方式让你领略人生经验的活动。教师也参与其中，但不是监督性质的，而是社交性质，他们只是按一定的数目填充进来，配够这个自成系统的集体所需要的角色，同时也在频繁的聚会中找到各自的位置，从而分享身为某一寄宿学院成员的荣誉。我本人就是戴文坡特（Davenport）学院里的一名院士（fellow），有时被请到院长的客厅喝酒聊天，或偶尔在学生食堂吃一顿饭，在毕业典礼游行时排到该院毕业生的队伍前一壮声势。你一旦挂靠在某一集团的名下，你的名分就使你有了特殊的归属。

在三、四年级的学生中，另有一些从十九世纪沿袭下来的秘密会社（secret society），著名的组织有"骷髅会"、"书蛇会"、"卷轴钥匙会"等等。学生和教师中很少有人知道他们的活动，可以知道的只是，他们都是学生中最优秀的人物。必须经过该组织内一个成员的推荐，外面的学生才会被接纳入会。会员都有定期活动，集会的地方是该组织的会堂。如果你走在耶鲁校园所在的街上，偶然注意到一座与众不同的建筑，你发现那神庙一样宏伟的石头房子没有任何类似窗子的孔洞，只有沉重的铁门好像几十年没开过地锁着，石壁坚固得像碉堡一样，四处看不到一个字的标志或说明，无论什么时候经过，它都阴沉地盘踞在它的角落，那大概就是某一个秘密会社的会堂。听我们系的一位老教授说，他们祖孙三代毕业于耶鲁，他又在此执教多年，只是在后来他的一个学生成了某会社的成员，他才对秘密会社获取些微的了解。很多秘密会社的成员毕业后都成了大名，做了大事，比如像出过美国总统和国会议员的骷髅会，就号称为进入白宫的秘密通道。那些石头修建的会堂均出于有钱的前会员捐赠，如今已构成耶鲁建筑景观的一部分，长期以来，以其绝对封闭的面貌给校园增添了某种神秘的气氛。若放在中国大陆的大学内，像这类未经上级批准，擅自成立的可疑组织，恐怕早就被打成"反革命"集团，严加取缔了！但在这里，神秘也是一种价值，学校有责任花钱维持它的存在。因为大学是一个为学生的全面发展提供良好环境的地方，每一个人都能像榆树一样，既然长在这里，就拥有扎根的土地，就自在自为地生长起来了。

1998 年

墓园心祭

是一个冬日的周末，凄迷的冷雨漫天洒了下来，或挂上枝头，或落入草丛，转眼都结成了亮晶晶的冰花。人在天涯的我一时间忽然动起岁暮的感怀，思量着便拿起电话四处联络，结果同几个老游伴一起约了高宗鲁教授带路，驱车前往哈德福城的香柏山墓园。哈城是康涅狄格州的首府，像美国很多州的首府一样，如今已无复昔日的繁荣，与那些并非首府的大城市相比，它既没什么名气，又显得有些没落。至于说到墓园，在到处都是空地的新英格兰大地上可以说随处皆有，不管是大城或小镇，平日开车经过的时候，偶尔就会在不同的角落看到这碧草和青石寂然相映的茔地。它们以肃穆而幽静的景观点缀着熙攘的市廛，在亡魂栖居的聚落里显示出差可同人间住宅区比拟的格局来。比如在我居住的纽黑文，城里就有一块公园一样的墓园，平日从那里经过，我常会停下来注目那些雕刻得十分简朴的墓碑，有时还喜欢在干净的石头上坐下来，让自己沉入周围的宁静，特别是在墓碑上连一个中国人的名字都看不到的坟头，一种完全的陌生感竟使我对安居在静美中的亡魂一点也不觉得害怕。不过，这一回高教授要带我们去的香柏山墓园却有所不同，我们去那里并非仅为游玩，而是要去探访一个中国人的坟墓，去缅怀这些年来由于高教授的辛勤搜集才日渐广为人知的一段历史。

我不太了解高教授的经历，只知道他六十年代从台湾来美国读书，后来就在此地的一个社区学院教授经济学方面的课程。看起来他像是个胸中颇有几分不平之气的人物，大既是出于异国游学的飘零之感，再加上久居康州的地利之便，多年以前，他就在教学之余研究一个名叫容闳的广东人在康州留学的经历，以及他后来创办的事业。今年适逢容闳出国赴美留学一百五十周年，高教授很想举办些纪念活动，以引起外界的关注。今天带我们去容闳的墓地寻幽，可谓拉开了此活动的序幕。

中国最早的出国潮始于沿海地区一些穷苦农民的外流，他们就是被卖到海外的"猪仔"，第一批到北美做苦力的华工。那时候出国通常为穷人走投无路时的一条出路，即使是出国留学，在最初也非富贵人家子弟视为正途的选择。直到十九世纪中叶，所谓的西学或洋文，对热衷科举考试的读书人还没有什么吸引力。在那些最初都是由基督教会创办的洋学堂里，能招进去的学生大都出身穷苦人家。教会首先是面向穷人的，传教士办学，为的是传教和救济，愿意把孩子交给洋鬼子教育的父母不过想图些实际的利益，指望孩子在那里学点洋文，将来好到洋行里混个差事干干而已，未必有人存心要学习西方的先进知识来改进中国的落后状况。大概就是在这样的背景下，出生在今日珠海南屏镇的容闳从小就被家人送到澳门的一所教会学校读书。在那时候的乡下人眼中，容闳及其同学的父母恐怕是干了一件未必令人艳羡的事情，他们之所以能让自己的孩子去上玛礼逊男校，主要是因为可以从校方手里拿到一些津贴。正如容闳在他的自传《西学东渐记》中所说，那是"既惠我身，又及家族"的选择，就这样，他从七岁便开始学习英文，二十岁那年随返回美国的布朗牧师离开了家乡。穷家子弟对故土的依恋通常也要淡薄一些，一个人到了在故土无所依靠的地步，反而可以轻松地走向远方。一八四七年四月十二日，容闳和另外两个同学跟着布朗乘船到达纽约，七年之后，这位最早来美留学的中国学生从耶鲁大学毕业，获得了文学学士学位。

容闳之入读教会学校及赴美留学虽属命运的偶然安排,他来美后的诸多选择则应归功个人的努力。应该指出,在早期的中西文化交流中,教会的确起过很多积极的作用,虽说他们所做的文化传播工作基本上出于传教的目的,但他们对中国老百姓的善意援助以及在华热心创办教育事业,毕竟有很多值得肯定之处。中国当时的读书人大都缺乏献身上帝的热情,特别是面对国弱民穷的悲惨现实,他们多倾向于学了本事返乡报效家国,而非投身拯救灵魂的工作。所以在美留学期间,容闳在经济和感情上虽自始至终都受到教会人士的帮助,但他并没有答应那些热心人希望他为教会服务的要求,而是从一开始就立下了为中国的富强而努力学习的目标。正如他在自传中所说:

> 予意以为予之一身既受此文明之教育,则当使后予之人亦享此同等之利益。以西方之学术灌输于中国,使中国趋于文明富强之境。予后来之事业,盖皆以此为标准,专心致志以为之。

正是胸怀这样的大志,容闳从耶鲁毕业后很快就回到中国,他干过各种职业,也放弃过不少发财或高升的机会,在经过十年的寻觅和期待之后,他终于在丁日昌和曾国藩的支持和帮助下实现了多年来梦寐以求的计划,选派留学生赴美学习西方先进技术和知识。在中国历史上,像这样的官派出国留学之举还是第一次,因为中国向来都是接受四夷留学生的国家,历代王朝始终以天下的文化中心自居。正如黄遵宪在一首感叹留学生罢归并抒发怀旧之情的五言古诗中所言,直到康乾盛世,中华帝国还享有"百蛮环泮池"的荣耀。但黄遵宪自己也承认,自从鸦片战争以后情况发生了很大的变化,一些明达之士已认识到"欲为树人计,所当师四夷"的选择。容闳的方案是：每年选派三十个十来岁的幼童到美国留学，以十五年为期限，一切费用由政府供给，学成之后必须回国为朝廷服务。

挑选幼童当然既要资质优异，又须家庭良好，但那个时候人们都把出洋视为险途，几乎没有富贵人家愿送子弟去"蛮夷之地"，因而在实施容闳的计划之初，竟凑不够首批三十名幼童的名额。后来只好以广东沿海地区为主，从贫寒家庭选了大量的学生。黄遵宪也在他的诗中指出："惟有小家子，重利轻别离。纥乾山头雀，短喙日啼饥。但图飞去乐，不复问所之"。一八七二年，首批留学生三十人从上海出发，乘船赴美，此后三年，每年一批，至第四年，共派出了一百二十名留学生。清政府为此专门成立了留学生管理局，并委任守旧派官僚陈兰彬与容闳共同负责留学生事务。管理局就设立在哈德福城内一座由清政府耗资五万美元修建的大楼中，即黄遵宪诗中所谓"广厦百数间，高悬黄龙旗"者是也。高教授告诉我们，这座华丽的建筑一直矗立在哈城的柯林斯街上，直到六十年代附近的一家医院扩建时才被拆掉。

当时清政府在美尚未设立正式的外交机构，从美国官方的立场看，接受中国的留学生当然符合美国自身的利益。正如美国驻华公使在中国留学生赴美前夕写给国务卿的报告中所说："如果我们的人民能够给予（中国留学生）慷慨及友善的接待，则我们在中国的利益将有更大的实惠，远比增派我们的军舰前往为佳。"显然，每一个接受中国留学生的西方国家都会把他们视为可以施加影响的力量。而相应地说，以"师夷之长技以制夷"为目的的清政府，不可避免地从一开始就担心年幼的留学生会习于所染，在日渐洋化之后作出违背朝廷利益的行为，因而从一开始就采取了种种防范措施。管理局规定，学生在暑假期间必须从各校回到柯林斯街上那座大楼里集训六个星期，显然要利用这一段集训整修的时间来清除精神污染。学生们得努力学习中文功课，要熟读英汉对照的四书读本，还得经常去管理局聆听宣讲所谓"圣谕广训"的清帝语录。碰到重要的节庆日，更在主管官员率领下，面朝北京方向行礼，藉以熟习仪节，昭明诚敬。可以说，所有的官费生从入选之日起便被纳入朝廷体制，被当做官家的人对待了。他们从此即步入做官的道路，而同时也套上了官方的枷锁。这是一群十几岁的孩子，正当活蹦乱跳之日，如今却全都穿上官方配给的长袍马褂和厚底布靴，被僵硬地包装起来，以致在初到之际被康州的居民和他们的同学视为古怪可笑的人物。他们不断被谆谆教诲身受朝廷恩惠，必须接受严格的管束。容闳希望留学生得到的良好教育首先是信仰、人格和情操的陶冶，其次才是技能的训练。与容闳的宗旨不同，官方所要的只是有用的人才，也就是能"师夷之长技以制夷"的各类管理人员。他们的教育方针是实用的和功利的，是同西方的通才教育相左的，因此他们不准学生选修音乐、英美文学之类被视为无益的课程。总之，所有防范措施都同学生们在美的实际成长发生冲突，也在主管陈兰彬和副职容闳之间引起了摩擦。容闳在他的自传中曾提到他的两大愿望，其一为以上所说的教育计划，其二为娶美国妇人为妻。在促成中国留学生来美之后，他果然同哈城的克洛格（Louise Kellogg）小姐结了婚，用李陵的话来说，这简直就是"令先君之嗣更成戎狄之族"的罪过，自然招致了更多的攻击。

  为了让孩子们尽快掌握英语，熟悉美国的习俗，容闳采纳了当时耶鲁大学校长波特（Noah Porter）的建议，把他们按两三个人一组分送到哈城一带普通居民家中，一切膳宿费用均由管理局支付。那些信奉基督教的家庭都对中国学生付出了尽可能有的关怀和慈爱，而孩子们也很快由生疏转向融入，他们脱下了累赘的长袍马褂，开始活跃在运动场上，而且以他们的聪明、知礼和机灵得到了当地居民的赞许。特别是巴特拉(Bartlett)和诺索布(Northrop)两家人，都同寄宿在家中的学生相处得非常友好，直到后来清政府撤回全部留学生，像黄开甲、詹天佑等人还同他们长期保持通信关系。高教授从他们的后代手中收集到不少这类信件，他把所有的信件都翻译加注，并编为《中国留美幼童书信集》在台湾出版，书中的文字为我们了解留学生在美和归国后的生活情况提供了生动的资料。

退切尔牧师(Rev. Joseph H. Twichell)也是曾给予留学生多方面帮助的一个康州居民。他毕业于耶鲁大学神学院，从一八六五年开始主持哈城的避难山教堂，在这座用康州特有的红褐色石头建成的大教堂里，至今还悬挂着他的巨幅肖像。我之所以在此特别提起斯人，是因为他自始至终都是容闳教育计划的积极支持者。一八七八年，他在耶鲁法学院发表演讲，向听众热情赞扬了初来的中国留学生和容闳为之献身的事业，他还特别强调了容闳的爱国精神。他就是容闳当年在耶鲁留学期间接济过容闳，并要求其服务教会的人士之一。作为牧师，对容闳没选择为教会服务的决定，他不只没表示反感，反而非常敬重他一心要为祖国做事的远大抱负。在谈到正在实施的教育计划时，他向听众指出，中国留学生将要"攻读各种专门课程，如物理，机械、军事，政治和经济、国际法、民政原理以及一切对现代行政有用的知识，经过这一番教育过程，要使这些学生牢记，他们属于他们的祖国，而且必须属于他们的祖国，他们是为了祖国，才被选拔来享受这种稀世殊遇的。"退切尔怀着殷切的期待说："如果一切顺利，计划实现(眼下显然没有什么障碍)，一八八七年前后就会有百十来人回到中国。……他们会以更自觉的爱国责任心来激励自己的工作。"可惜就在退切尔演讲的当年，新任主管吴子登到任，他一上任就对容闳纵容留学生洋化极为不满，并不断向北京当局秘密告状，特别就个别学生参加基督教活动大肆渲染,最终导致了朝廷全部撤回留学生的决议。对于吴子登的专横乖戾,黄遵宪的长诗中有一段极富戏剧性的描写:

新来吴督监,其僚喜官威,谓此泛驾马,衔勒乃能骑。征集诸生来,不拜即鞭笞,弱者詟呼痛,强者反唇稽。汝辈狼野心,不如鼠有皮。谁甘畜生骂,公然老拳挥。监督愤上书,溢以加罪辞。诸生尽佻达,所业徒荒嬉。学成供蛮奴,否则仍汉痴。国家糜金钱,养此将何为?

在各方保守势力都疾呼尽快撤回留学生之日,退切尔为挽救局势作了很多努力。他联络多名大教育家和耶鲁大学校长联名投书当时负责外务的总理衙门,他们极力赞许学生们已经取得的成就,告诫最高当局毋听信攻讦不实之词,同时他们还质问曰:"况贵政府当日派学生来美时,原期其得受美国教育,岂欲其缘木求鱼,至美国以习中学?"清政府的决定简直成了对其已实施近十年的教育计划的讽刺。一个不打算从体制上自新的政府,即使为幸存而作出改革的努力,到头来它还是会亲手摧毁努力的成果。据退切尔牧师的日记所记,他还通过他在哈城的好友大文豪马克·吐温委托格兰特将军出面劝阻,但亦未能挽狂澜于既倒,再加上种种其他的不利因素,全体留学生遂于一八八一年奉命撤回。该年七月二十三日的《纽约时报》就此事件发表评论,批评清政府倒退的政策说:

对那些赞扬中国已经同不少国家一样走上了改革之路的人士来说,这个事件是个无情的反证。中国不可能只想学习我们的科技及工业物质文明而又不思带回"政治抗争的基因",照这样下去,中国将会一无所得。

与当初赴美时的情形大不相同,奉诏归来的留学生从"候补官员"变成了形同预审犯的人物,因为朝廷怕他们不愿回国而中途逃脱,故一路上都将他们严加看管起来。黄开甲在致巴特拉夫人的信中对他们备受本国政府苛待的遭遇作了气愤而幽默的描写。他告诉巴特拉夫人,船到上海以后,并没有人来欢迎他们,相反,他们被带到海关道台衙门关押起来,住在阴暗的房间里,专等去拜见道台老爷。他们被士兵押到衙门,向道台磕头,听他的训话,然后根本不顾及他们个人的兴趣和专长,全由官员任意分配了工作。他们月薪仅有五两到十两银子,与道台老爷一万到一万五千两的正式薪俸简直别若霄壤。尽管如此,这百十个留学生还是在科技落后的清末民初为国奉献,有所作为。加入海军的不少人都在中法和中日战争中英勇殉难,而在主持工程技术的人员中,更涌现了像詹天佑那样的杰出人才。

珍珠港事变爆发前夕,曾执教耶鲁的拉法格 (Thomas Lafargue) 博士遍览中英文资料,并数度赴中国亲访当年留学生的健在者,以中国走向现代化的轨迹为背景,穿插上容闳及其留学生的坎坷经历,写成了一本题为 China's First Hundred 的专著,高教授已把此书译成中文(《中国幼童留美史》)在台湾出版,本文所述事实大多来自该书。拉法格在该书的结尾慨叹说,这些归国的留学生一直"处在两种对抗力量的夹缝中。在清朝,他们是介于洋人及中国官吏之间,而到共和后,他们是在激进的民党及有心称帝的袁世凯集团之间,他们两方面均不同意,结果在昙花一现后,均由政治舞台消失。"容闳本人则在多次图变失败之后失望地退居哈城家中,于一九一二年中华民国刚刚成立之日病逝,被埋在了其妻克洛格家族的墓地上。

　　他的方座圆顶墓碑在众碑中特别显眼,不只较克洛格家的其他墓碑高大,而且碑座下部还刻着一个中文的"容"字。高教授带我们来到这里的时候,雨雪还在下着,四周常青树木上的冰花烘托起一片恍如天然灵堂的素白,既呈现冬日的凛冽,又弥漫着那暗绿蓄积的沉郁。百年一晃过去了,容闳所开启的西学东渐之路至今已有全新的拓展,他那长年孤立的幽魂应该说已不再寂寞清冷。北美世界正在成为越来越多的华人海外求发展的领土,现在已增加不少更为中国式的墓碑矗立在这所墓园的其他角落了。我想,肯定还会有更多刻上中文姓名的墓碑填补别处的空地的。一阵寒风凛然吹来,从这所异域墓园里发生的小小变化中,我依稀看出了容闳的后继者在异乡开辟家园和繁衍后嗣的规模。

1997 年

母语之根

　　昆德拉又出了一本直接用法语写成的小说，一如前此另两本名叫《缓慢》和《身份》的小说，这本题曰《无知》（Ignorance）的新书也命名得抽象而颇为费解。我读的是英译本，在进入此书的评述之前，首先需简要说明，中文"无知"一词虽在字面上对应了该书原文的书名，却不足以传达出小说所描述的情境。只因一时想不出更妥帖的字眼，权且拿这个"硬对应的"译名削足适履好了。就我自己读完小说的感受而言，昆德拉此书所谓的"无知"，并非通常意义上所指的缺乏知识或不明事理，而是抽象地概括了流亡国外的人久离故国，与亲友失去联系后所陷入的一无所知状态。所谓"明日隔山岳，世事两茫茫"，"无知"既意味着渐行渐远的遗忘和呆钝，也包括消息长期断绝所造成的隔膜和误解。无知乃是关山万重和岁月流逝砌成的一道绝缘之墙，是流亡者为幸存而付出的情感代价，是生命一旦从原地拔了根，移植到另一个空间后便再也复原不了的悲哀事实。

　　小说的女主角伊莲娜是1968年苏军入侵后逃离捷克的，移居法国二十年来，她一直苦于不可遏制的乡愁：既煎熬于还乡的渴望，又困扰于返乡后可能面临的恐怖。直至捷共政权垮台，终于等到可以坦然返乡的一天，伊莲娜才回到布拉格。她穿上在当地新买的衣服临镜自照，不知何故，眼前的影像突然让她觉得分外陌生，在一身新衣的包裹下，她依稀看到了自己在过去年代的面貌。伊莲娜此刻的情景和感受颇令人联想到僧肇《物不迁论》中那位白头还乡的出家人，他对他的邻人说："吾犹昔人，非昔

人也。"衣服在一瞬间产生了显形的魔力，它不只使伊莲娜透过那稀薄的包裹看到了她曾经想摆脱的生活，同时还向她露出某种威胁，仿佛它转眼间会变成紧身衣，把早已摆脱的生活再次强加在她的身上。后来，在一系列重逢故旧的不愉快经历中，接二连三的事件使伊莲娜甚感扫兴，她气恼他们既不顾及她二十年移居生活发生的变化，也不关注她的现状。因此她觉得，他们的态度无异于从她身上拦腰斩断了她生命中的二十年，致使她顿觉自己缩短成一个被腰斩了半截的人物。

昆德拉由此总结说，乡愁并不能活跃记忆，唤起回想，它基本上是一种情感上的自足状态，除了满怀自伤以外，它其实别无所有。不可否认，通过伊莲娜的个人经验，昆德拉深刻地揭示了流亡生活的困境，以及乡愁这一感情的虚妄一面，同时也苦涩地嘲讽了流亡结束后一场兴冲冲回国行动的挫折和失败。伊莲娜本想回国后好好感受一番思慕已久的事物，没想到事与愿违，一切都随流年而暗中偷换，到头来她悲哀地发现，眼前的人情风物，均已变味。这样看来，那使得伊莲娜镜中显形的新衣还不如说是件旧衣，是她二十年来一直留在记忆的箱底，直至回家后才怀旧而一试的旧衣，试衣的结果是，旧衣已永远不合身了。

故事还有许多离奇的情节和昆德拉式的荒诞怪异之说，我无意在此一一评介。我只想简要地指出，伊莲娜的尴尬在很大的程度上也许正是昆德拉本人的某种不适。自从他用法语写起了此类诠释观念的小说（包括以上提到的《缓慢》和《身份》），他的叙事便越来越沉溺于生存的别扭境况。适度的戏谑应该是谑而不虐，昆德拉却总是把他的人物置于被扭曲的残废状态，似乎非要把生存的某种尴尬推到暴戾胡闹的地步，才能满足他所营造的悖谬结局，才能达到那情色狂欢的高潮。比如他派给伊莲娜的生命截肢感，至少就我个人多年移居美国的感受而言，就明显有夸大和歪曲的成分。

可不可以说，这一生命的截肢感正是年老的昆德拉放弃母语，硬是好强地选择用法文写小说造成的一个结果呢？昆德拉说过："一个作家所写的东西若只能令本国读者了解，则他不只有负于他国的读者，也更有负于自己的同胞。因为他的同胞读了他的作品，只能变得目光短浅。"不可否认，昆德拉的写作在走向世界的努力上的确取得了很大的成就，然而，要取得作品的世界性效果，是不是就一定得放弃自己小语种的母语写作，非要用法语那样更有世界影响的语种写作不可呢？近来有不少评论都一致批评昆德拉近年来用法文所写的三部书雕琢卖弄，行文干瘪，都惋惜他丧失了他早先那些捷克文小说中曾有过的挥洒自如之势。由此可见，如果说流亡生活的确能使流亡者强烈感到生命的截肢，则此一可悲的感觉首先即来自他所处的语言环境断然宣告了他的母语完全作废的现实。现在，你突然发现被剥夺用自己从小就习惯了的思维表达形式去思维表达的自由，你也就失去了身心完整的自由。当你开始刻意而笨拙地用外语去说或写的时候，思维与表达过程的造句练习状况处处都使你的自我与言说疏离开来，也正是在这样的分裂中，你感到自己的生命被剥夺得像截了肢一样。可以说每一个最初移居异国的人多少都经历过这样的挫折，都为克服语言的障碍而伤透过脑筋。

我自移居美国以来，也不断有过同样的挫折，而且至今都在为听不懂这句英语或说不了那句英语而颇伤脑筋。由于不能自如流利地运用英语，与周围绝大多数人交流时总感到十分别扭。早在读昆德拉这本书之前，我就隐隐产生过类似的缺憾。移居美国十年来，我之所以还没失落到恍如生命被截肢的程度，之所以身在异国犹不失家园之乐，全赖我来美后所从事的本职工作。可以说，正是我教授母语职业的特殊处境，才有幸在日常交流的很多方面获得豁免，幸而享有我听说上的特权。这就是我特别感到庆幸，并要在以下申说的命运，也是本文立论的出发点。

我并没有在美国读书拿学位找工作的经历，我与全家人能够一举移居美国，完全起因于直接从西安受聘来耶鲁教授中文。打从入境之初起，使用母语就是我的职业。除了身为中文教师，对不管因什么情况而流亡或移居美国的中国人来说，母语多少都会成为令你备受挫折的文化负担，都会成为过去的经验残留在新生活中的绊磕。但身为专职的中文教师，母语则是我雄厚的文化资源，且使我拥有了例外的语言优势，以致整个地铸成我在异国安身立命的根基。我从来没有感到我与我的母语如此亲近过，从来没有从母语中得到如此强烈的自我认同。中文教师的工作包容了我英语较差的短处，使那些放在其他人身上成为问题的事情，如今在我身上竟不再成其为问题。至少在我的中文课堂上和东亚系范围内，总是学生和同事说话写字适应我，无需我半通不通地说英语去追随别人。严格地说，所谓优势，其实并无其绝对的本质，关键是要看谁找谁说话，是谁必须服从谁的思维表达系统。就是凭了这一点我得以站稳脚跟的职位，我来美后仍能继续坚持用中文写作。假若从没有得到这样的特殊职业，我在异国固守母语的立场便丧失其根基了。也正是基于此职业需求，我才撑起放心说话的脊梁，守住了我在言谈书写上有限的优势。

来美国之前，因想多读英文书，同时尝试些书面翻译，我一直都在努力自学英文。及至真正进入英语世界，却因教学之余有一连串写作计划排在那里，我反而舍不得在英语学习上再花费太多的时间。我处事的原则向来宁可守拙，也不愿强己所难。也就是说，我更习惯立足既有的基础，进而自立自强，在一般的情况下，都不太愿意好强逞能去做自己并不善于做的事情。想当年我读硕士学位研究艳情诗，教授们指责我写论文宣扬色情，我那时就不屑同他们认真争辩。鲁迅说过，一个人处于辩诬的地位是最可悲的。我的策略是小孩子那种你说他坏他就越坏的牛犟，你说我色情我就色情，既已枉担色情的虚名，索性就把这色情做出个样子给他们看看。从此我不但专攻艳情诗，进而研究性文学，写了《风骚与艳情》还欲罢不休，接着又推出《重审风月鉴》。反正是一不做二不休了，干脆就把研究的课题从所谓的"色情"升级到公认的"淫秽"领域。若问我为什么要研究女性与诗词，性与古典文学之类的课题，我可以回答说，是因为我遭遇了此类问题，我不得不在既已陷入的境遇中营造我的世界，从而扭转劣势为优势。一般来说，真正值得自负的成功者都在自己的主动进取中做出他们的成绩，我充其量只属于狷者有所不为，受迫对抗中，歪打正着了而已。对我来说，能在被迫的选择下一再调整自己，从而因陋就简地踏一条出路，就算很不错了。这是一种把窘迫导向从容的做法，不过在个人的有限性中尽量开拓一点自由的天地罢了。

我所教的中文很简单，基本上从学习拼音和认字教起，即使所教的古文课在这里被认为是最高级的中文课程，那课文也不过选了些最简单的先秦寓言、对话录或历史故事。因为授课对象是美国学生，我得采取教外语课的方法，这使我对自己母语的应用获得了新的经验。首先，即使这差不多是小学水平的教学中也有教学相长的成分，我为学生正音的同时也纠正了自己很多不正确的普通话发音。每一个字必须在黑板上繁简并行，正楷写出，在书写过程中，也纠正了自己某些不正确的写法。母语的学习就是这样的没有止境，在其他移居美国的华人可能日益遗忘母语的环境中，我的职业却对我纯化和优化自己的中文起到了促进的作用。母语之于我，已不再是处在母语环境中那种百姓日用而不知的东西，而是我现在精心培养的职业能力，用以谋生的专长。

因此对自己从前所写的学术文字，我也有了检讨的眼光。我

疏远了从前所致力的那类夹带脚注的长篇论文,开始练习写一些生动的口语和简洁的文言相结合的文字,从锐意写学术专著转向即兴写随笔短文。在相对孤立的语境中,正是通过写一些记录日常感受的散文随笔,我汲取了母语的营养,也刷新了移居的生活。对我来说,这一书写行动已超出单纯的文字操作,它同时也促使我调适自己的心境,确认自己的身份以及变化着的自我形象。不可否认,在移居生活的初期,难免经历树木移根另栽过程中那种半死不活的危机,有时候我也颇生昆德拉那种荒谬的生命截肢感。但就我个人的特殊情况而言,我还是更喜欢把移居美国的经验描述为生命的嫁接。截肢感是那些遗忘过去,懈怠固守,自绝于母语而又未完全融入另一种语言的人所陷入的尴尬处境,是他们自己的别扭心态投向生活的阴影。嫁接则是一种与母语之根息息相通,同时在移居沃土中再发新枝的生命现象。它促使两种异质的生命互相结合,进而长出新的生命。嫁接过程中并不存在伤残的后果,只要母语之根没切断,它所传递的文化信息以及过去的生活经验就会在新世界继续生长下去。

流亡是人类在大地上活动的一个基本境况,它自古迄今,遍及世界各地,有没有文字表述,都无关乎它的扩展和延续。至于流亡文学,只能算个别流亡者通过文字发出的片断吟唱,为我们观察和思考流亡问题提供些熹微的亮点而已。真正显得生气蓬勃的人口迁徙活动永远属于大众的流亡。普通的流亡者大都从逃难开始,从《诗经》中饥馑之年的"民卒流亡"吟唱到抗日战争中四处传播的流亡歌曲,几千年来,华夏民众的流亡一直贯穿了大大小小的社会动荡。从某种程度上说,一部中华地域开发史,就是一幅民众流亡的历史地理图卷。只是从上世纪八十年代以来,中国大陆的流亡巨潮始冲破国界,转向了海外,特别是转向了欧美各发达国家。随着这块古老的大陆变得越来越不适于一部分渴求另一种活法的中国人居住，随着被称作祖国的地方对她的子民来说日益成为可以决意离去或放弃的国度，流亡已成为当今很多中国人求生存的另类出路。个人的流亡因而在很大的程度上与群体的移居趋向混同，形成合流，至今已汇为势不可挡的出国大潮。流亡的路途不管多么艰辛，结果总会走向重新定居的终点。特别是近几十年来，在中国人走向世界的总趋势中，自谋生路的迁徙已波澜壮阔地涌入全球的各个角落。从投资移民到留学访问，直到婚嫁、偷渡和政治避难，放眼五洲四海，从大都会到小岛屿，几乎无处不有华人迁入的足迹在扩展和延续。纵观当今世界各国民众，似乎还没有任何一个国家的民众像当代中国人这样义无反顾地走出国门，自愿离散出去，把充满风险的移居前途视为摆脱束缚求发展的自主选择。在当前的全球化进程中，华人的跨国界迁徙移居日益波澜壮阔，正在形成改变地球上人口分布格局的生命动力。

身为美国大学的中文教师，我的课堂上选课学生之所以逐年增多，直线上升，就是移居美国的中国人越来越多，且越来越成功，其子女上名牌大学的人数也随之增多的一个结果。我能固守在我的母语地盘上盘桓徜徉，首先得益于此一沛然莫之能御的移民形势。

由中文教师职业形成的圈子只是一个很小的语言环境，随着华人移民日益增多，可以明显地看出，在北美大地上，中文正在扩大其使用传播的领域。就拿我多年来业余从事的中文写作来说，大多数文章均首先刊登于海外的报刊网站。通过母语写作，我不只克服了昆德拉式的生命截肢感，而且觉得眼下的移居生活有一种把国内的某种场景切割下来空运到北美的感觉。中国不只在中国大陆或港台，中国也分布在世界各地。在英语帝国主义称雄全球，被作为国际通用语文使用的今日世界上，中文的传播正在中国本土之外挤出语言的夹缝，扩大着它分布流通领域。就应用和传播母语的日常活动来说，我以为，我自己，还有千百万海外华人，每一个人都在自己移居的国度中延伸和拓展了故国的生活。我们既生活在别处，同时也步入天涯何处无芳草的语言地图，把华语华文的种子播散到远方更远方。

神圣的避难

看过电影《巴黎圣母院》的人大概都难忘那触目惊心的一幕：吉普赛女郎被绑在广场上处死之刻，钟楼怪人卡西摩多忽从天降，他从行刑处抢走那女郎，一转身跑进了圣母院大教堂。好像在讲台上公布宣言，他抱持女郎，反复向教堂外的人群大声呼喊："避难！避难！"面对这一突如其来的举动，从国王到士兵全都无可奈何，他们只得眼睁睁看着那怪人劫了杀场，让正待处死的爱斯米兰达躲进了神圣不可侵犯的教堂。这一幕情景可谓生动地体现了基督教语境中"避难"(sanctuary) 一词的含义。这里所说的避难并非通常所说的逃亡或藏匿，那不是走向躲避战乱的桃源，不是埋身隐名以抹掉追捕踪迹的剃发出家。那是一个越过界线的行动，是进入俗世权势管不着的地方，是在上帝的公开荫庇下给王朝的法网开了个豁免的口子。

在中国这块缺乏神性的土地上，自古以来都是按"普天之下莫非王土"的信条办事的，帝王的权力高于一切，且压倒一切，除了造反或军事割据，没有任何社会力量可以和平地保持其对抗朝廷和官府的姿态。因此，一个人若犯了死罪，即使他的案子情有可原，甚或纯属冤屈，他也只能寄希望于皇上或长官的开恩，否则就只有死路一条。罪名一旦确立，罪犯便无处可逃，没有任何中间势力可对避难者施与公开的庇护。法网就是天罗地网。东汉时期，有个被通辑的党锢人物名叫张俭，他连续躲藏官府追捕，致使很多掩护他的亲友都遭到大逆不道的杀头下场，直至他逃到塞外，最终才得以幸免。正如后来指责他的一个人所说，他的幸存简直是用他的很多同情者的牺牲换来的。赦免只能来自有权惩罚的机构或个人,法律的惩处只着眼于罪行后果,而不太考虑犯罪的具体原因和过程。比如,"杀人者偿命"的信条就成了一个不容置疑的结论,它完全否决了一个人生命受到威胁时有自卫反抗的权利。

　　一神教的古代犹太则有着完全不同的传统。由于犹太人信仰至高无上的上帝,神庙与神职人员遂保留了与王权对立的特殊地位。有一些特殊的罪犯,如那些并非蓄意杀人的罪犯,按规定就可以在犯事之后及时躲入某些指定的神庙里避难。因为在犹太文化的语境中,所谓正义,并不意味着对每一件罪行都一律处罚,一个正义的执法者更应该正视有可能减轻某人罪过的特殊情况。神庙是圣域,不是藏污纳垢之地,它当然不会接受犯谋杀、偷窃等罪行的人,但它庇护值得同情的逃亡者。它的神圣性显示在它始终保护弱者和不幸者的立场上,因而包括奴隶和欠了私人债务的人,全都在它庇护的范围之内。执法者不准直接进入神庙抓人,逃亡者在其中躲过一定的期限,好像就可平安返回社会。笔者无暇在此详叙这一过程的种种规定,需要强调的只是,人世间一旦开辟了神圣的庇护空间,国家的法网就不可能一手遮天,为所欲为于民众了。

　　在中世纪的欧洲,基督教的教堂即属于避难的圣域,通过维持这一古老的传统,教会顽强地确立了它与世俗权力相对立的地位。我们同样没有必要在此涉及教会实施其庇护权过程中的具体是非问题,值得重视的只是这一对立立场的抽象意义。首先,由于教会具有得自超越的上帝的神圣性,因而教堂这一独特的地盘、教会这样的团体及其中的神职人员全都获有神圣性。在与世俗权力分庭抗礼以维护正义的问题上,这一神圣性具有承担任何罪责的力量,它敢于染指麻烦的事务,既不避嫌,也不怕受累。鲁迅曾气愤地慨叹说,"中国一向就少有失败的英雄,少有韧性的反抗,少有敢抚哭叛徒的吊客。"之所以民气如此之屠弱,之所以绝不许发出异议的声音,就是因为从来不曾确立一种神圣化了的力量做坚强的后盾,来支持个人或团体挑战王权、官府和纲常法纪之类的俗世威权。其次,赋予对抗力量以神圣性不只确立了权力的双轨制,而且产生了二分的价值体系,即划分了上帝和凯撒各行其道的原则,在双方对立中又有其共享的对话,从而导致了"罪犯"(criminal)与"罪人"(sinner)同时并存的状况。前来寻求庇护的人既是国家的罪犯,也是教会的罪人。前一种情况只强调惩罚,后一种情况则突出了一种替有罪过的人向上帝乞求怜悯的权力。通过庇护上帝的罪人,教会的势力竟扩展到凌驾于国家之上的程度。

不管这种对立在当时有多少争权夺利的成分,神圣的庇护权毕竟显示了教会对个人处境的关切。正因为树立了这样一种同情和救济罪人的立场,才可能在来自国家的惩罚中发现其迫害的一面和不公正的成分,而受迫害者的得救才有了可靠的指望。人权的概念于是从中萌芽。但是在中国,人们自古以来只知道畏惧罪名,不管是给一个人加上古典的不忠不孝等大逆不道的罪名,还是现代的"反革命"或"反动"之类的罪名,预制的帽子一旦戴在你头上,就再没有人敢于或愿意替你说话了。正如一个清代的学者所说,"以理杀人,谁其怜之!""理"成了一个黑色的太阳,它使一切迫害合理化,更迫使受害者逆来顺受,任人宰割。没有任何一个国粹的宗教正视这样的黑暗,佛教把苦难说成是这个世界的本体性的东西,道教只教人如何成仙,中国的文化系统中向来缺乏那个可寻求庇护的空间。因此反抗总是以造反的形式在没有窗户的铁屋内恶性循环,浑不知海外另有自由的新大陆,结果都让具有避难意识的基督徒捷足先登了。

最早移民到北美的清教徒即为逃避迫害而漂洋过海，披荆斩棘，另辟生路的。不管他们在新大陆开发过程中有过多少掠夺和暴行，慷慨接受避难者始终都是这块土地突出的本性。自由女神巨像前的铭文写得很清楚：

你们古国的珍宝你们自己留着吧
我乞求你们送来的
只不过是些贫苦衰弱
无依落难的人罢了。

如今像中世纪那样的的教会避难已成为遥远的过去，但避难的精神，在这块本来就以其地理上的优势提供了庇护的土地上，则一直得到发扬光大。三四百年来，由于北美的开发，真不知有多少人逃脱了他们在本土遭受的迫害和贫困，从地球的不同角落来到这里求得庇护和幸存。从二次大战避难的犹太人到最近几十年的各类难民，从铁幕后的逃亡者到来自中美的偷渡者，美国政府或美国人民基本上都给予慷慨的庇护。作为今日世界的公共避难所，在所有提供政治庇护的民主国家中，美国始终都居于开放的前列。

说美国居于开放的前列，当然只是是比较而言。其实在人满为患的今日世界，没有哪个国家的政府和国民会毫无限度地接受外来的难民，排斥和限制早已是难民输入国的基本国策。很多曾经是难民而后来资格变老了的美国人早已开始大力反对日益高涨的移民潮了。只有教会中人士还坚持把良心只对着上帝，他们勇于超越种族、国家、社区和私人的实际利益，去行使其神圣的庇护权。世界的公共避难所只是美国这块土地的一个方面，在庇护难民的事务上，美国政府同时又别有其唯利是图的一面。对于政治避难者，美国政府其实是有其并不光彩的双重标准的。所谓的庇护自然具有很大的手段性质，比如对于来自共产专制国家的政治避难者，美国政府的态度就特别人道，而对待来自中美那些军事独裁国家的难民，处理的方针却很无情。像萨尔瓦多和危地马拉这样的国家，其对人民的迫害残暴无道并不不亚于共产专制国家，但由于其政府既亲美又反共，对于来自那一地区的难民，美国政府就采取了堵截、驱逐和遣返的严厉作法。他们被不加区分地称作"经济难民"，但他们一旦被遣送到本国政府的手中，就有受到残杀的危险。正是在这一背景下，以亚利桑那州的土孙市(Tucson)教会为首，有七万之多的美国人为维护个人良心的神圣性而发动了一场避难运动。他们与中美洲难民无亲无故，他们也知道，让这些难民大举入境会给他们的既得利益造成负面的影响。但他们更知道，避难的神圣性高于一切，基督徒应该超越国家和个人的利益去救济需要帮助的人。于是他们甘冒被起诉和坐牢的危险，组织了庇护偷渡难民的地下通道，使数百万亡命的中美洲难民进入美国，躲过了被遣返的命运。他们的行动感人地证明，教会只有作为庇护的团体与穷苦人坚定地站在一起，才能找到它的真正意义和目的。他们呼吁一种超越了国家、种族和政治经济利益局限的兄妹情谊，即把那些中美洲难民当作他们自己的亲人看待，把难民所受的迫害当成自己亲人所受的迫害，把那个儿子被杀的母亲视为自己的母亲，把那个被强暴的姑娘视为自己的姊妹，把那个遇害的青年视为自己的兄弟。他们的行动还证明，有关人权的政治主张如果没有同宗教的人道立场结合在一起，那个所谓的人权便有一定的虚假性。对比教会的避难运动，即可看出美国政府对外政策背离人权原则的一面。

"金色冒险号"船民的遭遇则向外界提供了另一个事例，昭示了美国移民政策在双重标准上的另一表现，同时也再次证明避

难精神在美国民间的深广博大。这是一条满载中国偷渡者的货船，很难说清这些人冒险偷渡的特殊目的和具体原因。但不管怎么说，仅从他们为逃出家园而将生死置诸度外的行动来看，他们在自己的国家肯定都遭遇了使他们无法活下去的不幸，仅这一点已足以构成他们寻求避难的理由。至于他们在偷渡被捕后的全部遭遇，要怪恐怕也只能怪他们比当年移居北美的老资格船民来得太晚，除此以外，两者的冒险行动并无什么根本的区别。不幸他们碰在美国国内反移民潮的风头上，于是被法庭的扯皮一再拖延下去，在监狱里一直关了将近四年。由于很多复杂的原因，对待这些来自中国的偷渡者，美国移民局的严苛态度更甚于对待加勒比地区的偷渡者。似乎与邻近的偷渡者相比，远道而来的就更加不能容忍，而尤其是对于来自中国的，其不能容忍似乎还特别加上了上一世纪移民政策中重点排华的偏见。但代表了教会精神的普通民众则始终坚持其救援行动，为陷身囹圄的中国人做了很多连他们的同胞也做不到的善行。据专题报导《自由鸟》一文所记，关在约克郡等地方监狱里的船民之所以能部分地坚持到最后，能有信心争取获释，而美国政府在拖了那么久之后终于把居留权勉强给予他们，确实是和"金色展望"行动的努力分不开的。这是一些只有在基督教避难精神感召下才能滋生出来的爱的行动，我忍不住要把专题报道列举的感人事迹摘抄如下：

> 六十三岁的唐娜女士每天清晨七时准时赶到监狱门口，为中国难民祷告十五分钟……几乎每一个难民都有一个固定联系的友爱的家庭，平日探监、教习英语，节日送花祝贺。许多人认领难民为义子……人们多次到华盛顿国会大厦前举行抗议活动，要求释放中国难民……律师助理丘奇把难民称为"我的孩子"。三年多来，她

为了准备办案材料，出入监狱约一千五百次……计算机程序设计师克拉克先生盖了新房，准备把旧房交给出狱的难民住……

"金色展望"行动的胜利是神圣的避难精神在美国的又一次胜利，它对美国政府的积极影响可被理解为对美国立国精神的张扬。美国政府尽管有其实利的打算，但这个国家维护自由和正义的根本原则毕竟与上帝的慈爱有其一定的相通之处，华盛顿总统早就向上帝祈祷："让这个国家提供更多更多安全慈悲的避难所给其他国家的那些不幸者们。"其实就不幸的程度而言，中美洲难民和"金色冒险号"船民之类的偷渡者才是最应该受到庇护的移民，迁徙和逃亡本无所谓合不合法，移民的合法与非法之分只不过取决于是否对移入国有利罢了。美国政府拒绝的偷渡者正是自由女神要接受的"贫苦、衰弱、无依和落难的人"，他们同那些著名的、有制造舆论价值的政治避难人士有着同样神圣的避难权利。如果要让基督徒选择，那些既没有什么专业技能，又不会产生政治影响的穷苦农民肯定更够避难的资格，因为他们是真正的无依无靠者，他们的出逃之路是全靠他们自己瞎闯出来的。或从中美徒步穿越热带密林，受到追捕，辗转数国，才到达美国的边境，再经过沙漠中的长途跋涉，到处躲藏，其间不知多少人在未找到庇护地之前已因疲累伤病而倒弊途中。来自中国的船民则要穿越大半个地球，在海上漂流数月，拿自己的生命做寻找自由和幸运的赌注，而且还要受到偷渡集团的欺诈和盘剥。总之，他们付出的代价和他们寻求避难的勇气，就是他们最应该得到庇护的理由。教会接受避难的职责之所以神圣，就是因为庇护是它的惟一目的，它只庇护寻求避难的不幸者，其间根本不存在有利还是有害的私念。

可惜我们生存的世界仍受到利害关系的支配，被国家、民族、集团等既得利益的实体分割在重重壁垒之下，像神圣的避难这样基于人道立场的人权呼唤，只不过在壁垒间的僵硬磨擦中起一些润滑作用而已。尽管如此，它毕竟在我们的世界太多令人失望的裂缝间浇灌出稀疏的希望之花，走投无路的人因此才有了找到活路的可能。本文之所以不避繁冗，反复探求避难的神圣意义，就是想要点出基督教化的正义原则在西方文化中的重要价值。它至今仍是西方世界的精神脊梁，作为抗衡的力量和纠错的尺度，它时刻都在发挥着使这个世界的苦难尽可能减少一点的作用。滔滔者天下皆是也，还能有多少比减少苦难更神圣的事务呢！

1998 年

鹿　梦

伊蒂是个正在读小学低年级的美国女孩，黑的头发，黑的眼睛。初次见她时，她略微有点怯生，只是抬起眼对我机警地审视了一下，随即埋下头不再理睬，回到了她原先的自持中。她的神态令我联想到一头处静而欲动的小鹿。伊蒂家住在康州的一个小城里，那是一块离闹市稍远的住宅区，一座座带花园的房屋分布在路边的斜坡上，即使在假日的白昼，街道上也十分冷清。住在那里的人们不是钻入汽车一溜烟跑得不知去向，就是关在屋里干自己想干的事情，谁都不愿无故去打扰别人。一年到头，所有的房屋都像正在孵蛋的鸟巢，都在其持续的静默中暖藏着只属于自身的秘密。这样，户外的天地便给草木的生长和鸟兽的往来留下了更多的空间。

伊蒂家的后院有一块草坪，再往后走几步，就是参天的树林。从厨房的玻璃滑动门向外望去，你还以为这家人就住在深林中的一小块空地上。伊蒂的妈妈喜欢从门内向外望，她说她尤其喜欢在暮色中、烟雨中和落雪中凝望。她已记不清有多少次，只要遇到景色变得模糊的时分，她就忍不住要向外望一会儿，她想看到景色的深处，想从中分辨出某种不同于平日所见的东西。但那到底是什么，她又说不出来。她只觉得每看一眼，心中就柔和地一酸。她喜欢感受这酸味，于是就让自己久久地注视下去。伊蒂有时也跟着向外好奇地望几眼，她把鼻子贴着玻璃，她看见树还是树，草还是草。

这里的冬季特别冷。去冬以来，频降大雪，坐在暖和的房间里望外面的雪景，伊蒂觉得沉闷而单调，空旷的视野犹如一堵白净的墙。然而在那一天，伊蒂发现了新奇的东西。

那天是中国的大年初一，这里的一切一如往常。不会有人想到这个异国节日的来临，只有伊蒂的妈妈独自在她的心里过年。她知道，实际上所有的日子本来全都一样，都始终在排队走过她的生命，是人自己给自己确定了一些值得庆贺或纪念的日子。人不能过没有节奏的岁月，时间若没有节奏，人就会失去记忆。她还知道，所有的节日都植根于各自所从属的地域，失去了它应有的氛围，它只不过是日历上一个空洞的日期。她打开录音机，《春江花月夜》的琴声笛韵立刻给这间屋子注入了其中所缺少的气氛。

她正沉思在乐曲中，伊蒂突然叫她去看外面。

"Oh, God send!" 她兴奋地低声喊道。她瞥见三只鹿：一只驻足在草坪边上，另一只在近处观望，还有一只就立在玻璃门前。这只鹿耐心向门内打量，俨然一位来拜年的嘉宾在等待开门。她觉得这是个吉兆，她把那三个来访者称为"Magi"。现在伊蒂和那只鹿只隔一层玻璃，它的淡黑而光滑的鼻尖几乎贴住了玻璃，近得能看出鼻孔的翕动，以及结在它嘴边细毛上的晶晶霜花。

这绝不是我凭空想象出来的情景，那祥瑞的一刻就凝结在我手中的一张彩色照片上：照片正是从门内拍的，三只鹿木雕般地站在户外的阳光下，连它们在雪地上的影子都拍得清晰可见。好似在醒后追寻残梦的痕迹，我竭力回忆我在照片中的那扇门里里外外曾经历的事情，我想用往日的印象为这幅孤立的画面填补应有的上下文。

可惜这片刻的鹿梦被连天的花炮声打断，炸裂的脆响使我意识到我此刻离那里已非常遥远。我坐在自己家中，这里是中国西部的一座名城，春节的假期已经结束，但稀落的花炮声依然拖延着过年的热闹气氛，它每一响似乎都竭力要把人们浮躁的兴奋成倍成倍地扩散开去。每一年都是这样：从年前的数日就有零星的花炮声迫不及待地响起，到除夕和初一，便响到了全城轰鸣，此起彼伏的程度。齐鸣的鞭炮像无数机关枪在连续扫射，空中弥漫的硝烟呛得人喘不过气来。谁要是在此刻正好从梦中惊醒，很可能会以为外面发生了战争。真不知道有多少心脏病患者在这种情况下会猝发旧病，只见报纸上常说，每年春节前后，城内的火灾都比平时要多。人们历来都好图个热闹和吉利，自然也就习惯了聒噪，我甚至觉得，聒噪就是这个城市的生存方式。城内车拥人挤，环境本已十分嘈杂，沿街店铺和公共场合却终日播放震耳欲聋的流行歌曲。这些音量大得扭曲了音乐的声响其实并非供行人欣赏，而是用来叫卖和招徕，被作为生意兴隆气氛而大肆炫耀。喧闹已成为这个城市掩盖其内在空洞的傻笑，犹如失聪者习惯用高声同人讲话，他并不知道自己发出的声音有多么刺耳。嘈杂最终成为城内居民所依赖的东西，若无各种声响聒噪，他们反而会心慌气闷，于是便热心制造噪音。

　　花炮的前身本为爆竹。传说在上古时期，为在辞旧迎新之际驱鬼避邪，先民点燃竹子，让火中爆裂的竹子发出的响声吓走他们所畏惧的东西，其中自然也包括在那个时代对人构成威胁的动物。

　　在今日的地球上，动物早已不足畏惧。特别是在人满为患的中国，城市的发展日益溃疡般吞没着森林草原，倒是残存的动物最畏惧人，它们都躲入为数很有限的藏身之地。放炮已失去人们给自己壮胆的意义，而纯粹成为耀武扬威，膨胀到群体自大的地步。炮声制造的虚假繁荣并不值得庆贺，烟消火灭之后，真正令人感到可悲的则是动物再也不来访问我们。早在两千多年前，孔夫子即发出过"凤鸟不至"的哀叹。

　　我因此很神往伊蒂一家人在新年那天看到的吉兆。再次注目这张刚从美国寄来的照片，恍若真正见到了 the Magi 的神奇来访，闭目沉入鹿梦的玄想。

东 岩

榆城的治安近来变得每况愈下，并不太大的市区内竟分了很多块或好或坏的地段。常常是在这一条街上你还可以信步缓行，转个弯踏入另一条街道，便冷清空旷得有点可怕，行步之间不由得紧张起来。这种过敏反应当然与我初到此地听到的有关告诫有关，我们一家人刚在较安全的桔街上住下来，周围的好心人就不断提醒我们哪里可以放心地去，哪里发生过暴行，不可以去。

那时正是大热天，黄昏时带着孩子散步，我只敢走到附近的街头公园内，公园背靠的小河就成了一条天然的界线。河水很平缓，几乎看不出流向，再加上河那边树丛茂密，芦苇绿得发黑，眼前的景致便显得十分深幽。我只好站在公园的草地上望河面，望树丛，望树丛后拔地而起的小山。小山名叫东岩 (East Rock)，它也确实是一块巨岩。山脚和山腰完全没入草木的浓绿，只是在接近山顶的部分，才可望见裸露的赭色峭壁。东岩是座平顶山，向着桔街的峭壁呈半圆状，远远望去，像一座颓废的大碉堡。很多次很多次，每当我迟疑在远处的车流中，找不到回家之路时，总是那碉堡型的巨岩以其醒目的赭色在开阔的天宇下向我显示归途的方向。在高速公路上驱车疾驰，常常会突然产生一阵眩晕，但只要眼前出现了东岩的轮廓，我立刻就觉得把握住了可靠的标志。人一旦被抛入陌生的空间，常会变得呆钝，你必须发现或确定某处眼熟的标志，以便确立自己所处的方位。

东岩就是这样的标志。在初来榆城的日子里，它成了我在户外活动时习惯注视的目标，也是城内最让我感到悦目的一个景观。

我特别喜欢一早一晚站在河这边向山顶上眺望，那时候常有鸟群在其上盘旋。有白鸟，有黑鸟。白鸟来自海上，翅膀很长，飞得轻巧快捷，它们喜欢在半空中滑翔，飞机般地绕来绕去，好像在勘测山顶上有什么适于着陆的地方。黑鸟多起于河边的林中，它们总是乱哄哄地叫着，急促地扑打翅膀，纷纷扬扬飞向山顶。这时候碉堡型的东岩又像是高大的鸟巢。

日子一长，"不安全"的紧箍咒逐渐松缓下来。我随之发觉，很多地方变得偏僻而令人感到危险，往往与人们刻意躲避和断然放弃有关，是人为的空旷给暴行留下了过多的空子，正如荒芜促进杂草茂盛生长。据说，与东岩遥遥相对的西岩(West Rock)从前也是登临凭眺的胜地，如今却成了坏人出没的险境，再也没有谁敢到那里去游玩。幸好我们这里的居民还没有放弃东岩，我站在桥头上，每天都看到，有跑步的或骑车的常沿着桥那边的环山公路向山上奔驰而去。这里的人似乎缺少散步的兴趣，也未必有登高望远的雅兴。对他们来说，登上东岩，或跑着步，或骑着车，只是为了运动，为了让整天坐着汽车疾驰的躯体有一点活动的机会。他们住惯了这个依山傍水的环境，沿着环山公路登上东岩，只是他们户外活动的途径和目标。大概只有我独自满怀寻幽的兴趣，沿小路向山顶攀登。我终于大着胆子过了桥，走进树丛，在山下找到了一条小路，踏着荒凉的石级登上山顶。

从此以后，东岩便成为我经常登上去俯览整个榆城的瞭望点。在秋色浓郁的日子，在寒风凛冽的冬季，在或晴或阴的周末，我在山顶上总会看到跑步或骑车上来的健身者，男的，女的，胖的，不胖的，他们满头大汗，把脱下来的上衣系在腰间，从那头跑上来，又从这头匆匆跑下去。在他们看来，山顶大概只标志着可以克服的高度和他们的耐力可持续的时间。似乎永远只有我一人从小路上悠闲地走上来，然后站在山崖边，向山下乃至更远处呆望。望城里的街道和房屋，并从中辩认我已经熟悉的某些处所，再让目光沿着城与城之间的公路，去寻找我想去的地方。最后就直愣愣对着市区尽头的海湾，看那茫茫一片，水天相连的远方。环顾四周，只见圆天钟罩一样扣在大地上。我一再提醒自己，我现在是在天涯海角，是屹立在山顶上向大西洋眺望。遥远的地方，异国的山水，巍然伫立的身姿，岂不都是我很久以来向往的情境吗！然而此刻又怎么样呢？空旷吞噬了一切，我读不懂天地的沉默，从来都是一样呆板的海面比一堵大墙还要令人感到枯燥。每一次我都望得很久，一直望到眼睛发困，才头脑空空地向下山的小路走去。

1994 年

感恩节有感

今年十一月最后的一个星期四,我们全家度过了在美国的第一个感恩节。这是北美特有的一个节日,它的起源大概可追溯到三百七十多年以前。据说那时候新英格兰的移民初获农业的丰收,他们便在秋天的田野上大举盛宴,邀来友好的印第安人共餐,在庆典中感谢天地养育之恩。从此以后,感恩的主题不断变得丰富,除了在这个日子同亲友聚餐,吃诸如火鸡和南瓜甜饼之类的传统食品,人们还去教堂举行谢恩的仪式,为人间的和平与幸福祈祷。他们不只真诚"感谢"(thanks),同时还乐于"给予"(giving),特别是给不幸的人送去关怀和帮助。

那天我们全家都去了教堂。教堂的大厅内没有任何显得俗艳的装饰和布置,只有在中央的一张桌子上堆满了硕大的南瓜、包菜和大葱等象征丰收的蔬菜,一切都让人感到简朴而肃穆。没有人说话,大家都同牧师围坐在四周,安静等待仪式开始。后来,我就跟他们一同起立,唱起了赞美歌。我本不会唱这类歌,但一开口就觉得很好唱,觉得有什么力量在召唤我唱。唱完了歌,在座的人便轮流发言,为各自得到的幸运而向上帝表示感谢。上帝到底在哪里,我并不清楚,眼前也没有他的偶像和香火。不管怎么说,他的存在绝没有被理解为一个必须献祭和谄媚的对象。在人们的心目中,他只是一个超越尘世的存在,正是面对这样一个远在任何个人或群体之外之上的力量,所有的人才感到他们在这个世界上的存在完全平等。因此,感恩的行动就是肯定我们每个人具有享受人间福祉的权利,它断然排除任何个人或群体以恩赐者自居的僭越。在美国还从没有听说哪个执政党及其政府要求人民对其感恩戴德，总统换来换去，不过是白宫的匆匆过客，他听到的也许多是批评的言辞，他同全民共同面对着一个上帝。可惜中国人心中向来缺少那样一个超越的存在，因此民众惯于颂扬皇恩浩荡，乃至全民高唱"天大地大不如党的恩情大"之类肉麻的颂歌，让那些以恩赐者自居的个人或群体得以肆意要求民众的感激，并利用他们的感激，寄生在那感激上，享用僭越上帝的特权。

最后，我们举行群体的祈祷。我特别喜欢那些祷辞，现在就把它录在下面：

> 为被囚禁和被折磨的人，为各处的受压迫者，为那些改过自新的压迫者，为通过非暴力革命取得的人类和解，为争取和平、正义和自由的全球运动，为那些最需要的和为上帝嘉许的改革者、先知、布道者和诗人，为一切我们的智慧尚难以解答的事物，我们一起祈祷。

祈祷完毕，我们去教堂地下室的大餐厅共进感恩节的午餐。餐厅里特别热闹，每张餐桌上都摆满了节日的饮食，丰盛而朴素，分享的精神召来了各种不同背景的人。很多义工端着大托盘在餐桌间走来走去，忙着为大家服务，把招待好每一个进餐者视为自己的职责和快乐。有个专送南瓜甜饼的老人尤其热心，听说我们来自中国的西安，她特别高兴，她说她去过西安，还在那里和很多当地人拥抱过。于是我们一家人也和她拥抱，她快活得双颊泛红，两眼发光。

最让我感到惊讶的是，餐厅里还来了很多穷人和游民，他们和教授、律师坐在一起，受到同样的招待。没有人特别注意或避

开他们，他们自己也没有表现出什么不同于其他人的样子，只是衣服显得陈旧或过时一些，但一点也不肮脏破烂。在中国也有人给乞丐施舍，但很少看到谁会对乞丐有哪怕是些微的尊重，人们大都习惯以轻蔑的或不耐烦的态度扔给求乞者几分硬币或一点食物，而求乞者也惯于用乞怜的声调和姿态乞求恩赐。蓬头垢面和衣衫褴褛似乎成为他们的职业化装，一个人一旦步入行乞的行列，就必须通过外表上的自秽改变自己的形象。因为你只有以被排斥于社会之外的可怜虫面貌出现在众人面前，才更有条件获取怜悯，得到一点施舍。自秽也是遮羞的面具，当一个人放弃修饰，进而有意败坏自己的仪表时，他/她就从中获得了无耻的胆量。把自己弄得越肮脏越破烂，行起乞来就越能理直气壮。布施者也似乎喜欢看到受施者一副低他一等的样子，这样他们才得以怀有半带着轻视的怜悯，把小小的恩惠扔到那伸向他的手中。

吃完午餐，我们混杂在有家可归的和无家可归的人群中离开教堂。缓步行走在寒冷的大街上，我心里就产生了以上的感想。一回到家中，便抓起笔，把看到的和想到的及时记录下来。

1994年感恩节

好鸟枝头亦朋友

"好鸟枝头亦朋友"这句诗是小时候从祖父口中听到的,祖父常在我家的园子内散步,每看见鸟儿飞来,开口就吟出这句诗。它的上下文是什么,是哪朝的哪个诗人写的,他都没向我提过,好像这七个字的判断句本来就是一首完整的诗,从那时起,一直孤零零植入我记忆的深层。不幸六十年代以后,在我生长的西安,能让人想起这句诗的情景越来越少。只见城里的人日益增多,楼盖得更密,车也开得更挤,有好长一段时间,我差不多已淡忘祖父口中这一亲切的呼唤。

我看到的鸟儿大多关在笼子里。每天早上我出外跑步,那些无聊的有闲者便三三两两提着鸟笼出来,把笼子挨个挂上树杈,竞相对路过的人显示各自的收藏。鸟儿在笼中跳上跳下,扑楞着翅膀,还没飞起就碰了下来,没奈何了,只得待在一角干叫几声。我听了感到悲哀,原来养鸟者为区区鸟笼花费那么大的精力,到头来就是要制造一个用囚禁切下的特写镜头,好供他们反复把玩,再用人为的烦闷逼得鸟儿发出啼叫,从而享受到把自然界流动的生命割下一小块据为己有的虚幻满足。祖父还提到过一个名叫公冶长的人物,说他精通鸟语,作为人与鸟之间的翻译,他常常能把鸟儿的意思传达给周围的人们。这个传说中的人物若出现在今天,我想他肯定能从笼中鸟的叫声翻译出养鸟人根本听不懂的抗议和警告。

笼中鸟的叫声早已同西安与我远隔万里,清晨的鸟笼集会想必还在路边开展,所展出的情景我是再也不想看到了。可喜的是,自从移居到大西洋边上的一个小城，枝头鸟的鸣叫又在久违之后回到我耳边。那是我们一家人刚在东岩附近住下来的时候，听不懂英语的耳朵使我在每一次同别人打交道时受尽挫折，我慢慢变得怕和人说话，一有空就喜欢往树林里跑，想去听不到人和人说话的地方静下来清一清耳根。这时候偶尔就会听到忽东忽西的鸟鸣。它的无意义使人感到悦耳，因为你没有对它作出反应的必要，你不会立刻面对必须迅速理解的压力。既然不存在理解与否的问题，也就无需用心去听，就任那时有时无的声响自行触及听觉，好比一阵风吹过，摇动了树枝，皱起了水纹。听的时间久了，我发觉鸟声对我的听觉颇有疗养的好处。我们的听觉每天都疲于应对各种意义模糊的声音，就像必须定期清洗收录机的磁头，我们也应该常到自然界无意义的声音中消除耳内的尘杂。公冶长的故事应被理解为一个人类的寓言，这就是说，远古的先民是通鸟语的，他们能够领会超意义的天籁。理解和交流有很多渠道，人自从使用语言交流以来，人类听觉的灵性在某些方面已有所退化，丧失了很多直接感知不同声音的能力，去林中听鸟或观鸟，也许会起到些微的康复作用。

在初夏周末的清晨去东岩下的小河旁散步，我常看见不少人举着望远镜观鸟。有的从山坡上俯瞰，有的凭桥栏平眺，有的在大树的空隙间仰望。有些人手里还拿着图谱，显然是要学点业余的鸟类学知识。对于并无望远镜的我来说，实在无从感知他们此刻从远处细察到的景象，但我可以体会到这种认知的视觉愉悦。他们肯定比西安那些玩鸟笼的主人有更为博大的鸟趣。他们不必占有一只鸟，却可以观赏任何飞来的鸟。他们只是鸟世界的探访者，怀着惊喜来林中寻觅和发现的客人。因为怕惊动隐蔽在枝叶间的小生命，他们才知趣地从远处投去爱慕的注视，从机械装置所洞穿的焦点世界里一瞥鸟儿自然生息的瞬间。老杜有诗云："暗飞萤自照，水宿鸟相呼。"诗人"尔汝群物之心"千载之上已为我们昭示了从一定的距离外注视的观物态度。

但我毕竟初至异国，面对绝大多数不知名的鸟儿，还是有些眼花缭乱，满目鸟盲。比如，突然瞥见一只羽毛美丽的鸟儿，却叫不上它的名字，还没完全看清楚，一转眼又飞到看不见的地方。我的记忆和分辨还来不及消化过于丰富的视觉印象，所以我更留神专注自己以往所熟悉的鸟儿。特别是晴朗的白日，看见我家窗外的草地或大树上飞来几只乌鸦，几声拖长的"呀……呀……"啼叫最能触动我想起丢失在遥远年代的声息。正所谓天下老鸦一般黑，一模一样的形状和毛色，那笨拙而有点惊人的啼叫恍若遥远的回响，让我想起小时候家门口大树下听到的鸦啼。就是在这一刻，两个相距很远的地方和相隔很久的年代在眼前的鸦啼中回应弥合了。鸦啼给我带来了异域闻乡音的愉悦，特别是那叫声在西安已绝迹了三十来年之后，再次在这么远的地方听到，更有一种旧物失而复得的欣喜。

后来日子久了，陌生的鸟儿中也有个别的渐渐变得眼熟起来。有一种形似八哥的小鸟，一年到头都出没在人家的房前屋后，即使在寒冷的冬日，都三五成群，跳跳蹦蹦在草地上觅食。这些鸟搭眼看去一身黑，给我最深的印象就是一刻不停地在草中啄食，它们生着短尾的身子极有活力，尖尖的黄嘴啄起食来勤快而专心。怪不得它们到处都是，会吃的鸟儿总是最容易存活下来的。后来我查阅了资料，发现这种名叫思塔伶（starling）的鸟儿果然是生存竞争的优胜者。它们并非北美原产，据说是在一百多年前，一个思乡的欧洲人为解乡愁把它们从欧洲带来的。当初在纽约中央公园仅放生六十对，如今也如同欧洲来的移民一样遍及北美了。也许是物以多而招厌的缘故，思塔伶在很多地方都不受欢迎，人们嫌该鸟的叫声太聒噪，打扰了他们枕上的清梦。其实思塔伶很

有特色，它长了一身具有保护色的羽毛，你若仔细观察就会看到，它并非纯黑，它的背上撒着金绿相间的麻点，从脖子到胸脯的毛色黑中透蓝，阳光下偶一变换角度，就闪出漂亮的虹彩，像青翠杂绛紫的缎子在灯前晃了一下，它的平淡的黑羽毛一瞬间镀上了华贵的光泽。我想，恐怕正是因为披上了一身迷彩服似的羽毛，思塔伶才有了更多幸存下来的机会。

观鸟或听鸟的另一个途径是招鸟，即在房前屋后放置鸟屋，在后院的树枝上悬挂喂食饮水的装置。这些用木头或塑料制做的东西像工艺品一样好玩，可以从专卖店买回来放到合适的地方。鸟食也可现买，通常由草籽、谷子、葵花籽等混合而成。我在日常路过的一家门外草地上就见到一个悬空的喂食器，透明的圆筒内装满了混合鸟食，飞来的鸟儿从下面的小孔一啄一啄，就把一粒粒种子吃到嘴中。特别在食物匮乏的冬天，喂食器周围总是叽叽喳喳一片鸟声。我真遗憾西安那些养鸟人何以从没动这样的脑筋，同样是喂食，为什么放着施舍救济之类的好事不做，而偏偏要把自己的鸟趣扭曲成逮捕性的豢养？供给鸟儿饮水也很有趣，只需把一个旧水桶底部凿眼挂在低空，其下再承以中心平凹的大盘，在天气较热的日子，喜水的小鸟就会飞到盘子上一边仰起脖子喝水，一边梳理着羽毛，在桶底滴答下来的水中洗个凉快的淋浴。

如果去水边观鸟，最好多带些面包，你可以像喂狗一样把那些形体较大的水鸟招到伸手可及的地方，看它们啄食。在一个晴雪的下午，我和友人去湖边闲游，只见见一群名叫加拿大鹅（Canadian goose）的野禽列队游过湖面，向坐在岸边长凳子上的一位老太婆游去。等我们转到那里的时候，那些羽毛深灰的大鸟已经伸着长长的黑脖子围在老太太面前。它们和鹅的大小形状差不多，只是羽毛不同——灰背、黑颈、白胸脯，而且它们会高高飞起，大雁般飞到远方。现在它们一点都不认生，争着吃老太太丢到地上的面包，甚至仰起头用嘴去接老太太正要抛出的一块。

去年深秋的一天，我自己在海边也有过一次喂鸟的经历，我们在沙滩上用没吃完的野餐引来了一群贪吃的海鸥。我们吃野餐时，它们似乎已预感到就要碰到索食的机会，于是接二连三从远处飞到我们周围，呆立在一边观望。我忽然想到，何不与鸟共餐一回。接着就站起来，抓起放在浴巾上的面包、火腿和西红柿向空中抛去。已经做好准备的鸥群一哄而起，抛出的食物转眼便被抢得干干净净。起先，它们在食物落地之后才扑过来抢食，后来我们都站起来乱扔手中的食物，一时间鸥群盘旋我们头顶，扑打着长翅膀直接从空中叼食，一块面包或肉刚被抛出，急不可待的鸟儿就准确地一掠而过，把那一块食物从半空叼走。贪吃的鸥群把我们团团围住，不到几分钟，我们就喂光了全部食物。这时候它们似乎还食兴未尽，环立在一边呆等了一阵，然后才三三两两散去，那逐渐变小的白色身影在沙滩海面之间四散而没。

又想起了老杜的名句："白鸥没浩荡，万里谁能驯。"鸟儿的本性就是野性，它们既无亲近人的需求，也不依赖人的豢养。我们可以用食物请它们来我们身边短暂做客，也可以植树种草，招它们迁居，但它们绝不会变成家禽。它们永远属于天空和荒野。我们可以和鸟儿共处为友的唯一方式只能是，知趣地从远处投去爱慕的注视。

磨坊河

磨坊河（Mill River）从上游的水库缓缓流下来，经东岩向海湾那边蜿蜒而去，只有从东岩下绕过的那一段，河两岸没有封闭，浓密的树丛中有跑步的小路，你可以从桔街沿小路一直向上走到水库下的廊桥边。水库是城市自来水的水源，往上的很长一段沿河地带都不得进入，我多次想找到一个可以接近河边的入口，始终都被铁丝围栏远隔局外。从围栏外远眺河那边的景色总是令人神往的：有大片的草地从密林中露出一块开阔的空间，隐隐可见白色的房屋。有密集的松树峭壁一样耸立在河岸上，终年以冷冷的苍翠倒映于平静的河面。有回环曲折之处积下大片深水，湖泊一样串在树林间，常有水鸟在远处的水面上游动。树木因临水而更加幽深，水流因树木环拥而愈显得沉静，树木与水流均因被隔阻在一定的距离之外，而使人置身观望的位置，也使观望中生出了一种说不清到底是什么的吸引力。当然，并无人有意要为过路者设计这样的观望效果，那些无法接近的地方不是私人的地产，就是市政当局为了特殊的保护而圈起来的。我们也许应该赞赏这样的封闭，若不是永远谢绝外人入内，这里就未必能维持住林深水静的环境，也就很难为像我这类心怀企慕的观望者保留如此悦目的风景了。

风景中常引我注目的是一对天鹅。不管是什么时候，或夏日晴和，或秋雨凄迷，或灰蒙蒙的冬天，我从河边驱车经过，偶一留意河面的景色，有时就会瞥见天鹅的身影。我不知道这条河上到底有多少天鹅，只是每次见到的均为一对，我便以为所见者无非那同样的一对。我看不出这两只天鹅有什么区别，也看不出所有的天鹅之间有什么区别，只见它们都同样的洁白，都昂起同样长的脖子，稳重地浮在水面上，好像在端详自己水中的倒影。它们长久地待在一处，恍若抛锚的扁舟。眼前的一切都趋于静止，随着我驱车前行，水面便框入车窗，天鹅随之进入前景。但更多的时候，我只瞥见一片空阔，除了水还是水。惟有到了每年余寒渐退的春日，从东岩下的那一段河边走过，可以看见这一对天鹅一天到晚都待在一处固定的地方。

　　我常去河边的小路上散步，身上不舒服的时候去，阅读或书写迟滞的时候去，内心的孤独感又像海畔暗礁从水中暴露出来的时候去。去活动筋骨，去清醒头脑，去同那个暴露出来的暗礁重合，好让自己沉入身外的寂静。春天的树林里依然一片萧索，近水处大片干枯的芦苇凌乱倒伏在淤泥中，正在风吹雨打下慢慢烂掉。也许是我进入了其中的缘故，也许是常有人来这里走动扰乱了什么，周围的景物看起来芜秽而散乱，远不如上游所见的那样秀丽入画。那一天走在河边，正在想好久没见到那一对天鹅的时候，抬头就看到河湾那边倒伏的芦苇丛中有一块发白的东西。走到近处才看清楚，是一只天鹅一动不动伏在苇丛中。我再向周围望去，又看见另一只从河湾的上方游来，一副认真巡视的样子，机警地守护在附近的水域上。我立刻明白我看见了什么。春天来了，原来这一对儿一直躲在那边孵蛋呢。那是一块安静的河湾，看起来虽近，但我绕来绕去，始终都走不到跟前。鸟儿也有它勘察地形的本能，它们特意在那边结下孵蛋的鸟窝，显然是发现那儿十分安全。那儿既接近人迹，不会有野兽出没的危险，那儿又在水一方，让路过的散步者可望而不可即。

　　自从有了这个发现，我增加了去河边散步的次数，不管在什么时候，不管是什么天气，苇丛中的窝上总有一只伏在上面。雨中它淋雨，风中它浴风。它好像粘在了窝上，好像是木雕泥塑的。就这样一天又一天，几十天过去，我从没有见它离过窝。终于有一天，我觉得夏天来了，走到那儿又注目对岸的苇丛。愈加凋敝的苇丛一下子空了许多，尖尖的芦芽已遍地顶出了葱绿。天鹅呢？我正在疑惑，一转眼看见河湾深处的水面上浮出那两只硕大的白天鹅，尾后紧跟着三只灰褐色的小雏，茸茸的羽毛还有一些湿意，好像绒做的玩具鸭子落到水中，歪歪斜斜的丑样子，游得还不太平稳。

　　它们在夏日渐渐长大，它们的羽毛慢慢变了颜色，不知到了哪一天，当我又在河面上遇见天鹅的时候，三只长大了的天鹅已不知飞向何方。还是这硕大的一对儿浮动着它们白色的身影，说不上什么时候又从车窗外的水面上静静地移入前景。它们昂首临水，平心静气，安稳如船。好像它俩从未孵出过小雏，好像它俩从未丢失过子女，好像它俩向来都是孤单的一对。一年、两年、三年过去了，它们惟一记得的就是，每年春天，几十天不动地伏在河湾苇丛内的窝上，然后为河面上带来三只小雏，最后只剩下它俩留守在这一带的水域上。现在，季节又进入初夏，河两岸的嫩绿一天比一天浓密，鸟声也一天比一天繁多。昨天我去那儿散步，已经是第四度看见那一对天鹅在苇丛内的老地方熬它们漫长孵蛋的最后几天了。时光在消逝，节序在重复，它们的耐心始终依旧，它们的身影永远洁白，它们只记得必须在那边伏卧下去，但绝对想不起自己有什么丢失。

谷仓与廊桥

不同的地域或国度各有其独特的古迹，中国有矿藏一样挖不完的古墓，欧洲保存了太多的古堡，美国当然没有这样级别的文物，她只有她的谷仓和廊桥。也许就中国和欧洲的尺度来看，此类东西算不上什么。但相对地看，所谓古迹，总得根据其所在地域的具体情况而定，一块开发不过四百年的新大陆，能保存一些二三百年的房子，一百来年的桥梁，也就算够古老的了。

这是两种农业时代遗留下来的建筑，均为粗木结构和高大间架，均遍布于北美乡村的大地，直到乡村似乎已离人远去的今天，你仍可随处可看到其变得日益晦暗的轮廓。同天下所有的建筑物一样，它们当然免不了遭受风吹雨打，但其中仍有不少建筑物得到了特殊的保护。美国人颇喜欢给自己的国家及时树立历史的里程碑，反正他们已经确定了谷仓和廊桥的文化形象，不管这些东西是否悠久到可称为古迹的年龄，只要被摄入镜头，构成画面，它们就同背后的田野，流经的小河，一起组成了野趣盎然的景象，被作为那个朴素的农耕年代延伸到今天的纪念，推到你眼前，供你流连欣赏。

我第一次注意到美国的谷仓是在一个夏日的黄昏。我和来我家做客的妹妹正走在纽黑文通往罕姆顿的大路边，看见不远处有很多人聚集在一起，我们就好奇地向跟前走去。原来是一群人在练习跳舞，男女分排成两队，队头伸到了门外的空地上，队身拖在大门内，教练在中间示范着，大家都缓慢地做出有点叫人觉得呆板的舞姿。这不就是在电影上看到的谷仓舞吗？我心里想着，同时打量起眼前的房子，这时才看出那是一个从前的谷仓。山形的屋顶，盒子一样用木板钉起来的四壁，可以进出车辆的大门开在前面的山墙下。似乎再找不到什么值得欣赏的东西了，整个的结构非常简单，除了结实耐用和出入方便的功能以外，从它各部分比例适当的构造再看不出还有其他多余的目的。它的外观一直都像它从前刚落成时那样单调，重新刷过的油漆以它那一如往昔的暗红盖尽了岁月沧桑的痕迹。现在，它被当地的居民作为谷仓博物馆保存下来，成了这群谷仓俱乐部成员活动的场地。他们大都是上了一点年纪的男女，在曾经住过牲口的屋顶下，他们正在自行排演节目。对于这种古风犹存的热闹，飞驰而过的驾车者显然并无兴趣。

那一天的收获实在不少，就在我们绕着谷仓寻寻觅觅的时候，对周围的一切都显得好奇和敏锐的妹妹又发现了新的目标。她指给我看大路那边，我看见了一座建在小河上的廊桥。远远望去，它同这边的谷仓外形颇为相似，两座建筑隔路相对，就像废弃在大路两旁的巨型车厢。廊桥也漆成了同样的暗红色，两侧用木板钉得很严实，一边有一个瞭望哨口一样的小方孔，仅可从桥内看到桥外的景色，很难从外面看见桥内的情况。廊桥和谷仓的内部都比较昏暗，即使是在白日进入其中，你也得待上一会儿，等眼睛习惯了那里的光线，才能够看清粗大的方木交错构成的屋架。同我在大陆见到很多名胜古迹处的情形有些类似，在这座廊桥内的方木上随处可见那些"到此一游"的人用笔或刀留下的名字，还有心形的符号和英文的"爱"字。看见这些似乎是情人们留下的记号，我自然想到了不久前风靡中美两国的小说《廊桥遗梦》（一译《麦迪逊桥》）及其同名电影。在那个有关一对中年男女的动人故事中，野花丛生的河岸与黑洞洞的廊桥始终是他们从邂逅相逢到生死永诀的背景。在拉远了距离的中国，廊桥的异国情调似乎更有魅力，据说在该电影流行之日，北海公园里还特别搭起了临时的廊桥，专供恋人们到那里去留影纪念。廊桥于是染上了一抹浪漫色彩，仿佛中国古代传说中的蓝桥，它被想像成典型的幽会之处，成为跃向在水一方的跳板。

　　事物的起源往往与后来的附会相去甚远，不管人们把廊桥想象得多么浪漫，所有的桥梁实际上都只是为方便行人和车辆而修建的。至于进一步又在桥上加顶，以致形成式样独特的建筑，当其草创之初，绝不可能想到要为幽会者遮风蔽雨。相反，桥梁建筑师首先想到的是桥梁本身的结实耐用，是担心桥梁建成后遭受雨雪的侵蚀，导致将来付出大量的修理花费。据一本廊桥图像史的编者说，正是基于这一实际的考虑，最早是费城的建筑师建成了他们的廊桥。大约在十九世纪最初的十年间，美国的第一批廊桥就这样在费城一带被率先建立起来了。当然，除了上述的首要目的外，据说廊桥还有一些附带的功能，比如可以供行人在桥上临时躲避雨雪；使那些为防腐而涂了油的木桥能保持较干的路面，以免它们因受潮而变滑；屋架和桥身连在一起，也有助于整个桥梁的加固；使桥上的交通更加安全，拉车的牛马看不见桥下的流水，自然就不容易在桥上受惊。总之，当初给桥加顶时考虑的因素的确不少，但其中恐怕没有一条是为天下的有情人着想的。如果说到了后来，遍布北美大地的廊桥和男女之事沾了边，也只是它固有的遮蔽作用产生了被借用的效果罢了。仿佛一节短短的隧道，在光天化日之下跋涉了漫长旅程的马车突然驶进廊桥，坐在车内的男女一下子碰到从车外行人视线下隐蔽起来的机会。我们完全可以想象，如果是两个恋人，他们也许就会在此刻乘机温存一番。因此，在廊桥之乡，很多人便称那些桥为"吻桥"。据说从前年轻的恋人坐车经过廊桥的时候，通常都故意让车走得很慢，男女双方此时就可趁机相拥亲吻一下。如果要谈有关廊桥的风流

传统,从那个朴素的年代传下来的,大概也只是这一点点简单得无从大肆发挥的信息。时至今日,男女不管在任何地方都可以旁若无人地接吻拥抱,他们恐怕再也没必要专等进入廊桥内那一刻短暂的机会了。

随着现代交通系统的长足发展,过去的很多要道都在废弃后没入荒草,曾为必经之途的不少廊桥也随之被遗忘在岁月的记忆之外。没有人再注意它们,也没有足够的财力维修它们。它们在风吹日晒下日渐剥落,直到整体腐朽,倒向其下的流水。只有那些还受到保护的廊桥在当地的范围内被列为风景名胜,成了某个局部景观的核心,醒目地点缀着周围的山川林木。它们于是就成为旅游者的目的地,吃野餐的好地点,人们留影时都喜欢选择的背景。在印地安纳州的帕克郡(Parke County),所保存的廊桥至今还有三十六座之多,那里每年夏天都会举行"廊桥节"盛会。

谷仓的形象好像不如廊桥那样诗情画意,有用的谷仓至今依旧在使用着,而废弃了的最终都会化为泥土。在某些专供游客参观的模型农庄里,牛马猪羊就像动物园的动物一样喂在木栏之内,所谓的谷仓,就是这些动物被人们看厌了之后,转回头栖身的木头房子。有必要在此说明一下,把英文的"barn"译为"谷仓"两字,是有些以偏概全之嫌。因为这种美国农庄的大房子除了存放谷物,也存放农具和干草,而且更多的情况是用作牛马等牲畜的住处。在著名的小说《动物农庄》的开头,深夜里琼斯先生的家畜家禽就是在他家的"大谷仓"里开它们的造反大会的。这几乎是一种诺亚方舟式的建筑,凡与农庄的生产有关的东西,大概都可能充塞在那个可被隔成很多局部空间的屋顶下。就我个人的经验来理解,美国的谷仓差不多就等于中国大陆公社化时期生产队的大仓库加饲养室。打一个比方,谷仓之于农庄,犹如车间之于工厂,农家的全部家当主要都聚集于其中。

谷仓是深邃而广大的，它有的是转弯抹角的空间，因此也像车间一样被安排成电影中打斗的场地和谋杀的处所。谷仓的上层总是堆放着干草，在其僻静角落的草堆里，则是电影中偷情的镜头常常对准的焦点。废弃的谷仓也是躲藏者或流浪者的栖身之地，它的阴暗的内部让人觉得恐怖而神秘，与浪漫而点缀着乡野景致的廊桥形成了明显的对比。有位美国女士讲给我她的一个奇梦，她梦见她先是在谷仓的角落和某人做爱，正做到云浓雨密之刻，忽然闯进一只黑狗，她吓得逃了出去，躲进了一座廊桥。这位女士的梦巧妙地沟通了这两种建筑被影视化的场景，她大概是看了太多的电影，致使自己的欲望都成了影视欲望的翻版，连她的兴奋和恐惧也落入戏剧化的模式。

我们已不习惯赤裸裸作出越轨的行动，而是喜欢为此类行动制造变换着的环境，正如我们的身体需要各种服饰，予以巧妙的包装。制造了某种典型的环境，我们的行动才能从日常生活的平庸性中超脱出来，才有了可以讲述的故事性，谷仓或廊桥之类的建筑于是被牵扯到想象网络的语境内，才在其日益剥落的轮廓中显示出那个纯朴年代的召唤。

消失了的游戏

像新英格兰的很多中小城镇一样,我所居住的地方也是除了汽车从街上奔驰而过以外,一天到晚都很少看到行人。走在人行道上的成人中,手里牵的多为形形色色的狗,而很少是小孩子。走在街上,我有时便想,孩子都到哪儿去了?孩子当然是有的,他们每天被校车或私车送往学校,又从学校接回,只不过很少有机会三三两两走在路上,或逗留在外面玩耍罢了。每一座分隔在草地林木间的住宅都像拉起了吊桥的城堡,真可谓屋舍相望,电话中相闻,老死不相往来。有一位谨慎的女士告诉我,自从那年万圣节一个日裔少年误闯私宅而被击毙的事件发生后,她上街走路总是举步谨慎,唯恐不小心踩进私人的草地。汽车带来了行动的方便,互相熟识的人往往都住得相距甚远,孩子们因而在放学后都独处自己家中,或看电视,或玩电子游戏,还有数不清的玩具可以随手拿来抚弄一番,再照料照料家养的猫狗,几乎没有必要再去找邻居的孩子结伴玩耍了。

　　由此想起了故城西安的孩子们,他们此刻大概也退缩在自家的狭小单元内做着类似的活动,再没有五十年代那样的深巷小院,可供成群的孩子们在一起玩很多已经消失的游戏了。不管是东方还是西方,后现代的生活方式都在急剧地改变着孩子们的游戏内容。总的来说,他们的游戏基本上都从户外退入户内,从群体转向个体,从风俗画般的活动变成了受商业控制的消费行为。

　　从前我们玩过的游戏有不少都是世代相传下来的,是孩子们结伙在露天玩的,或伴随有体育运动,或陶冶动手制作的情趣。

由于游戏都在户外进行,故不同的季节会有相应的变换。冬天玩的总是活动量大的游戏,如踢毽子、跳绳、打沙包、拔河,或一对一玩,或组对组玩,最后都有一个输赢的结果。玩的过程中贯穿了竞技的目的,或比耐力,或比灵巧。跳绳常跳到满头大汗,喘不上气来为止,而踢毽子则有很多花样,一种花样的次数踢满了,又得换另一种踢下去。西安的冬天很冷,但在我的记忆中,除了在冰窖一样的教室里冻得人手脚发麻以外,课外时间我身上总是玩得热乎乎的。我们常在院子里或大门外的街道上玩那些单纯而永远玩不厌的游戏,每一天差不多都玩到父母催喊着回家吃饭的时候。我不喜欢现代的体育比赛,它是赢得荣誉、奖品和崇拜的争斗,它使运动员成为罗马角力斗士那样为激起观众的狂热而拚命击败对手的表演者,它使本来是为锻炼身体的活动越来越增加了苛待身体,榨取精力的成分。孩子们玩的传统游戏也有竞争,却不存在置身局外,发狂鼓动的观众。他们每个人都加入其中,大家轮着玩,换着看,输赢只是激起玩兴的手段,游戏就是目的本身。谁也不是职业选手,更无须花钱经专门训练,只要看一看、玩一玩,很快就玩会了。游戏中使用的东西几乎很少花钱买来,而大多由自己制做。游戏因此带有几分劳作练习,如缝沙包、做毽子、糊风筝,有些做得精巧的,简直堪称儿童工艺品。孩子从中也锻炼了使用针线刀剪的能力,培养了动手制作的兴趣。然而从玩具店买给孩子的玩具则是广告和所谓"流行"推销的商品,是孩子之间学样子、搞攀比而力求更多拥有的收藏品。芭比娃娃每年都在花样翻新,印第安女孩风行一度之后,最近又推出会咬人的卷心菜娃娃。拥有最流行的玩具成了孩子自我优越感的标志,随着所玩的东西变得过时,就被不懂得爱惜东西的拥有者丢到旧玩具堆中。在一个美国女孩卧室内,我亲眼看到,她堆放在地毯上的旧玩偶差不多和她一样高。通过新旧玩具在手中不断更换,

孩子们从小就养成在恋物与弃物之间摆来摆去的消费习惯。相比之下，玩传统游戏的孩子则倾向于自己动手去做，因而从小都比较勤快能干。而玩现代玩具的孩子则无形中滋长了占有东西的贪欲，他们坐享了魔术般的科技成果，满足于做一个手持遥控器的操纵者，从小就被惯得懒散而任性。

那时候室内的取暖设备极差，冬天防寒主要靠的是从头到脚的穿戴，孩子们冬天都穿得笨重而臃肿。好像身上包裹了海绵垫子，可以尽情玩那些在地上跌打的游戏，常常弄得浑身是土。现在的孩子比从前更讲究卫生，但从梭罗所谓"更高的法则"（Higher Laws）来看，一直在地毯上长大而从来没有接触泥土的经验，是不是确实很幸运，大概就很可疑了。等到春暖花开，我们终于脱下棉衣，胳膊腿都轻松了许多，于是又有了春天的游戏。在院子内的青砖地面上跳房子或玩弹珠也是很过瘾的。地面本是我们活动的基本场所，从爬行到学步，直到跑来跑去，孩子最贴近的就是地面，因此地面就是他们最初的课桌、黑板和练习簿，在地面上玩的很多游戏都有益于练习举手投足的准确和敏捷。在更开阔的地面上我们玩陀螺或风葫芦。陀螺用木头旋成，上圆下尖，自制一个鞭子，玩时以绳紧绕，着地用力抽绳，陀螺就旋转起来。等它转得慢了，再加鞭抽打。风葫芦在旋转得很快的时候还会发出悠长的哨音，爽人的春风一吹来，那声音同空中的鸽哨一呼一应，随风向远方悠悠散去。这些具有民俗色彩的游戏都活动在广阔天地的背景中，就像飞去又飞来的候鸟，或落了又开的花朵，一到了那个时节，孩子们便纷纷拿出放置很久的旧玩具在一起玩起来，循着节序，单调地重复着依然感到亲切的活动。正是在这种几乎显得太简陋的有限性中，我们的记忆积累起富足的情感，而面对应接不暇的变幻，现代人的感受力则步入日益被吸干的窘境。

日益陷入恋物倾向的现代儿童变得越来越孤立，他们退出了孩子群，把更多的时间消磨在荧光屏前。他们变成了呆看的人，由于缺少交往，他们把闲置的情怀转移到猫狗之类的宠物身上。人与宠物的亲昵感是占有支配性质的，你从猫狗那儿得到的服帖是喂养出来的反应，那不是一种需要你时时调整自己的互动关系，它只满足一个人自我良好的虚幻感觉，而无助于孩子发展积极同别人打交道的能力。传统的游戏则使孩子有机会到自然中识别活生生的草木和昆虫，记得每年榆树叶刚冒出嫩尖尖的时候，我们就开始养蚕。上学时都带着用纸叠成的小盒子，里面铺上榆叶，叶上是小得几乎看不清楚的幼蚕。等蚕由黑变白之时，桑叶已经长出，蚕也吃得越来越快，我们频频把从树上采回的桑叶添进纸盒子。通过对采集或养殖劳动的模仿，儿童在游戏中复习了先民日常生活中的基本经验。

我们都很野，个个爬起树来活像猴子。在我看来，与其操弄器械，练胳膊腿上的肌肉，还不如藉着爬树做引体向上的动作。前者是将人的关节屈伸及筋肉松紧完全机械化的活动，后者则有一种把你突然抛入自然的危险境遇中，迫使你接受保护自己身体安全的考验。初次爬树总是有些害怕，脚一打滑，手一抓空，就有摔下来的危险。你不得不使出全身的劲爬上去，你经历的冒险与器械化体育运动的虚拟动作截然不同。而爬上树之后，居高临下的视境使你产生了自己忽然长高好多倍的感觉，你会抱住粗壮的枝干不想下来，一瞬间朦胧发现了人类最初栖息的地方。在榆树生荚或刺槐开花的日子，家里还派我们提上篮子去将嫩绿的榆钱，或折下白生生的槐花，好拿回家蒸麦饭吃。从前的不少游戏都与劳作有一定的联系，玩乐的同时，孩子也在学习如何从自然中直接索取基本的生活需求。现在的游戏则把孩子诱向对一个虚拟世界的迷恋，而他们置身的现实反显得黯然失色。这种视听上

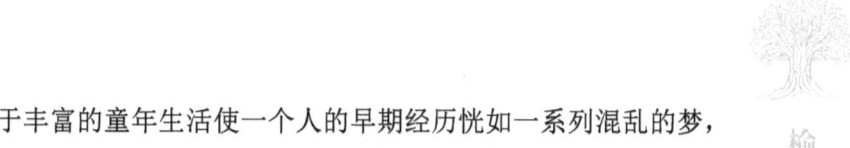

过于丰富的童年生活使一个人的早期经历恍如一系列混乱的梦，人生才刚刚开始，填满了欲望的脑袋就沉重压在了缺乏行动能力的身体上。

没有一番野孩子的经历是遗憾的，没有擦烂过胳膊腿，没有撕破过衣服，没有在泥土中滚打过，没有在野外辨认过草木虫鸟的童年是有缺陷的。而特别不幸的是，从刚开始游戏，手里的玩具全都是塑料、金属和化纤做成的东西。这些年来，像我玩过的那类传统游戏正在被人们淡忘，因为将它传递下去的土壤已流失殆尽。再过不了多久，它注定会和很多失传的东西统统散落到后来人的记忆之外。

宠　物

　　从前普通人家豢养动物，多少都有点实用的目的，猫逮老鼠狗看门，就是小孩子玩着养蚕，也指望把蚕养得吐了丝，最终好网一个墨盒瓢子。特别是在粒粒皆辛苦的农家，几乎没有什么闲饭供动物白吃，猫和狗所吃的不外乎家里的残羹剩饭，能捞到吃饱了懒卧在一边的机会并不太多，它们大多数的日子都是吊着松塌塌的肚皮嗅来嗅去，到处跑着寻找可以下咽的东西。大概正因处于这种半饥半饱的状态，机灵猫才专精捕鼠的技能，而可怜的狗竟饿得公然吃起人的粪便。我清楚地记得在农村落户的时候，每当农家的小孩子把屎拉在房间或院子的地面上，他们的父母一声呼唤，家养的狗就值班似地跑进来履行职责，两三口便把那臭烘烘的排泄物吃个干净，地面上经那舌头贪馋的一舔，光得竟像刚用拖把擦过一样。因此，提到一个人戒不掉恶习的时候，村民们就骂那个人"狗改不了吃屎的路"。其实狗哪里喜欢吃屎，与其说这样肮脏的嗜好是狗的本性，不如说是饥饿迫使的选择。

　　在多数人还没彻底解决温饱问题的社会中，家内的动物当然只能得到非常低贱的饲养，它们根本算不上什么宠物，它们只是最贴近主人的牲畜罢了。碰到了连主人吃饭都成问题的年月，有时候狗就会遭遇捕杀，补充了肉食的不足。各民族都喜欢用类型化的眼光谈论其他民族的特征，提起中国人，美国人常列举的恶习之一便是爱吃狗肉。这当然是一种偏见，吃狗肉者未必生性残忍，而反对吃狗肉者也不一定个个都是善人。两者的根本分歧来自不同的分类观念：一个把狗当宠物饲养，而另一个则把狗列入家畜群内。孟子早就强调过，"鸡豚狗彘之畜，无失其时，七十者可以食肉矣。"杀狗在那时候是一种职业，荆轲的好友高渐离就是一名狗屠。

"宠"这个字从前似乎更多用在人的身上，只有帝王的后宫和富贵人家才养得起那些被称为内宠或外宠的人物。他们是嫔妃或姬妾，嬖臣或娈童，是俳优、小丑等形形色色用自己的身体、姿色和才艺来讨主子欢心的奴才。他们之所以得宠，是由于他们被迫或自愿地按照主人的嗜好扭曲地发展了自己身上的某一方面，进而将其造就成一种取悦主人的魅力，并据以为得宠的资本。他们虽生而为人，但处在受主人宠爱的情况下，他们的人身无异于主人的玩物。身为玩物者没有自己的生存目的，没有独立的个人意志，为得宠和固宠，他们不得不忍受一切屈辱。无条件地迎合主人的兴趣，这就是他们唯一符合其身份的反应。

在个人权利普遍受到忽视的时代，一部分人竟为得宠而降身为物，像猫狗一样依赖主人的豢养。这就是被养起来的不幸，你享受了饭来张口的好处，同时也付出了让人家任意揉捏的代价。

蓄奴的时代已经过去，如今就是有钱人家也养不起仆役随从。现代人的价值观已发生很大的变化，曾经被权贵们当作玩物的倡优歌伎，今天变成了大众崇拜的歌星影星。独立的妇女不必柔顺谄媚，专去讨丈夫的欢心，连做儿女的都越来越不服从父母的管教。总而言之，个人之间那种任意支配与绝对服从的旧关系已无法维持下去。然而在我们的无意识深处，或多或少还存有支配他者的欲望。须知人类的形成本身即为一驯化的过程，人在驯化他者的同时也驯化了自己，因而对服从的需求乃是我们与他者建立关系的一个基本条件。所谓和谐的关系，从自居主体的一方来讲，就是能够从对方身上不断得到顺从反应的关系。对抗你的行动总是令你气恼的，一个永远听话，而且从不要求你作自我调整的对方当然最容易相处。可惜在个人权利高涨的现代世界,这种为一方的满足而牺牲另一方的人际关系在观念上已无人愿意接受,人人都以自我为中心,都崇尚挑战和对抗,都只要求别人迎合与屈从,人与人之间就变得越来越难相处。无法适应对方的人于是纷纷退处孤独。为了减少独居生活的寂寞,他们宁可花钱买一个宠物,好使自己在一种支配与被支配的稳定框架中得到满意的享受。猫狗于是替代了从前的内宠外宠所扮的角色,而每一个养得起宠物的人也都虚拟地有了帝王权贵良好的自我感觉。现在,与猫狗共舞,好像比与我们的同类共舞还更让人感到贴心,也更让人觉得可靠。豢养宠物的风气不只在当今富裕的西方社会极为普遍,同时也在开始吃上了饱饭的中国人家里流行起来,人与宠物的同居甚至正在发展成一种有待界定的新的家庭关系。

在我居住的这个美国小城里,街上步行的人本来就比较稀少,有时候我看到人拉着狗散步的情景比人与人走在一起的情景还多。遛狗者男女老少均有,所遛的狗五花八门,人狗相随着走街串巷,举目所见,已成为日常的街景。你在一天的任何时刻都会在路上碰见形形色色的狗们,有丑得可爱的牛头狗(bulldog),有浑身黑白斑驳的大麦町(dalmatian),有尖嘴蜂腰的猎兔犬(greyhound),而可爱得常让人想伸手摸一下的则是温驯的金毛犬(golden retriever)。我最喜欢金毛犬,它总是向你和善地摇着尾巴,晃着大脑袋,伸出长鼻头,满脸都是憨厚的神态。

它们一律颈套项圈,佩带注册的牌照,多数被谨慎的主人用带子紧紧拉在手中。好不容易得到了出来放风的机会,狗们首先要充分温习那使用嗅觉的古老习性,他们不断停下来嗅嗅这儿闻闻那儿,好像在所有的气味中都贮有可以捕捉的信息,都能找到自己过去留下的痕迹或什么新的兴奋点来。有时候这个狗闻到了兴头上,它会一直用心地闻下去,它甚至不只在闻,而且好像还

钉住鼻头在回忆或思索什么。这时候主人就是再使劲拽它，它都执拗地站住，不愿意抬起它的头来。等终于闻出了什么，它好像弄懂了某个问题，于是翘起一条后腿，把一股子尿滴答在用鼻子确定的那个范围内，然后再跟上主人继续前行。狗与狗路遇时常喜欢互相嗅嗅，相识的或随和的主人往往会放松带子，让两只狗戏狎一番，也算是让它们练一练荒废了的狗习。它们用头或身子相蹭，张开嘴作戏耍的打斗，甚至喉咙里哼出呜呜的低吼。它们平日太驯良了，大概只是在受到同类挑逗的时刻，互相之间才唤醒了潜伏在身上的野性。这时候，主人们则喜欢谈论他们的宠物，提到狗的性别，他们不说那是"公"的还是"母"的，而喜欢说是"男孩"或"女孩"，而且用"他"或"她"来指称。他们甚至给宠物的名字尾码上自己的姓氏，俨然把它们当作自己的家庭成员。另一些主人显然害怕自己的宠物野了起来，所以总是阻止它们和别人的狗接近，即使他们手中的狗跳起来挣扎着要和相遇的狗亲热，他们硬是紧揪住带子，绝不让它们接近一寸。有一位矜持的老太太每天遛狗都路过橘街，脸上常带着挑剔或提防的神气。她的那一对小狗活像一胎生下来的小猪，肉墩墩的，蠢笨而畏缩，始终都让收得很短的带子控制在她眼前最近的地方。有一天几个年轻的男女放开了他们活泼的黄毛莱布狗（labrador），那黄毛狗一下子奔向老太太一对"小猪"跟前表示亲热。受惊的老太太立即上前阻挡，大声申斥，向青年们摆出抗议的姿态。好像她的"小猪"受到了意外的骚扰，她扭头就拉起俩宝贝儿避到路那边去了。

宠物饲养招来了配套的商业服务，走进宠物商店，你会为丰富的宠物用品惊叹不已。精制的狗食、猫食，或袋装，或罐头装，一律按标准的规格生产，连配料也考虑到一致的效果，要让猫狗吃下去能拉出易捡拾的干块粪便来。其中狗食还分出狗崽专用食，以及训练狗时用作奖赏的零食等等，挣宠物钱的厂商可谓费尽心思，把能够制造出来的需求，尽量都造了出来。有所谓狗玩具的假骨头，有供猫蹭痒痒的器具，有种种除臭剂和洗涤剂，人的享受越来越多地被移用于猫狗，一个宠物消费市场正在兴旺发达起来。

　　此外，还有为宠物美容的特别服务，专为宠物洗澡和修剪皮毛。有一种体型优美的卷毛狗，它们身上大都被修理得如同刚剪过毛的绵羊，俨然是披着羊皮的狗，羊一般卖乖，羊一般松软而滑溜，头上的长毛还特别打个花子，腿腕上整齐的短毛掩盖下露出干净的乌爪，修长的四条腿站在路边，简直像踩着小巧的高跟鞋一样轻盈。我每天上课路过的一个人家便养了这样的绵羊狗，我常常看见它文静地待在门前向路人展示自己，从它的顾盼中流露出几分朦胧的自爱。我于是想到，当人所制造的待遇和形象加在宠物身上，以致它们习惯了那一切的时候，人为的趣味也许就逐渐外在地形塑猫狗，以致在它们身上熏染出某种类似于人的形影。包含着动物的物种本质之特殊气味，现在也让洗涤剂、除臭剂消除殆尽，致使它们的身份定格在脖子下所挂的那个牌子上。猎狗也好，牧羊狗也好，西伯利亚雪橇狗（husky）也好，从大似牛犊到小如狸猫者，如今都徒具形骸地脱离了它们世代相传的劳务，在主人家过着相同的生活，成了虚有其表的不同狗种之样品。它们还得接受人类的卫生制度，打各种防疫针，被带到宠物医生那里体检和看病。主人若要出远门，甚至可以把他们的宠物送到宠物旅馆寄养，等到旅途返回，再接它们回家，同时会收到相当可观的帐单。我们今天生活在处处鼓励你购买的社会中，你养了宠物几乎等于多养了一两个孩子，有你花不完的钱呢。

　　世事现在发生了奇妙的反转，从前是一些人把另一些人当动物玩弄宠爱，在讲究个人权利的现代世界，人开始把猫狗之类的

动物宠爱成人。据科学家所做的遗传基因研究，实际上并没有狗这个生物种类，狗本是人从狼群中驯化出来的变种。它与人结伴已有十万年之久，可以说，狗与人同步共历了各自进化的漫漫长途，狗性就是狗在身为人的助手的过程中逐渐生成的。如今它由人的助手转而为人的宠物，它和它曾经担任的劳务完全脱离，它的饮食起居从户外移入了现代化设施的室内，它身上一切野性的机能日渐丧失其用处。作为宠物，它被人娇惯成了一架肉身机器，正如奶牛被喂在栏里产奶，母鸡被关在笼中下蛋，宠物只待在家里消耗预制的食物，从而满足人的感情需要。

你和人相处的最大缺陷是随时都会发生误解，各人都有各人的心思，你无法确定对方此时此刻有什么想法，两个人面面相对，转瞬之间，彼此的心思不知已闪现多少纷纭的意念。与人交流，常会让你感到困惑和劳累。但同宠狗相处却轻松多了，它毕竟是你喂养出来的伴侣，这一点便足以保证它对你保持不变的态度，你日常的动作和姿态已对它形成固定的信号，只需使一下眼色，它就会作出你所需要的反应。你和他人相处，还会有一个互相较量的问题，比如免不了考虑谁付出的多，谁付出的少之类琐屑的事情。与宠物之间却不存在这样的问题，它对你总有持久的忍耐，你在你人的语境中不管发生什么态度的变化，它在它宠物的立场上对你都始终如一。没有变化在人与人的关系中常意味着僵化，即使是夫妻或情人，日久了都会生厌。但宠物那种不断重复的亲热却不会叫人厌腻，其间的单调自有其与日俱新的情调。这里不存在人际关系中那些由认真的考虑所引起的麻烦，这里纯粹是游戏。比如你摸摸狗或狗舔舔你，那只是一个亲昵的动作，一种习惯的接触，它没有任何含义或目的，它带给你单纯的快感，并引起你和一个玩伴在一起追逐、打闹、逗弄等疯那么一阵子的乐趣。尤其是成人，与宠物的相处会使你短暂地重温孩提时期的经验。

游戏的孩子更倾向于同动物厮混，这就是很多儿童更比父母爱养宠物的原因。文化人类学的案例告诉我们，模仿动物乃是人类游戏的一个基本模式，其中到底有什么隐秘的动机，尚有待专家分析研究。我们的类人猿祖先本来是与动物为伍的，在从动物群里分离出来之后，人始终怀有重寻旧伴的欲求，也许正是做着这个重返伊甸园的梦想，现代人有了与动物重建关系的需要。于是，在宠物沾上更多的人气之同时，人也走近动物，生出一系列有待诉说的感受。那究竟都是些什么新颖的经验，当然要由饲养宠物的人们各自去体察和抒写了，本文只是一篇旁观者的引言。

暧昧的猫

耶鲁教授贺兰德(John Hollander)写诗、讲诗，也选诗编诗，几年之前，我读过他编选的《动物诗》(Animal Poems)一书。听说他近来在动物中对猫情有独锺，正在把东西方自古以来的咏猫佳作汇为一编，且在每篇之前加上独到的评点，准备出一本有份量的"咏猫诗选"。据贺兰德自己所说，他之所以于猫诗别有兴致，盖缘于以下两点：其一，近来美国养猫者日增，美国人对猫的兴趣可谓方兴未艾，猫诗的结集自然适逢其时。其二，贺兰德认为，猫与狗虽同为最亲近人的宠物，但猫性隐而狗性显，狗之单纯质朴犹如散文，而猫则较为孤僻，不像狗那样忠于主人。对于人，猫始终保持了似近而实远的距离，所以在人的眼中，猫的形象便有了几分朦胧。贺兰德因此认为猫的不确定性富有诗意，他的这一观察正触动了长期以来猫在我心中留下的一些模糊印象。事情也算很凑巧，我有一篇旧文题曰《宠物》，文中大谈了狗，却未曾触及猫。如今走笔至此，自然该填补这有关猫的留白，为宠猫者多侃些趣闻，抛砖引玉，催生其各自的遐想。

从前中国人提到猫，常习惯连带说起虎。俗话说得好，"照猫画虎"。在一个流传甚广的儿童故事中，猫被升格为虎的师傅，说是那个庞然大物的捕猎术全都得自比它小得多的猫，只因聪明的猫给自己留了一手，凶猛的虎最终没学到上树的本领。"三百篇"惟一提到了猫的一句诗是："有虎有猫"。《礼记》在谈到郊祭的仪式时，也由猫及虎地说："迎猫，为其食田鼠也；迎虎，为其食田豕也。"从以上两则引文可看出，自古以来，华夏人即习惯把猫与虎相提并论。但必须指出，先秦时期所说"猫"并非后来已被驯化的家猫，而是野生的山猫，其体型要远大于后来的家猫。尽管如此，猫和虎本属同类，在中国传统的动物分类谱系中，猫就是缩小了的虎，虎也可被视为放大了的猫。如果你是一个爱猫者，你为猫在十二属相中的缺席而感到遗憾或不解，我可以明确告诉你，这是由于虎已在其中代表了猫的位置，没必要再让猫挤进去占那个象征序列的座次。

按照目前西方流行的说法，埃及人是第一批家猫的驯化者，是埃及人在四千年之前发明了最早的谷仓，仓内的谷物招惹了大量的老鼠，而泛滥成灾的老鼠同时也引来成群的野猫。在谷仓周围捕鼠的野猫从此进入埃及人的村落，逐渐与人接近，在捕鼠的同时，它们也开始接受人家餐桌下的弃余，随后便留居屋内，最终成了埃及人的朋友。埃及人因此有拜猫的习俗，他们奉猫为女神，并将其偶像供在宏伟的庙宇内。与此同时，养在家内的猫也被赋予神性，伤害猫的人甚至会受到死刑的惩罚。猫死之后，连猫尸亦不得随便弃扔，埃及人会像处理人尸那样把它们做成木乃伊，葬入专门埋猫的墓地。十九世纪，英国人在埃及发现了一个几千年前的猫墓地，发掘出的猫木乃伊竟多达三十万具左右。那些木乃伊均缠以彩布，敷以香料，被处理得一如人尸，有些甚至还有硬纸制成的面具套住猫尸头面，并用彩笔画上圆睁的猫眼和几根胡子。

灵猫捕鼠的名声很快从埃及传遍四方，此后它们就成了天下人都喜欢豢养的动物。在中世纪的欧洲，猫曾一度遭灾受罪，特别是那些黑猫，除妖的暴民把它们一概目为巫婆的帮凶，成千上万的猫于是跟上巫婆一起倒了大霉，都叫人扔进火堆活活烧死。直到后来老鼠猖獗，瘟疫四起，谈鼠色变的欧洲人才醒悟到仇猫的恶果。猫从此在他们家门内吃香起来，以致到后来成了西方人

最喜欢豢养的宠物。十九世纪,在英美出现了养猫俱乐部,培养繁殖良种猫的行业遂兴旺起来。猫不只作为捕鼠的能手而受人欢迎,更被迎入小康人家的卧室和客厅,作为悦目的活动摆设,成了美化日常起居的象征物。截止八十年代末期,据一个统计数字显示,在美国人家里,猫口的总数甚至超过了狗口(猫口多达五千八百万,而狗口则为五千一百万)。

欧洲的养猫之风也许确实传自埃及,至于土生土长在华夏的家猫,至今并未发现任何资料能证明它们与埃及或欧洲有什么联系。它们既没有被诬蔑为妖孽,也从未被拔高为具有艺术气质的动物。只是有一种传闻,说是陌生的猫突然走入家门,可能会意味着带来穷困。但这一说法并不流行,恐怕只是限于某一地区的迷信。自古以来,猫始终都只以其捕鼠的技能而受到中国人的重视。在一篇官方的文告中,捕鼠被规定为"猫职",诗人们把猫昵称为"狸奴",并写诗赞赏它们看守书籍的功劳。这狸奴若坐视老鼠横行屋内,那就是不可原谅的失职。当诗人提到与老鼠和平共处的懒猫,很可能就是暗讽那些纵容坏人为非作歹的官吏。

据我幼年的记忆,周围的大人常有所谓"男不养猫,女不养狗"的说法。这一专断的"不"字到底出于什么禁忌,我至今尚不完全清楚,根据它那否定的语气,可以推出的正面结论只能是男应养狗而女可喂猫了。由此可见,即使是养猫养狗这样的事务,在从前也似乎有过性别归属的划分。不知道这个一刀切的规定到底普及到什么程度,就我个人熟悉的几个猫来说,它们确实都是女主人喂养的。

我熟悉的第一个猫是那种最常见的短毛猫,蓝灰色的皮毛上斑驳着黑色的条纹,我奶奶叫它狸狸猫,"狸狸"大概就是有条纹的意思。但那只是奶奶把它同其他的猫加以区分的名字,其实狸狸猫对自己的名字并没有什么明显的反应。这一点正是猫与狗最大的不同，狗对主人的指称总是报以灵敏的反应，你只需叫一声狗的名字，它立即就会摇着尾巴亲热地向你走来。猫则对所谓名字似懂非懂，不管你给它起什么名字，你叫它的时候它大都是一副代答不理的样子。它即使是在向你靠近，行动中也会有几分迟疑，好像在固执地拒绝你的支配，硬是要滞留在它不为所动的自持中。在不同的地方，人们对各种家养动物都有特殊的拟声呼叫，西安人常用"咪咪"的呼叫来召唤猫。狸狸猫似乎更熟识那"咪咪"的召唤，奶妈发出几声"咪咪"的呼叫，它就喵呜着走了过来。它每天都吃奶妈喂的食物，同时也吃自己逮到的老鼠，一听到它在厨房里或板柜下弄出了响动，奶妈就高兴地说狸狸猫又逮住老鼠了。逮住了老鼠的狸狸猫有时会嘀住它的猎物过来向奶妈表功，它得胜地叫着，把还没有完全断气的老鼠从口中释放到地上，看着老鼠蹬几下腿，挣扎着要爬起来的样子，接着又扑上去狠狠地咬住。它喜欢当着奶妈的面展示这残杀的游戏，但它从不在人面前暴露它那茹毛饮血的大嚼。它总是把它的猎物拉到柜底下享用。我多次听到它啃骨头嚼肉的声音，却从没瞥见它把老鼠血淋淋吃下去的场面。

狸狸猫是很爱清洁的，从柜底下爬出来的时候，它会把自己的爪子、鼻子和嘴全舔得干干净净，猎食完毕，不留下任何血腥的痕迹。吃饱了，它就扯长躺在房檐台上晒太阳，伸出舌尖舔自己的鼻头，还会端端蹲起来，一副认真而尊严的样子，一边舔着爪子，一边用舔湿了的爪子在嘴周围抹来抹去。这时候奶妈就指给我看，说那是猫在洗脸呢。狸狸猫是奶妈从一窝猫娃中抱回来的，它似乎从一开始就把奶妈当成了母猫的替身，于是就只亲近奶妈和我，对家里其他成员就疏远多了。那时候还没有现在这些卫生规矩，奶妈冬天烧起热炕，我们也不嫌狸狸猫脏，就常把它招到被窝里睡觉。我把被子撑起一个洞口，它往炕上一跳，就自

动钻了进来。我堂姐也想分享与猫共眠的乐趣，她把狸狸猫硬拉进自己的被窝，结果捂得猫在里面发出了擤鼻的厉声，在她的被窝内吐了一口黏糊糊的东西，最后抓破了她的手，嘶叫着逃了出去。

奶妈叫我嚼馍给狸狸猫喂食，我把嚼得稀软的馍馍吐到手心上，它便用舌头文雅地舔着吃下去。我能感觉出那舌面的粗糙，它上面细微的肉刺舔得我的手心一阵痒酥酥的快感。狸狸猫最后以突然的走失结束了我奶妈收养它的生涯，这是到处乱跑的猫常有的下场。它们或许吃了什么东西死在了外边，或被哪个坏家伙抓住转卖给别人，更多的情况则是跑到别人家偷吃东西时落到生人手中，在被拴上一段时间后忘记了归路，于是又有了新的主人。这又是流浪成性的猫和忠实守家的狗另一个不同之处，所以奶妈常说狗是忠臣，猫是贰臣。她喜欢拖长调子吟起一个关于猫的儿歌，哄我睡觉，直到现在我还记得开头几句：

咪咪猫，过高桥。

金蹄蹄，银爪爪。

上树去，逮鸟鸟……

我还熟悉一个白胸脯的老黑猫，它是我祖母养的。那时候我和祖父母住在一个大花园内，尘封的楼上有很多线装书都让老鼠咬得破破烂烂，老黑猫有时候就溜上楼抓老鼠吃。但在我们这个常年吃素的居士家中，它的主餐还是祖母一口口嚼给它的馍馍。经常吟起"爱鼠常留饭，怜蛾不点灯"两句诗的祖父并没指望这只老猫除鼠，因此它基本上处在半失职的懒散中。有时候它在后院树丛内不知吃了什么不合适的野味，吃得它在房檐下不住地干呕，以致病到了死去活来的程度。我发现它就匍匐在地里，把肚皮贴在湿土上将息，在杂草中嗅着、啃着，然后噙住某种绿草，服药似的把那嫩草叶吞食下去。我感到非常惊奇，这猫真成了精，怎么忽然变成了草食动物！祖父对我说，这是猫肚内有毒有火，它懂得找出那能清火败毒的草往下吞咽。老黑猫这个神农尝草的行动果然收到疗效，它的身体慢慢缓了过来，居然自己治好了病。

古人称猫为阴精，它们的确不怕炎热，你即使在夏天摸老黑猫的鼻头，都有凉丝丝的感觉。但老黑猫最怕冷，冬季里它总是蜷伏在火炉边睡觉。它把炉子贴得很紧，有一次都把它的皮毛烤出了焦味。祖母掏炉灰时把它赶开，它又上到炉边的沙发上卧下，与时常在沙发上打坐念佛的祖父一左一右，双方正好处在了并列的位置上。灯光昏暗的晚上，炉子上熬着咝咝作响的梨汤，祖母用她冻裂口子的手从头到尾抚摸老猫，在它的皮毛上摩擦出淡绿的火花，还夹杂着极其细微的爆裂声，就像两根连上电池的铜丝接了火。老猫被抚摸到十分舒服的时候就呼噜呼噜起来，从它的腔子内传出持续的闷声，祖母把这打呼噜的声音叫老猫念经。难道这老猫受到祖父的影响，在两者共享的沉思中，它也同默念阿弥陀佛的祖父有了寂静深处的呼应？

后来就进入吃不饱的所谓"困难时期"，连人的糊口都成了问题，谁还喂得起猫狗。紧接着红卫兵大破"四旧"，养猫也被纳入资产阶级的闲情逸致，七八年之间，城市居民的家里再也难看到猫狗的踪影。只是后来被迫落户到农村，我们家又再次养猫。那时候家里的老鼠闹翻了天，一到晚上，鼠群就在土屋的顶棚上敲鼓似的闹腾起来，它们嘶叫着，打斗着，咬家具磨牙的声音咯吱作响，常常把我和妻子吵闹得不能入睡。妻子于是很想养一只猫，但猫那时候在农村可是宝贝，你就是花钱或出粮食，也不一定买得到手。因为老鼠太多，家家户户都下老鼠药毒鼠，大批的猫误食了死鼠而倒毙在外，一时间幸存的猫都成了稀有动物，多被主人紧紧地拴在屋内。我从城里抱回一只小花猫,一带回家它就抓了老鼠。可爱的小猫大概还没尝过老鼠的滋味,它初咬死一只大老鼠的时候好像不敢立即吞食,都不知从哪儿下口去吃。我妻子得了此猫如获至宝,她日夜都紧关大门,惟恐这宝贝跑出去误食了死鼠。小花猫的战绩果然不错,抓了几次老鼠后,便在屋内壮了军威,我们的夜晚随之也渐趋平静。没想到早有人心怀叵测,已经在暗中打起了这宝贝的主意。小花猫在我家才逮了半个来月老鼠,就叫我们的邻居偷去转手到外村。我妻子找了好久,骂了多日,她的宝贝始终渺无踪迹,我们家此后又陷入鼠群骚扰的灾难。

光阴荏苒,风物频换,我现在认识的猫则是美国康州一家人的宠物,它的名字叫布莱克(Blackie)。那家的女孩很想养狗,她妈妈觉得她管不了狗,于是就给女孩领养了一只猫。其实女孩也不做管猫的事情,喂养布莱克的杂务最终还是落到了她妈妈身上。布莱克是一窝小猫中唯一的黑猫,也许是中世纪的观念还在某些美国人心中残留阴影,就因为生来一身黑,幼小的布莱克差点叫原来的主人遗弃。起先是出于怜悯,女孩的父母把小猫抱回了家。布莱克是个英国种,它一身黑毛,缎子一样油光,那样子并不像老虎,倒是更容易令人联想到一头阴沉的黑豹。布莱克的女主人不但不忌黑,她平日在穿着上还特别尚黑,她总是说黑色最为高雅,黑色永远都不会过时。

她按照美国的方式养猫,布莱克不只从来不知老鼠的滋味,而且也没吃过任何谷物。它吃精制的猫食罐头,有时候还得到煮熟的虾作为补养,在储藏室内拥有它独自的领地,还定期被送去洗澡或打针。总之,它的女主人仿佛额外领养了一个孩子,她老是说不忍心看见它那可怜巴巴的样子。所以对猫医生发出的指令条条都认真照办,而所有那些养猫的讲究,自然都和消费挂上了勾。自从养了布莱克，女孩家便不断为它付起不菲的账单。布莱克现在年长三岁，女主人在它身上的花费并没有白扔，它如今黑得尊贵而优雅，已让她在它的猫性中养出了几分人气。它认自己的名字，听从主人的呼唤，喜欢在她进门后把身子往她的裙子上磨来蹭去，也懂得摇着长尾巴在客人的腿上轻轻一扫，为它的女主人表演一下它那礼节性的亲近。但是它并不是一个可玩可狎的顺猫，它只是在想要吃食的时候才走过来缠人。一旦吃饱喝足，它就掉头走开，一下子对任何指令都无动于衷，只是急着要去屋外的草地上逛荡。即使是待在屋内，它也固着在它黑色的孤独中，绿莹莹的眼睛闪着它的女主人无法猜透的目光，让她在伏案写作时偶一抬头，不由得对那两点在角落的暗处磷火般发亮的寒光感到有点阴森。

　　但她也欣赏布莱克那浑身滑溜的孤僻，因为它对人的疏远使它保持了模特一般冷漠而超逸的姿态。她特别喜欢用佩格利亚在其《性面具》一书中为猫的神韵而挥洒笔墨的隽语来赞赏她的布莱克。佩格利亚说："猫是人生戏剧的旁观者，它们令人悦目，却不失其优越的姿态。它们颇有自恋的神气，很喜欢修整自己的外表，有时候会因皮毛的蓬乱而自惭形秽。它们天生就有构图感，甚至会在椅子、地毯和地面的一张白纸上给自己找到恰到好处的位置。……它们孤傲、幽独、不偏不倚。它们会把握优美的造型……作出优雅的姿态来。"布莱克的女主人认为佩格利亚那番话也适用于她的布莱克，因为她已多次发现，布莱克很少随便在地上作兽态的乱卧，它确实会拿自己的身体填补画面，比如悠闲地卧在地毯的两个花样之间时，它那天鹅绒般的形体就化为凸起的图案。布莱克甚至要同书架上的非洲黑人头像媲美，不知道什么时候，它就神出鬼没，跳上书架，端庄地蹲在那玄石雕像旁边。它驻足于动静之间，凝神于神秘的暂停，让喜欢摄影的女主人又一次抓住了它那庄重的假寐。

荒野之美

荒野就是世界的本来面貌，是大地上至今尚未充分开发的地方所呈现的景象。当然，在今日的地球上，真正原封未动的地方已所存无几，而且只会变得越来越少。本文要说的荒野只不过是由于地理或气候的限制而得以幸存下来，或由于人为的保护还能局部地存在下去的区域罢了。就荒野的本意而言，乃指纯粹的自然状态，但在今日世界的语境中，这样的自然状态则更多的是在现代人的文化有色眼镜下呈现出来的景观。远古洪荒时期的荒野是要把人吞没的荒野，它使生存于其中的人更多地感到恐怖，属于人类开发世界的进程中力图克服的障碍，其实并无什么美可言。只是在人类走出了野蛮状态，同自然有了分隔，开始从文明的高台上远眺自然的景观，或偶然离开人群而步入林莽，走出城市而奔向远郊之时，才会对那令人神往或惊叹的景观感触到荒野之美。荒野的美感冲动可被视为一种突然涌现的返祖心态，人对其宿世足迹的模糊追忆。特别是对生活在荒野之外的现代人来说，荒野的美感冲动，更多的是人皆有之的新奇感，是暂时摆脱了日常生活状态的轻松心情，也是城镇居民得花钱去买的奢侈享受。

然而到那些国家公园或自然保护区去旅游，去更远、更艰险的地方探险，毕竟只是少数人有机会做的事情，去了也不过暂时经历一下而已。更为理想的情况是，尽可能使荒野的情调成为我们日常生活环境的组成部分，即在我们居住的城镇里尽量保留山丘、河流、湖泊、林木和草地的自然状态，从曾经侵入的区域撤退出去，把业已破坏的部分恢复过来，最终使我们的大街小巷和房前屋后成为与荒野背景有机地组合在一起的居住环境。在人口还未造成太大压力的北美，这样的景观依然随处可见，而在维持其存在的长期努力中，人们似乎也养成维护荒野的特有情趣。比如在城镇之间和一个城镇的不同区域，乃至在居住区或孤立的房屋之间，一般都尽量保留下成片的树林。对于这些树木，最主要的管理倒不是栽培、修剪之类的园艺性照料，而是保持其自生自灭的状态，听凭其残枝败叶在丛莽间积累起来，无视断株枯木横七竖八在一边，一任它们长年累月地腐烂下去。有位来自中国农村的女士，她每看到那些倒在林间慢慢烂掉的大树，总是禁不住可惜地对我说，白糟踏了这么多可以收拾回去的柴火。她的思维习惯仍在从树木的用途来看树木的价值，其不知正因为这儿已不再用柴火煮饭或取暖，树木才有幸能在它倒下的地方慢慢烂掉，而树林也才有可能以其芜秽的面貌保持了环境的荒野性。贫困正在使地球上的很多区域退化得更加荒凉和贫瘠，只是在富足的情况下，荒野才得以保持其旺盛的势头。

在新英格兰的城镇中心，大多有一大片绿草地，据说这些作为街心公园的地方，在殖民初期都是周围的住户共同拥有的牧场，后来不再有牛羊可放，有实用价值的牧场就成了供人盘桓游憩的草地。在此类草地上很少看到精心培植的花木或亭台廊榭之类的建筑，通常多显得枯燥而空旷，但也正是保持了此单纯的景色，才使人置身现代城镇之中还能恍惚间一瞥农耕时代朴实的野趣。也正是这样的树林和草地，为城镇招来了成群的飞鸟，还有不怎么怕人的松鼠，偶尔现身的鹿群。人因此才得以缓解现代文明造成的疏离感，才觉得接近了世界的完整性。应该在这一意义上理解梭罗所说的一句话："世界存留在荒野中。"现在美国的环境保护组织已把此言奉为座右铭，它也被曾在缅因州初次感受到荒野呼唤的摄影大师坡特（Eliot Porter）选为他一本摄影集的标题。

这是一本影像与文字相映成趣的摄影集,每一幅风景照都配有选自梭罗作品的片段,照片上的景色似乎意在对梭罗用文字记录的观察作出视觉上的呈现,而所选的引文则把我们欣赏的画面延伸到通往另一向度的感受。照片的排列顺序也像《瓦尔登湖》一样遵循着春夏秋冬的进程,画面中的每一个细部都令人想起梭罗在他的《日记》中所描述的一个博物学家的仔细观察。我一直认为,美国的文学或艺术中呈现的荒野之美有一种独特的追求,这就是对于自然界一草一木,一虫一鸟所持的认知的兴趣:被观察和被摹写的景像和物体总是作为目的本身呈现在我们眼前的,它的美就焕发自它本来便是那样的存在之中,每一个体的独特性与其他个体构成了这个世界繁复多样的色彩。与中国式的古典野趣根本不同,它既不是托物言志的载体,也不是堆砌词藻的铺陈。对物的摹写并不导向道德的讽喻,也不存在被分类的物与人格类型相对应的模拟体系。比如,在梭罗的《日记》和《瓦尔登湖》中,我们可以明显地看到,他首先是出于去过一种实验性生活的动机而步入荒野,他常常是为了记下对动植物或某一景物的研究性观察而写下了很多别有情趣的素描。埃默森(Ralph W. Emerson)认为,除了与德性的关系以外,事物还有它与思想的关系,因而世界也会作为知性(intellect)的对象在我们的眼前显示出它的美质来。深受埃默森的超验主义(transcendentalism)思想影响,梭罗试图到荒野中去寻找所谓"更高的法则"(higher laws),他想深入到自然最野性的方面去实践一种最简朴的生活,一种尽量减少利用和榨取自然的生活,在大自然的课堂上静观阴晴寒暑的消长,默察草木虫鸟的活动,以观照的眼睛从地平线上整合出美的风景来。

这种荒野之美是不带感伤色彩的,是反浪漫主义的抒情狂热的,是同拜伦那种在暴风雨中叫嚣的自我扩张大异其趣的。它旨在从事物的绝对秩序中捕捉到我们日常生活的视角往往视而不见的美景，它发现的是熟识中的新奇，是"绿满窗前草不除"的生意，是最渺小的生命以其独有的方式令人感到惊讶的一面。梭罗之所以在康科德(Concord)附近的瓦尔登湖结庐人境，每天拿上笔记本记录林间湖畔的动静，坡特之所以弃大峡谷之类的雄奇景色不顾，而一心在新英格兰土地上用镜头撷取荒野的片断诗意，就是因为他们相信，美就在我们身边，它是有待我们发现的东西，审美的愉悦在于我们有能力发现并表现美。荒野并不全在荒无人迹的地方，我们周围的自然只要不是作为使用的对象被人榨取，而得以在闲置状态下焕发其生机，我们就能欣赏到荒野之美。荒野乃是这个世界的营养，我们每个人的身心都需要从中得到其滋补。对一个走向荒野的人来说，闲暇是最大的享受，向自然学习是最主要的目的，而学会如何去"看"则是需要加以培养的能力。坡特的摄影和梭罗的笔记都是教我们如何去"看"的好教材，二者都教给我们如何敏于感受自然，如何以景慕的态度对待自然。

这本摄影集的"引言"指出，摄影是最现代的艺术，同时又是最不"现代主义"的艺术。它的作者进而争辩说，把照相机仅仅说成一个再现的机器，或以为摄影在步写实绘画的后尘，都是不正确的看法。摄影的困难在于摄影师不能像画家那样把自然本无的样式和构图强加给自然，但他可以通过选景和剪裁来显示一般人视而不见的构图和样式。摄影师仅凭自然本身便能变幻出新奇的美，几乎没有什么媒体像摄影这样，能以艺术和技术的完美结合教给我们注视自然的方式。就我个人的趣味而言，优秀的摄影作品总比那些太新潮的绘画焕发更丰富的艺术魅力。因为很多新潮的玩意都是艺术家自己想象中的东西，它们与我们熟悉的现实世界并没有多大的联系，而优秀的摄影作品却提醒我擦亮眼睛，一下子从熟悉中看出了新奇，以致被那流溢的气韵所感染，想起了某一遥远时刻的感受。

翻开坡特的摄影集，其中的每一幅画面都向我们显示荒野中静美的一角，同时也传达了季节变换的步骤在迈进的瞬间所流露的声息。明暗的对比，色彩的深浅层次，全都能让我们仅凭着眼睛就可以感知到寂静下面的声音。比如，在一片枯枝败叶间，几片肥嫩的苞芽刚刚露头，那向上顶出的尖角正在花一样绽开。这样被集中凸现的画面就使人立刻感受到，春天苏醒的气息正向你扑面而来。从景色中似隐似现的色调也可以看出岁月暗中换装的迹象，在树丛所有赤裸枝条上都冒出看不见的细芽的时候，一幅从远处俯视的全景，便以比印象派绘画更悦目的点点淡红与嫩绿将春意隐约浮现出来。愈是利用镜头的框范把过于分散的背景排除在外，愈是凸现生命在局部的小天地中没受到干扰的安恬时刻，便愈能传达出荒野状态的舒适性。巨松下一个凹窝有几根柔韧的草梗，松软的黄叶，再夹杂上片片散落的绒毛和半干的松针，就给五个易碎的鸟蛋铺成了暖和的床褥。自然界的每一景象都同人的某种内心状态相对应，荒野之所以对人的精神有滋补之益，就在于它的每一个局部美都能唤起我们被日常生活的琐碎考虑冲淡了的爱心。欣赏乃是一种移情的行为，是对所欣赏的景物的认同，领会了荒野之美，就是肯定自然界的每一个微末处所都有保持其原状的价值。在一八五一年冬日的一页日记中，梭罗记叙了他在山上听到伐木声时的悲痛。他哀悼一棵巨松的倒下，"那摔倒在岩石上的喀嚓声刺耳地响起，它向你宣告，没有一棵倒下死去的树不发出叫苦的声音……鱼鹰来春重返河畔的时候，它将徒然飞来飞去找它落惯了的树梢，老鹰则会为这株庇护它筑巢的参天大树发出哀鸣……"梭罗并没有伤春悲秋之类的吟咏习气，他为之痛心的，是人的占有欲对荒野的破坏，至于生命自然的萎谢，在他看来，其中也自有值得赞叹的美。这幅画面像一块手帕兜起了地面上一方天然图案：墨绿的松枝和半黄的松针铺成了松软的底子,几片落叶零乱分布其上,有的暗红,带着黑斑;有的浅棕,已烂掉了边际;有的还泛着没褪尽的绿色,杂有衰弱的惨白。这幅图所配的引文赞美了在生命流程中作为一个环节的死亡:"它们死得多么美,又为土壤做出了一年一度的奉献!落下之后还会再长起来……它们就活在它们使之更肥沃更丰厚的土壤中,活在春天还会来到的树林中。"天公好生亦好毁,要是任所有的生命都无限制地繁殖下去,疯长的荒野势必由于过量膨胀而变得十分丑恶。死是对生的调剂,死亡的间歇使生命在挫折中有了律动的节奏。正如梭罗所说,"生和死都是大自然的伦理组成的部分"。

进入二十世纪,人类对自然的征服可谓达到了巅峰,人们恨不得把地球上能开发的地方都尽量开发出来,以满足日益增长的消费需求。只是临近二十世纪的黄昏,人们才有了警觉,才萌生了与自然和解的渴求,才发现荒野的大量萎缩给我们留下了难以弥补的遗憾。于是,曾被等同于荒蛮,而一直被努力改造的荒野现在露出了新的面貌,世事好像又在返回原来的出发点。但这不是倒退,而是在一个更高层面上的复原,是如往而复,是更人性地向自然回归。

树的风骨

友人苏炜，性喜收藏，且素谙趣事，在他的诸多收藏和趣事中，我最想说的是他的两册旧影集，以及他业余摄影的爱好。那是八十年代中期苏君初次来美留学的时候，他人尚年轻，才情正浓，似乎觉得他当时发表的那些留学生小说还没诉尽他生活在别处的感受，于是在文墨之余，他更挎上照像机，去街头野外发现和捕捉他意中的，也正好中意的影像。他从西海岸拍到东海岸，乃至遍历西欧各国，两三年间，拍下了不少铭刻岁月记忆的照片。

那时候离他海南岛热带雨林中垦荒种橡胶的岁月尚不算久远，大概是久住山林，已习惯与树木相处，再加上往昔大生产狂热中目睹了太多滥伐森林的现象，我发现在苏君的北美摄影之作中，他对树木始终情有独钟，而对树木中的死树，对其垂死的过程及枯而不朽的形象，所聚焦的注视尤为铭心刻骨。众所周知，在傻瓜机和数码照像机普及的今日，拍照早已成为大众日常的消闲消费，家家的影集中都充斥了记录私人视觉经验的摄影收藏。非专业的拍照每天都被过量制作出来，那一切显然谈不胜谈。一般来说，太个人性的业余摄影之作，至今尚难以引起专业摄影评论的重视。我之所以一直想谈论苏君的摄影作品，且一心要撰文探讨其不同凡俗之处，最初即起于苏君个人视界中的树木影像触发了我的感怀。

通常对摄影活动未作深思的人，谈论起摄影的效果，往往多偏重其机械和技术方面的问题，似乎像机的镜头摄取的乃一绝对的客观真实，拍照者的眼睛只起了对准焦距的作用。对于作为艺术探索的摄影活动，这样的说法实在有很大的偏解。不同的人在拍摄对象的选择上之所以很不相同，与普通的拍照消闲消费者相比，善于拍照者之所以能拍出更耐看，也更可观可赏的照片，就是因为拍照者个人的视界从中起到了捕捉影境的作用。诗有诗境，画有画境，摄影作品中也应有摄影者意存而眼至的世界，在司空见惯的景物中，摄影者若能将他人熟视却无睹的影像拍摄出来，他就算拍出了影境。展玩了苏君那两册影集，我以为其中的很多影境的确值得我在此撰文一谈。摄影所摄取的乃是语言止步的领域，语言既无力把握影像的妙处，影像也不必反过来借助文字得到诠释。然而文字的表达形式毕竟有其易于传播的优势，就苏君那些很少有人见过的摄影作品而言，我现在也只有通过文字的勾画和分析来传达其特色，庶几使更多感兴趣的公众得窥其仿佛于万一了。正是基于这样的愿望，我提笔酝酿，虽踌躇再三，最终还是知难而未退，居然介入有关影境的谈论，有意作一番尝试，自我挑战一下文字操作的极限。

在山头或河边，在房前或路旁，在各种景色的空旷处，那挺拔的树木及其摇曳生姿的枝叶，似乎总使得孤独的摄影人感到特别亲近和十分人化。"昔我往矣，杨柳依依。""将军一去，怅大树之飘零。"早在古人的诗句中，站立的树就被赋予了与人惜别的感情。树触发了人的孤怀，同时也以其持续的站立召唤了人面对孤独的勇气。摄影实为一孤独的工作，志在收集影像的摄影活动本来就需要一个人独来独往。你得有垂钓的耐心，勘测的敏锐，朝山进香的不辞跋涉。那绝不是一群人在一起凑热闹的事情，你只有独自带上像机出外作业，才有捕捉到好机会的自由和方便。苏君当时也正值他青春荒凉中最寂寞的年月，因了这摄影活动的机缘，他大片的情感空白正好有了适意的容纳，于是通过镜头，他与姿态各异的树木启动了视觉上的沟通。

苏君本质上是个好热闹的人，他的孤怀只是那一时的遭逢，不过给他多彩的树木影像采访录个别地涂抹些苍凉的调子罢了。从总体上说，他摄影的主调还是在营造明快的优美。比如在《晚林图》前景中，群松如柱撑天，借助突出一根根背光的树干橡檩似的粗黑，衬托出"反景入深林，复照青苔上"的一片明亮。再如《岚》中的画面，苏君在摄制时依然抓住了前景中疏密有致的树干排列，使其栅栏般透露了"日出而林霏开"的景象；正是清晰地留出了那些"栅栏"的间隙，才疏通了观者的视线，使那似有若无的烟岚从深林漫出了气势，使其扩散着的乳白同时闪现出温润的蓝色。而《响秋》的满树黄叶，《寒枝》的如网空枝，则是镜头从树干转而上移所锁定的画面，光与色的效果探索现在集中于扇形的树冠，无论是前者的密叶金黄，或后者的枝干灰白，全都在晴日下对比出背后蓝天的明净和亮丽。拈出以上数例略作描绘，即不难看出，苏君的取景多有其"意在景先"的构思。摄影与绘画的根本不同在于它不能造境，不能像画家那样按自己的在先之意将对象变形。摄影者的在先之意只是一种倾向性的敏感，是持重的意趣，他的眼睛不只敏于在混乱的景物粘连中发现某一天然有序的片段，而且得进一步选择适当的角度和距离，借助既有的"遮蔽"和本存的"空白"，用镜头的画框把那粘连在无序中的一段加以有序框范，最终把自然中潜在的一幅"无心画"收集于照片之上。比如《秀立》中的小白桦，《秀木》中的小白杨，正是建构了条幅般竖拍的画面，才得以构成合适的剪裁，于幼树丛生中截取了那相交而又相距的优美姿态。这本来都是些随处可见的树木，只是由于取景别致，便把风光辉映下那摇曳生姿的情致，以及树杆的颀长和白皙旖旎地显示出来了。

苏君来自南国，新英格兰的冬天留给他的印象想必很深，致使他拿起像机反复拍照雪景，影集中至今存有不少雪树素裹的照片。我的行文不可能把那些雪景讲得面面俱到，在此，我只能对树木在这些雪景中如何构成影境的道理略作探讨。对于他意中的景物，苏君似乎常喜欢从高处俯瞰，从远处透视，而前景中的树木总会经过巧妙的截取，在构图上造成和谐效果的同时，更烘托出树背后雪景的纵深。从树的丫叉间，我们似乎正好找到观望点，看到了被推远的景象。比如照片《神学院》中，那枯叶犹存的横枝遮蔽画面的上部，好比揭起了门帘，使横枝下门洞般露出空白，连接到远去的雪径。《淡雪》中分叉的树则把观者的眼睛提高到瞭望哨的地势上，由此一瞥了薄雪初降时空寂院落的全景。而《寒街》中枝干扶疏的高树则如巨臂空中指划，再从高处斜侧下来，把道路护持在腋下，以树的守望把人的注视聚焦到远处那颇有怀旧意味的后街一隅。更动人遐思的是那些以白雪大地和墨蓝天空衔接出苍茫世界的画面，树木则总是出现在明暗的交接处，路标般显示着途中的孤寂，而人则在更远处，仅晃出渺小的黑点（《行旅》），或只突出雪地上深深的脚印，把人隐没在怪石杂木荒山月的境外（《早行人》）。

　　冈布里奇在其《艺术与幻觉》一书中谈到绘画模式时曾举过一个例子，两幅画所绘同为一景：湖山一隅，岸树数株。用西画画出者俨然英伦风景，用国画画出者则依稀江南山水。两画皆为写实之作，只因笔法各异，遂制造了不同的幻觉。苏君有过习画的经历，那些卷轴上久已熟悉的丘壑似乎点染了他的胸次，以致他在北美拍出的很多山水都一股子墨韵犹湿的国画气势。比如他所摄的加州优胜美地山峰，由于在他的镜头中有意选两三棵奇松斜竖前景，便拍出了"疑似黄山"的效果。而在《月似旧年》和《心中明镜台》两作中，都采取了对角线的构图处理，让一边充实以斜上去的山峰，另一边留出斜下来的天空，峰顶上均有孤松亭亭而立。前者借侧光具现了"山高月小"的名句，后者纯用逆光，制造了暮山的剪影，而两者都以其不同的色调同样给人留下十足的大盆景印象。类似的国画效果在影集中还有很多，有疏枝横斜，师法元明诸大师删繁就简笔意者；也有取景阔放，松峙云飞，宛然一幅彩墨苍岭图者。由此可见，镜头并不只是冰冷的玻璃，在苏君的把握中，镜头亦有青眼，以致于异域土地上偶一垂青，竟从陌生的林木上识别出仿佛故园树的风骨来。

说到底，我还是更欣赏那些站立而死的大树。对它们的死而不倒，死后的光秃和干裂，风霜雨雪侵蚀成的奇形怪状，以及大风摧折，折而未断，断而不朽，直至留下发黑的残株，最后分散在乱石中，慢慢腐烂下去……苏君都一一有所拍摄，集成了一组用形象祭奠的树誄。比如《双子座》中，两株死树如塔挺立，云雾中隐现地老天荒的骨鲠。再如《站立的思辩》中，那石裸铜瘦的枝干浑然一具霜雪打磨成的枯木雕塑。山林不是植物园，草木的死亡是十分自然的景象，冬去春来，荣枯轮回，永久的绿色，全部的蓊郁，反而显得热带林莽的单调。峭壁长崖上没有死树屹立，枯松倒挂，反会让人觉得少了荒凉的野趣，丧失了大自然严峻的气势。我相信，苏君对死树影像的丰富收集，多少是会填补影像世界中某些被忽略的空白的。

苏君那段寂寞的岁月已作为往事化入上述的摄影，我还想加以强调的是，所有那些照片都不存丝毫个人私生活写照的痕迹，每一幅都以其"以我观物"的眼睛摄下了"无我之境"的一瞬，因而都可以作为普泛性的作品欣赏，而且可以把摄影者为谁的问题完全置之度外。这一点，可以说正是苏君那两册旧影集与我们家庭影集中大量纪念性的照片最根本的不同之处：它是瞬间的视觉感受捕捉，而不是视觉经验的日记流水账。至于其他效果的差异，我以为尚属其次。

苏君如今仍热心各种收藏，字画摆设，雕像佛头，海外流落中一直背到底的大海龟壳,以及各种玩意,把他那并不算宽敞的郊区住房布置得十分风雅。去年他在后院挖了鱼池,设置喷泉,今年夏天给水中植了丛孤荷。没有多久,碧叶间就绽放红莲三朵,苏君邀我赏花。我们试图赋诗描述各自的观感,搜索枯肠,最后发现,既有的陈词滥调实在无法描述我们的所见和所感。面对草木之美,无奈失语之后,令人深感,美的影像不是语言能够捕捉得到的。与其秃笔逞词藻,不如尽摄影像中。于是,爱花兴浓的苏君一时摄影技痒,随即重操起他久置不用的像机,夙兴夜寐,守候池畔,抓紧花期,从各种角度,在不同的光线下,把莲花从含苞到初放,到盛开,到萎谢,直至结成莲蓬的整个过程,拍了成十卷照片。经过筛选,汇集为百莲图一册,起名《莲炬集》。意在突出红莲吐艳,亭亭辉映水面之上的璀粲照人。

  最近我常打开苏君的《莲炬集》,反复观赏照片上姿态各异的莲花,更加激起我想谈论苏君摄影的宿愿。至于莲花的单纯美,就让我闭口藏拙,置诸阙如,留下思慕的余地,去默然意会好了。我能说出来的,仅为上述关于树木及其风骨的一些粗浅感受。

干 花

干花介乎鲜花与假花之间,扬弃了它们的缺陷,却兼有二者之长。

假花除了以其旺盛的外观几可乱真以外,似乎再无其它可取之处,它只是花形的手工艺品,是绢或塑料制作的装饰物而已。它本无所谓凋谢,自然谈不上有什么生命。而花之为美的本质却在于它生长周期中呈现的变化:由含苞到怒放,由盛开到零落,它美得脆弱而短暂。相比之下,假花的永不变色反倒让人觉得枯燥无味,它制造了廉价的不朽,这使它的完美永处于零度的水平。对于鲜花的开谢匆匆之美,中国古代诗人在大量的诗词中曾倾注了太多的爱怜和痴情,林妹妹暮春葬花那幕戏可谓把这一古典的感伤推到了极致。

非常遗憾,多情的诗人如此惜花怜香,却从没动一下脑筋,去想方设法把花枝已开而犹未过分盛开的姿态固定下来。而另一些费尽刻楮之功的人则太热爱人工的徒劳,他们从没想到返璞归真的路数,去考虑如何把花叶本身制作成假花根本无从替代的艺术品来。其实,很多并未感染诗意忧伤的普通人都知道,你若有兴趣把花瓣夹在书中,等它慢慢干却,就能让它那脆弱的形态,连同其不可复制的颜色,一起较为完好地保存下来。我们当学生的时候也有过那样半浪漫半实验的兴致,往往是在春花盛开或秋叶纷飞的日子里,读书读到了欣然会意的一页,顺手就把随便什么花叶当书签夹了进去。那并非有意的制作,只是出于一时的好玩,但很久之后的那一天忽然翻开书本,你会发现这样的处理竟无意中留下了春色或秋意,特别是花叶间残存的淡淡气息,最能唤起你生活中某个特殊时刻的记忆来。女士们似乎更精于此道,她们无师自通地摸索出压花的艺术,在一幅幅用干花干叶拼凑的图案中,制作者竟把某时某地纯粹属于个人的感触与凝固的色香一起巧妙地贴到了白纸上。每一幅压花的图案都是一张抽象派的速写,一篇怀着思念采撷的游记,一首用草木本身写成的咏物诗。它们还可以制作成压花卡送给朋友,以其朴素的美表达了不管多么值钱的礼物都表达不了的心意。

我一直认为,植物的不朽与动物的不朽在观感上有很大的不同。不管是木乃伊还是动物标本,所有经过技术处理的干尸都残存着那种令人恶心的气味,就常人的感觉来说,血肉之躯的死亡总是丑恶而可怕的。植物的机体则由于具有完不同的结构,它的死亡便可以制作出不朽之美,只要经过适当的处理,脱尽水分的草木就会作为无生命的物质长久存在下去。这是一种将生命风干了的美,它虽死而犹活,已老而不衰,在它那非生命化的物质存在中,生命旺盛时刻的形态和色泽就那样原原本本地固定下来。这确实是一个奇迹,草木在活着的日子里不可能长久保持的姿色,在它干死以后,反而得到幸存。这样看来,在进化论上处于低级种类的植物,其审美的资质反有了高于动物的地方。古代的修道之士之所以把草木当作学习的榜样,去参悟其返朴归真之路,恐怕就是因为他们在草木身上看到,生命的气息可以和非生命化的物质存在形式完美结合。

干花艺术的制作者和欣赏者都有一个共同的爱花观,即尽量就草木本身的特征发现其悦人之处,把开发每一种花叶的不朽之美搞成一种美化生活环境的实验。这是一种"尔汝群物"的喜悦,它与那种感伤、托喻式的诗意情绪是完全绝缘的。花就是花本身,它并不是什么拟人的象征,有品级之分的类型,或自恋心理的能

指。它与园艺学和室内装饰的联系远多于同诗歌的联系，它基本上是一种愉悦眼睛的对象，一个讲究生活情趣的人更懂得如何把它做成赏心悦目的东西，而不是给它强加这样或那样的隐喻。陆放翁说得好："花如解语还多事，石不能言最可人。"干花可被视为石化了的鲜花，它就是它自己的塑像，无需刀斧之工，它就在它脆弱的有限性中完成了向持久不变的转化，化身为天然的自我雕塑。在干花的枝头，颜色是由娇嫩变得黯淡了一点，曾经袭人的气息也似有若无了，它确实丧失了那种湿润的鲜妍，但正因它老在了青春姿态的某个凝固点上，最终才避免了凋谢和腐烂的命运。

干花的制作在美国已发展成具有一定市场的批量生产。走进礼品店或花木店，一般总会看到一束束扎好的干花，五颜六色，陈列在某个角落，同手工编织，家用的粗瓷器，以及原质原色的木头家具一起构成了农庄的美国特有的粗朴之美。你还会发现，在这些干花束中，庭园里名贵的观赏花类往往很少，较多的则是那些路边草丛中常见的野花。因为肥艳硕大的花朵并不适于制作干花，花瓣细小而质地牢实者制作成的效果才会更佳。如果你有兴趣亲手制作，在不同的季节走过山野林薄，随手采集，多会有特殊的收获。只需把鲜花束倒挂在通风的地方阴干，待一些日子，你的干花就制作好了。这里所说的干花并非单指干却了的花朵，其中也有或红或绿的干叶，干而不枯的草茎，农作物丰硕的干穗子，以及绕成环状的干藤蔓。把这些素材巧妙地搭配起来，一个干花拼凑就布置完备。

干花的美似乎含有对过去农业时代的怀念。在从前的农村人口大多已转入城镇居住的今天，很多农家院里最常见的东西都成了装饰品，如挂在门旁的玉米棒，装饰餐馆柜台的大蒜辫子，甚至一捆秫秸，几根麦穗，也可由于布置得当而给某个店铺或人家添一点乡野气息。这就是农庄的美国之美学，它重视艺术的日常生活化和装饰的实用性，它的风格是在粗朴的本质中流露出素净的情趣来。它确实让你感到，它的各个方面都是粗而不俗，朴而不陋的。干花的趣味是非文人化的，它和盆盆罐罐，筐子篮子，以及几案床铺一起充实了日常生活的富足，使居室内满溢安适的气氛，映衬出美国人喜欢的小康生活。雕琢和繁复于它纯属多余，它只以它袒露的单纯陪伴你的起居，平静你的心境，使你在故我依旧的感觉中聊以卒岁，不知老之将至。

阿美什之乡

汽车进入宾州的兰卡斯特(Lancaster)地区，窗外所见，一直都是大片平旷的田野，以及分散在路边或远处的房屋。有些房屋显然是一般的住家，屋外也有草坪，门前也停着汽车，看不出有什么与众不同之处。有的房屋则明显是农家的院落，住宅的附近一般都毗连着高大的谷仓，谷仓旁边多竖起一个巨型圆柱体的建筑，好像化工厂的什么设备，银灰色的金属外壳在晴日下凸现出美国农庄的标志。车内的游客都不太清楚这个名叫"Silo"的东西到底作何用处，我只是查阅书本后才了解到，此密封的圆柱体内贮存着喂养牛马的青饲料。那就叫它饲料贮存塔好了。车开得很快，注视着一家家一掠而过的农庄，我一直在留意搜寻我想看到的特殊景观。屋外的空地上可看到一些农械，有些农家院停着拖拉机，这当然不是我们大老远跑到此地来参观的对象。有的农家院停放的确实只有马车，而且有不同式样的马车。想必那就是我们要看的阿美什(Amish)农家了。正是在此刻，导游向大家宣布，我们已进入阿美什之乡。他提醒我们，此处尚属它的外围，更为典型的景观尚在后边。

早就听说过阿美什人的故事，说是在二百多年前，宾夕法尼亚的开发者从欧洲请来三百多以务农著称的阿美什人，让他们在这块富饶的土地上经营农业。从此以后，这个具有独特信仰和习俗的基督教派便陆续移居到美国，在新大陆上过起了他们与众不同的农耕生活。他们的基本原则是坚持教会与国家的彻底分离：一要过和平安宁的日子，二要维持严格的朴素生活。因为他们反对打仗，拒服兵役，故在欧洲曾一度受到迫害。大约只是到了美国这样允许不同的生活方式自由存在的国家，他们的双手才保住了不沾血只沾土的洁净。至于朴素的生活，在从前朴素的农业时代，那本是普通农家日常的生活状况，其实并没有什么可特别称道的地方。但进入二十世纪以来，特别是在经济繁荣的美国，阿美什人断然拒绝已普及到社会各个角落的现代化设施，进而群体坚持其传统的生活方式，甘愿守成其落后于时代进程的习俗，这就不能不让人惊叹其可贵的选择了。显然，这也正是阿美什之乡如今成了游客观光胜地的原因。阿美什人固守的"落后"也因此有了光彩，在当代发达社会宽松的缝隙间显示了它独特的价值。因此要谈起阿美什人的落后，首先应该弄清，它与世界的其他地区普遍存在的落后状况根本不同。比较而言，贫穷地区的落后是生产和生活的水平整体低下的结果，对生活在其中的人民来说，落后只会带来苦难和赤贫，它是人们急欲摆脱的处境，并没有什么值得观光之处。这里的落后则应被视为阿美什人的福分，那是一种"狷者有所不为"的选择，一种过上了富足的生活才有条件享受的古朴，也许只有在特殊的基督教社区和美国这样的大环境内，才有可能发扬光大这种拒不效法外界的精神。

我们的旅游车只是从这里路过，并没有太多时间到专门接待游客的人为景点处去消费被兜售的民俗观光。为便于顺路作一掠影式的观光，干脆把车迳直开进阿美什农庄的腹地，去亲眼看一看他们到底在怎样生活。仍然是大片平旷的田野，仍然是远近分散的农舍，四周静无声息，只见更多的饲料贮存塔在四方高耸起圆柱体的剪影。西斜的夏日在这块单调的土地上拖延得特别迟缓，拿一路上所见的饲料贮存塔与地里遇到的农人相比，人确实比塔的数目还要稀少。最先看到的是个头戴阿美什草帽的农夫，着淡蓝色的短袖衫和黑布的背带裤，留着浓密的络腮胡子，但上

髭刮得很干净,因为八字胡从前是军人的特征,反战的阿美什人从来都不屑留它。那农夫正在赶四匹拉着农械的马整地,他不慌不忙,马也拉得不太吃力。有不少田地在休耕,另一些长着谷物,更多的则长着牧草。每一户阿美什农家至少拥有四十多英亩(约合二百五十亩)土地,广阔的地面足够他们作各种安排,所以不必把庄稼种得像中国农村那样密密麻麻和不留余地。我们第二次看到的农夫有三四个,着装也和前一个差不多,从远处几乎分不清每一个人的特征。他们正在用什么机械把干草打成捆,动作同样是那么徐缓而从容。田间的小路都修得像城镇的街道一样宽敞平坦,沥青的路面,也有绿底白字的路牌,只是没碰见一个在路上步行的人。终于在汽车转到另一条路上时,我看到了一辆马车,遇不到这样的马车,我们几乎无法证实现在是在阿美什之乡兜圈子。那是典型的阿美什轿车,铁灰色的车身,四个钢制的大车轮,一匹高头大马拉着它缓缓而行。那辆车一直走在我们前面,所以始终都看不见赶车的人。接着我们又看到另一辆车,是一辆拉东西的敞车,车厢里堆着干草捆,辕上套着三匹马。赶车的少女头戴白布圈帽,淡蓝色的长裙下伸出了一双赤脚,我特别注意到套在裙外的浅棕色披肩和围裙,这正是阿美什妇女标准的装束。她的头发中分着向后梳去,一身的素净淡得像清新的干草。她只是专心驾着她的车前行,一点也没有偏过头来注意从她的车旁疾驰而过的游客。

阿美什人并不是为了让自己显得特殊而有意特殊着装的。他们这种男女划一的装束反映了他们的信仰,那就是以其持久不变的朴素和谦卑来表示他们与外界的区别,同时也从外表上限定他们的身分,使每个成员从小就开始接受全体认同的形象。不事雕饰的原则体现在他们日常生活的各个方面,如窗帘一律用深绿色,室内只置盆花,绝不摆弄瓶插的花束,因为他们相信上帝造花是要花自得其美,而非拿花给人作装饰。他们手工制做的被单上都有很美的图案,但他们的室内绝不挂肖像,因为《圣经》上的教诲不准造像,所以保守的阿美什家庭都没有他们自己的和祖先的相片。总之,在各个方面都不效法外界,这是阿美什人的基本原则。外面通用汽车,他们就坚持赶他们的马车。外面用拖拉机带动农械,他们至今仍用马拉。除了通向外面的道路和农庄的地界,他们力求同外界断绝种种不必要的物质联系,所以电线和电话线虽从附近通过,他们却不要拉到自己的屋内,他们用罐装煤气,吃自家井里的水,就是要避免煤气和自来水的管道通入他们的农庄。因为彻底断了电源,他们的能源部分依靠水力和风力,但主要还是来自柴油发动机。同庄子笔下的那位抱瓮丈人不同,他们并不绝对排斥机械装置,只是要保持慢上几个节拍的步子,尽力顶住大潮流的挑战罢了。也许等到二十一世纪,到了汽车变得像马车一样落后的年代,外面的交通都改用空中飞车的时候,阿美什人也许会捡起被淘汰的汽车,但在目前,不使用电力和汽车,仍是阿美什人维持其朴素生活的最后一道防线。尽管我们亲眼看到,这道防线正在松动——电和汽车已进入个别阿美什人家,但只要还有这么多的旧派阿美什人家坚守住这道防线,他们的传统就能延续下去。

　　阿美什人物质生活的模式深深植根他们对基督教教义的独特实践,没有全体成员的参与教会活动,恐怕就不会形成这样一个凝聚力强大的特殊社区。但奇怪的是,我们穿越了他们的居住区,却没有看见一座宏伟的教堂。他们认为,一个人在任何处所都可以崇拜上帝,故无须搞什么耗费钱财的教堂建筑。差不多二十五个相邻的家庭为一个教区,其中的每一个家庭都有责任轮流提供自己的房屋或谷仓,以充大家做礼拜之用。此外,特殊的教育也是阿美什人能够延续其传统的一个重要原因。对阿美什人来说,教育只是为了把受教育者培养成优秀的农夫和农妇。他们不送儿女去公立学校读书,只让孩子在自办的学校里学习读写和运算之类够他们终生务农之用和有助诵读《圣经》的课程,一般学到八年级便算完成学业。这样的教育显然缺乏到外面谋生的优势,等孩子长大成人,他们自然就容易留在农庄内继续过父母所过的日子了。与桃花源内的那些避难者建立的世界不同,阿美什人并未躲到与世隔绝的角落或退居在历史进程之外去封存他们的古风,他们的农庄与这个世界在相交中对峙,像一块岁月的绿洲,既与社会的变迁并进,又恒守其不变的本质。对于自己那几乎没有什么故事可讲的安乐,阿美什人常怀满足,他们世世代代就这样活了下来,一如地里的庄稼在春种秋收的秩序中生生不息。

听说阿美什人不喜欢游客把他们当展览一样参观,他们一般也不会随便接受外人的访问。这一趟走马看花的探访始终只限于局外旁观,好像在两种空间的交界上擦了个边球:只那么短暂一碰,立即又把我们弹回了界线的这边。我们车内的一伙人有惊异的,有欣赏的,也有反应冷淡的,种种态度,都好比濠梁上看鱼,各表观感而已。不管你争论水里的鱼游得快乐还是不快乐,最终都是自说自话。阿美什人的生活毕竟远在我们的经验之外。等到我们又加快车速,继续向前赶路,很快就把阿美什之乡甩到了绿树与褐土之后。

护生与护心

五十年代初期,故里西安尚未全面经历现代化改造,与中国很多旧式城镇的情况大致相近,封闭而破败的西安城仍保持其古朴的风貌。还清楚地记得,在我家的四合院里,灰蓝色的野鸽子常常落在屋脊上咕咕鸣叫,喜鹊最喜欢在正午时分飞到窗前噪晴。特别热闹的是冬日黄昏,满天的鸦群一时间从城外飞来,落得门外的大树上黑压压一片,直到夜静时分,还能在屋里听到从枝头传来一阵阵扑楞声。没有人骚扰这些飞入寻常百姓家的鸟儿,也从没听说过有所谓"害鸟"和"益鸟"的划分。打从学习说话起,很多有关鸟儿的故事和童谣便向我灌输了大量爱鸟的话语。在我们孩子天真的想象中,鸟儿是有灵性的动物,是家园中可亲的成员,更是人世间显得生意盎然的主要因素。

大概是初次拿起毛笔在描红格上学着涂鸦的年龄,有一天祖父给我一本新书。我并不认识封面上的书名,只记得那上面画着白描的莲花,书内则是一些稚拙的毛笔画。在我童稚的眼里,画中的世界自然比描红格上的笔划更为有趣。就这样,我翻开了此生结识的第一本书。虽然在我那样的年纪还不懂得什么叫"仁爱",但目睹那些人类伤害动物的画面,幼小的心便不由得感到有些酸楚。若按照孟子的性善论来解释,这大概就算是人皆有之的"恻隐之心"吧。直到很久以后,我已长大成人,还能清楚地回忆起某些感人的画面:被牵去屠宰的母羊固执地回顾几只从栏中伸出头嘶叫的小羊,老牛流着泪跪在屠夫的刀下,被击落的飞鸟,被倒提的鸡鸭……所有的景象都流露出生命对残忍的无声怨诉。我吃惊地发现，平日里很多司空见惯的行为，如今一经漫画的剪辑，竟然都露出了杀机。

后来识字渐多，读完了《缘缘堂随笔》，才知道那些用毛笔描绘的护生画出于丰子恺之手，才知道他善画能文，且虔信佛教。再往后，世事苍黄反覆，此身亦自顾不暇，遑论书画，更遑论虫鸟和草木！白莲封面的画册早已丢到脑后，不知让红卫兵糟蹋到何处。在西安这处从小生长的地方，环境更是随着城市化的进程而日益变得嘈杂和拥挤。早在二十多年以前，鸟群已很少在城市的上空出现。我们一家人局促在高楼上的小单元里，回想童年时四合院内一片人鸟相安的景象，竟觉得好像是在想象某个童话世界里的角落。环境与世态就是在这样的渐进过程中发生变迁。你不知不觉习惯了周围的一切，也就日渐忘却失去的东西。只是当意识偶然从麻木中清醒过来，抚今追昔之刻，才隐约有了恍若隔世的感觉。不久以前，我从书店买回海天出版社新出的六册《护生画集》，展玩之余，心里长期潜伏的缺憾感再次抬头，从模糊变得明朗，使我迫切感到今日中国生态与心态的危机。

古书上有个广为人知的故事，故事的主人公住在海边，他喜欢狎鸥，天长日久，人与鸟和平共处，遂无异类间的嫌猜。由此产生了"鸥盟"这个典故，古诗中常用以代指人与自然和谐相处的境界。如稼轩词所云："凡我同盟鸥鸟，今日既盟之后，来往莫相猜。"遗憾的是，住在海边的狎鸥者并未将"鸥盟"维持到底。有一天，他的父亲忽然无事生非，要求他带一只海鸥到家里来玩。结果，他再次来到海边，鸥群全体远避而去，再没有回到他身边。

动物大概并不像世俗所想象的那样蠢然而动，任人宰割。它们也有它们的敏感，也知道警惕人世的杀机。因为自然界既外在于我们，又内在于我们，人的心态一旦发生变化，必然相应地引起生态的变化。几乎所有的古老文明都把自然视为有生命的、与人息息相关的存在，都企图在物我一体的境界中探求理想的生存方式。千百年来，正是这一古老的信念起到约束作用，在一定的程度上限制了人对大自然的过分破坏。在向大自然索取生活资源的过程中，无数的经验教训使人懂得了护生的意义，使人对生命存在的不可侵犯性产生了敬畏之心。怀着庄严的敬畏，人自觉约束自己，对万物和环境持爱惜和保护的态度，从而形成了淳朴的社会风尚。直到五十年代初期，也就是像《护生画集》这样的人道主义艺术作品尚能在中国大陆上自由流通的时候，在大多数国人的心目中，暴殄天物依然是一种有犯罪感的行为。

然而新社会的政治形势很快就发生了惊人的变化，弘扬佛法开始遇到前所未有的困难，护生画的续集不得不移到海外出版。很多传统观念都作为封建糟粕受到批判，各种宗教思想往往被简单地等同于迷信，一律予以严厉的谴责。在如此严峻的形势下，丰子恺依然信守弘法的永恒盟约。他在《护生画三集自序》说：

> 弘一法师五十岁时（1929年）与我同住上海居士林，合作护生画初集，共50幅。我作画，法师写诗。法师六十岁时（一九三九年）住福建泉州，我避寇居广西宜山。我作护生画续集，共六十幅，由宜山寄到泉州去请法师书写。法师从泉州来信云："朽人七十岁时，请仁者作护生画第三集，共七十幅；八十岁时，作第四集，共八十幅；九十岁时，作第五集，共九十幅；百岁时，作第六集，共百幅。护生画功德于此圆满。"……我复信说："世寿所许，定当遵嘱。"见《护生画集》（深圳，海天出版社，一九九三年）第三集，页四-五。

后来他硬是冒着极大的风险，赶在病殁（一九七五年九月

十五日）前完成了余下的四、五、六集，使拟定中的护生画得以陆续在新加坡如期问世。

需要指出的是，护生的意义绝不局限于劝善戒杀的一般性说教，丰子恺曾反复强调，护生之道在于护心。这就是说，护生的实践不只单方面地指向被保护的动植物，同时还涉及爱心的培养，即在使自然更加人化的同时，全面促进人性的发展。我们反对无端地伤害动植物，是有鉴于残忍的行为易使人养成残忍的心，这绝不意味着必须要求一个人慈悲到不食人间烟火的地步。因为这样的彻底性，即使释尊也难以完全达到。在这个世界上，人与众生都生存在一个复杂而又和谐的食物链中，为了维持个体的生命，弱肉强食乃是动物生存的基本方式。就动物而言，对他体的杀伤只能被理解为受饥饿驱使的机械活动，无所谓道德与不道德，也无所谓残忍与不残忍。人类对动物的杀害却远远超出了这种"动物式的"需求。动物的生命有时被当作不断掠夺的财富，有时又被当作必须消灭的灾害，甚至被当作发泄狂热的靶子，制造恶作剧的牺牲品。在古代中国，大规模的田猎总是被作为荒淫行为而受到指责，人们普遍相信，伤了天地的和气，是会给人间带来灾难的。由此推想，当一个社会公然号召全民去杀害动物，其成员怎能重视人的生命。

五十年代中期以后，中国的社会神经日趋紊乱。劳动者的"当家作主"曾一度提高了他们的劳动热情，但经济活动的政治化又使得这种热情变得十分盲目。科学知识的普及确实消除了几千年来的某些愚昧，但肤浅的唯物主义也助长了"革命群众"的狂妄。那是一个用豪言壮语武装起来的时代，人们怀着与天地奋斗其乐无穷的冲动，把大自然的神圣殿堂完全当成了征服的对象。"要扫除一切害人虫"的雄心到处寻找革命的对头：从人群中的"五类分子"（地、富、反、坏、右）直到动物中的"四害"（老鼠、苍蝇、蚊子、麻雀），被归类的活人和动物都在经过特殊的命名之后成了人民公敌。毛泽东经常常教导国人"要像解剖麻雀一样"研究事物，但他并未指令科学家解剖麻雀的肚子，去弄清这渺小的鸟儿到底都吃什么虫子，便紧抓住它吃粮食的罪过，给它戴上了"害鸟"的帽子。

一九五八年，我刚上初中，记得全市人民停止了一切正常活动，在统一指挥下突然向麻雀发起围剿。这场人海战役是在全国范围内同时打响的。只见城市的屋顶、墙头和大树上站满了鏖战的群众，一时间锣鼓喧天，呐喊声此起彼伏，到处都挥动着拴上了布缕的长竿子。茫茫大地，顷刻化作无边的刀山，可怜的雀群再也找不到落脚的地方。从这边被驱赶到那边，又从那边被吆喝到这边，终于昏天黑地，筋疲力尽，一头栽入人海，就像被高射炮打中的飞机。当然，落网的不只是麻雀，所谓火炎昆冈，玉石俱焚，喜鹊、乌鸦、鸽子等各种鸟类，凡进入围剿势力范围之内者，都纷纷受到株连。杀声是压倒一切的，群体的中毒绝对地堵住了异议之口。大文豪郭沫若在党报上发表了赞扬这场战役的诗歌，风潮所及，人人随声附和。另一大文豪茅盾在他一九五八年所作《夜读偶记》一文的结束语中居然自称其文于"四月二十日，首都人民围剿麻雀的胜利声中写完。"在御用文人的笔下，杀戮的闹剧竟被夸饰成人民的盛大节日。

那一年到底消灭了多少"害鸟"，手头没有详尽的统计数字，但从此以后，幸存的飞禽均成惊弓之鸟，或继续受到追击，或远远逃到无人的地方。我们的城市好多年成为无鸟的世界。从象征的意义上讲，这只是一次讨伐的操练，残杀的排演。一九六六年，曾经向鸟儿宣战的国人终于在自己的同类间展开更凶残的屠杀。呜乎哀哉，"可以人而不如鸟乎！"鸟可以远走高飞，人却不得不坐以待毙，即使是共和国的主席。

对生命的蔑视和践踏至此达到极端。

曾经整人的人在尝够被打成走资派、黑帮的滋味之后，才稍微懂得尊重人和爱护生命的重要性。面对严酷的事实，他们不能不承认，阶级斗争不仅干扰了社会主义建设，干涉了私人生活，破坏了生存的环境，而且败害了好几代人心。相比之下，后一种恶果显然最严重、最麻烦。对环境的保护可以通过立法来实行，但要清除精神上的中毒却十分艰难。近些年来，迫于全球性的环境危机，中国政府已有所警觉，制定了一系列的法令和规定。麻雀似乎早已给予平反，这些小生命现在又渐渐多了起来。很多地方列为自然保护区，很多珍稀动物列为国家保护的动物，对于捕杀禁猎动物者绳之以法的报道也不时见于报纸。总之，无论从立法的内容，还是从舆论的导向来看，护生之计总算重新被提上了议事日程。

然而，随着中国社会的热点从政治狂热转向经济过热，全民的贪欲总爆发又令人忧虑地看到生命面临的另一场浩劫。在今日中国，品尝野味和热衷大补的饮食风尚正在口袋里刚有了几个钱的庸人中流行起来。市场的需求调动了供给的积极性。一些穷极生疯的贱民便不惜伤天害理，从深林、洞底、水下捕获饮食史上从未填过庖厨的动物，送到酒店老板处换钱。金钱的魔力远胜过政治上的总动员，五十年代的围剿麻雀只是心血来潮，不过对飞鸟发动了几次扫荡而已。如今的滥杀则转入四处游击，达到每日每时的无政府状态，让受害的动物和执法者防不胜防。几千年来，中国人在饥饿的压迫下什么都吃，以致林语堂称之为"地球上唯一无所不吃的动物"。而今天才基本上解决了温饱问题，不知感谢天地养育之德，竟然群体饕餮起来。火爆的饮食业哄抬起当今市场的虚假繁荣，在形形色色的酒楼上，暴发户和寄生于公款宴请的美食家们越吃越馋，吃红了眼。

- 一个从海南回来的大亨告诉我,在那里,只要肯花钱,什么都能吃到,从鸽子肉到天鹅肉,从熊掌到穿山甲,山珍海味,应有尽有。

- 有记者报道,在湖南某旅游景点,猴子被活生生敲开头盖骨,现场供应鲜猴脑。

- 报载,大量的珍稀动物被不法分子走私到国际黑市,屡屡被海关截获。

- 一九八八年夏,笔者去张家界旅游。在一家小饭馆里,老板诡秘地打开冰箱,拿出一块冻肉劝笔者购食,并怂恿说那是美味的娃娃鱼。当笔者厉色告诉他这是国家二级保护动物时,他不以为然地拧头而去。此刻,一个来此参加官方会议的高校教师在一旁夸耀自己的口福,谈起了前两天他们吃娃娃鱼的经验。原来会议组织者考虑到与会议者有意一尝索溪峪地下暗河的特产,便向当地有关部门打了报告,请求对贵客破例一次。当局慷慨特许。于是会议筵席上合法大嚼起明令禁杀的娃娃鱼。据说这是一种叫声像婴儿的两栖动物,呱呱而叫者竟忍食之,孰不忍食。打报告可以破例吃禁猎的动物,就有可能打报告破例向无辜的同类开枪。

　　事实告诉我们,对于不知自觉护心的国民,法律是无可奈何的。护生的意义至今没有明确贯彻到学校的教育中,也没有受到社会舆论的普遍重视,在原先对个人行为起约束作用的古老信念和习俗已遭彻底破坏的情况下,护生的工作在目前便显得举步艰难。民众刚刚获得给个人捞取好处的机会,都在趁机努力营建自己的安乐窝,却浑不知同时又在合谋毁坏共同依托的大树。在谈到人如何丧失"本心"的问题时，孟子曾举过一个生动的例子。齐国的牛山上长着茂盛的草木，每到白天，牧人便赶牛羊上山啃食。受到夜气滋润，白天被啃残的枝条很快又长出新叶。但由于牛羊日日啃食，草木新生的能力渐渐不足以弥补白天的损失，很久以后，牛山终于成了秃山。几十年来，中国人的敬畏之心和爱物之心难道不也是这样日渐丧失掉的吗？

每当强烈地感到周围的空间总是填满了人，而始终不见有虫迹鸟影时，我便如对光秃的牛山。梭罗的生活方式是令人向往的，有人把没有鸟儿的居室比为没有调味料的肉食，梭罗不同意这样的趣味。他说："我不要与笼鸟作伴，我只愿独自遁居在有鸟的地方，偶然而生与鸟为邻之感。不只与那些常来园子里的鸟儿为邻，还要与那些很少或远离村落的深林鸣禽为邻。"这样看来，城市里一大批有闲的养鸟者只是伪爱鸟者。他们备有精致的笼子，花高价在鸟市上买回画眉、鹦鹉……欣赏囚禁的烦闷所激化的音乐效果，通过占有一个生命的自由而获得自己的满足。从某种意义上说，他们的作为等于把自己对狱吏那种职业的爱好转化成业余的消遣。这正是上述人与海鸥的故事所讽刺的玩乐。

不只不允许把人当成玩意儿，也不该把动物当成玩意儿。人与动物的理想关系——正如庄子所说——应该像"鱼相忘于海，麋鹿相忘于林"。对于野生的动物，无需宠爱到要用笼养来保护的地步，最主要的是造就适合它生活的环境，不要制造干扰，古代诗人种树招鸟的情趣应该成为今日环境美学的原则。令我大开眼界的是，今年暑假去耶鲁大学开会，我偶然在美国找到了久已丧失的"鸥盟"。

- 在纽黑文市中心的草地上，鸽群一天到晚来往不绝。几乎没有任何行人惊动它们栖息和觅食。它们长久地呆立在绿草上,远远望去,恍若草上散开着蓝白相间的花朵。

- 在康涅狄格河的入海口,天鹅在水上悠闲浮游,旅客或在一边观望,或给天鹅喂食。一片祥和之气弥漫天水之际,人鸟之间。
- 在纽约曼哈顿的街心公园里,松鼠跳上蹿下,活跃地接受行人喂给的坚果。其中有一只竟大胆从我手中接过一颗杏核。

无需多余的解释,那里的动物显然很有安全感。城市化并不意味着绝对排斥田园风味,问题在于如何治理城市,如何教化居民,如何使人们懂得护心。其实,在北美的开发史上,也有过狂捕滥杀的时代,对野牛的灭绝性狩猎便是与屠杀印第安人的拓边开发同时进行的。有幸的是,这个国家毕竟善于在不断的自我检讨和自我纠正中寻求发展,争取健全。亲眼目睹的景象证明,那里的生态和心态如今已得到改善。由此可见,中国目前的不良状况并非不可救药,至少这六册《护生画集》能在中国重新出版,并有大量的读者购买,便显示了情况有可能好转的前景。

现在,我们可以对佛教的"众生平等"作出新的现代阐释了。佛教的"众生平等"观是同"众生皆有佛性"联系在一起的。所以在丰子恺后期创作的护生画中,充满了描绘动物也通人性的故事,所有的案例大都取材于古书上的异闻。如义犬救主、灵蛇送珠、乌鸦反哺等故事,几乎毫无例外地用人与人之间的理想关系来理解动物与人,以及动物之间的关系,把人的道德观念主观地投射到动物世界中。护生画本为广大俗众所创作,不可避免地带有旧时劝善书的局限性,处处流露出对行善的许诺,被救护的动物一定会向救护的人报恩。人始终处于中心,居于主体,动物的形象在很大的程度上只是道德观念的体现。护生于是或多或少地被表现为行善的手段，大有趋于为行善而行善之势。正如丰子恺所说："护生是护自己的心，并不是护动物……护生实在是为人生，不是为动植物。"这些话主要是基于向世俗多开方便法门而说的，是为了争取更多的人护生，但归根结蒂，仍有分裂护生与护心的语病。而这一语病正表现了某种观念上的不彻底性。

从生命的本体来说，物与我、人类与其身外的环境本是互相依存的，因而护生与护心、生态与心态乃是一体不二的关系，将其分为主次两个方面，必然导致其中一方的手段化。就这个意义而言，人只是万物中的一员，而非其中心，人并没有被赋予占有其他生命的特权，他只是大千世界中芸芸众生的邻居。也许从演化论的角度讲，可以指出生物的高级和低级之分，但就生命的终极意义讲，每一存在的个体都有其不可被他物所替代的价值。护生即维护这样的存在，护心即树立这样的态度。这才是"众生平等"的真谛。

1993 年

罗家庄

Paul Ropp 教授的中文姓名叫罗溥洛，那是他在台北学中文时老师给他起的。今年七月底的一天，他们夫妇和我从康州驱车赶到了他老家伊利诺州的麦科林县。我们下了车走进他们家祖传的 Ropp Farm 时，联想到罗教授的中文姓氏，我顺口给他们罗家的农庄拟了"罗家庄"三字的中文名称。罗教授很喜欢这个地道的中文名称，随后我们在庄上住了几天，"罗家庄"就这样在我俩口中叫开了。

罗家庄其实只住了罗教授他二哥一家三口，像美国所有的农庄一样，虽然都是单干户，但每个农庄拥有的土地往往比中国一个村庄全体农户的耕地还多。就拿罗教授的二哥阮 (Ron) 来说，土地只有六十英亩，与周围的农庄相比，可能是土地最少的一家，但就这六十英亩折合成市亩，也足足有三百六十来亩，放在中国的村庄，岂是一家农户所能享有的面积。人口稀少使美国的土地显得特别广大，从康州到伊州上千英里的路程，一路上农田遍布四野，全都是吐齐了天花的玉米林和绿得发黑的大豆苗。一家一户的农庄每隔半英里（约 0.8 公里）一个，居室、谷仓和饲料贮存塔在绿树掩映下露出或白或红的轮廓，像一个个宁静的小岛散落在庄稼的绿色海洋中。这样的大面积农田当然都是机械耕作，禾苗一律条播密植，庄稼长得密不容足，既没有留下足够杂草丛生的缝隙，也找不出可以让你走进去挥锄除草的通道。远远望去，只见一行行玉米天花无边无际展开，在广阔的绿底子上凸现出由杂色组成的巨大图案。伊州向来号称"玉米带"，土壤又肥又厚，

据说已经好久没有下雨，但地里的墒依然不错，连天的禾苗自长自的个子，在明媚的阳光下静静制造它们的绿色。地里几乎永远看不到人影，没有任何灌溉系统，基本上都是靠天吃饭，大概只有到了秋天收获的时候，才会有人开上拖拉机到地里收割。

那么从播了种直到收获前一段很长的闲时间，这里务农的人都干什么呢？其实花费精力最多的是他们所养的牲畜。这里似乎并不存在只种庄稼不养殖的农庄，他们常说，谷仓内没养牲畜，就像冬天里没有下雪。中国的农村向来人多地少，种地的目的主要是供人食用，即使饲养少量的牲畜，也多为耕地时使用畜力。但在美国的农庄，人的口粮根本不成问题，有相当多的庄稼其实是为饲养大量的牲畜而种的。有些农庄甚至特意留出一部分土地种三叶草和紫花苜蓿，专供牛羊食用。三叶草到处都有，我们抵达罗家庄时，肥嫩的花托上紫茸茸的小花开得正旺。狄金荪（Emily Dickinson）有一首小诗说过，"要造出一块草地，只需一棵三叶草和一只蜜蜂，再加上梦想。"现在我无须发挥梦想的作用，只要走到地头，举目即可见三叶草的紫花，烂漫了大片的草地。

阮是个养猪专业户，他家槽头养了四头肉猪，一头大公猪，三头老母猪，其中一头刚生下十六只在它肚子下乱拱的猪仔，另一头的肚子也垂下肥囊囊的奶头，阮说最近这几天就要生了。我们抵达罗家庄时他正在猪圈里干活，从那里自然带回了农庄外的人都闻不惯的气味。农庄的土地上永远都少不了这种气味，我想，目前的技术再发达，也只能尽量减轻农业劳动的沉重，进一步提高生产效率而已。至于农活本身的体力劳动性质，以及与牲畜土粪打交道所避免不了的气味，恐怕将来也是难以彻底解决的。罗教授的堂兄夫妇俩种了四百多英亩地，庄上还养了五十来头奶牛，我们去拜访的时候，他正在挤奶，妻子正在给牛犊喂奶。虽然挤奶的过程全由机器操作，但把牛赶出赶进，挤扔前给每一个奶头消毒，把吸牛奶的管子套上拔下，诸如此类无法让机器代干的很多细活，还得用手操作。挤奶的整个过程紧张而劳累，同时还得忍受牛粪的气味和牛虻的叮咬。这就是养牲畜比种庄稼更劳人的一面，整个的麻烦在于，动物每一天都要吃喝拉撒，你养上了它，也就拴住了你。你要把它养大卖钱，就得持续照料它的吃喝拉撒。我问瑞（Ray）有没有时间度周末，他告诉我们，从去年九月至今，连一天假都没休过。牛奶和粮食的收购价格都很低，农庄主大都雇不起帮工。瑞读了养牛的硕士学位回来养牛，阮早在年轻时就拿了心理学的博士学位，先在教会医院工作，后来父亲退休，交出了农庄，他接过手就干上了养猪的行当。可以看得出来，阮很喜欢在养猪上投入更多的精力，并以他所养的良种大白猪（Chester white）而自豪。他让我看他们养猪户的杂志，和我们谈论最近开张的本县集市（county fair）上生猪评比的新闻。我曾在中国农村落户十年之久，对农村生活至今尚存几分怀旧的感情。现在置身这种"相见无杂言，但道桑麻长"的谈话氛围，对比着两个国家差距甚大的农村，我依然能够亲切地感到一种普遍的现象，那就是，天下的农家大抵都共享了喜爱自己的庄稼和牲畜的淳风。

阮的夫人叫妯（Jo），她在附近的学校兼了些课程，同时也在庄上料理家务。要是没在她家住了那么多天，突然看见她那硕大的体型，大概很难想象出她在室内布置上的趣味会如此独特。她和她丈夫一外一内，主外的专门投入养猪的实际事务，主内的则在室内装饰上精心布置，似乎一心要给他们罗家庄这个猪农庄塑造出一个逗趣的形象来。为突出以猪造型为主的摆设主题，她大概是把所能搜集到手的猪形工艺品都适当地安排到室内的各个角落，连她身上佩戴的都是猪形胸饰。有白瓷的，有彩陶的，有木雕、石刻、泥塑的，还有绒布或金属制作的，或写真，或漫画，或变形，形态各异的猪大小不等，都被供在大厅里守护他们家槽头的丰产。这些猪的造型看上去都很好玩,几乎每一个都突出了猪体的肥胖,同时又显示了那肥胖经艺术家之手的点化所呈现的憨态和可爱。

阮对美国农庄的谷仓建筑风格颇有一番研究,听说我用中文写过一篇漫谈美国谷仓的短文,他显得特别高兴,立即给我抱出了七大本展示谷仓风采的摄影图集。我现在当然无暇在此谈论那些书籍提供的信息,最值得写在下面的就是阮一家人现住的这座谷仓型大房子。据说阮和他的家人,再加上亲友的帮助,断断续续,前后用了十七年时间,最终才盖成这座以方木料构架为主体的农舍。想到如此漫长的施工过程,这房屋的建筑便不可仅以土木工程而论,更应视之为阮的建筑艺术作品了。我说它是谷仓型,倒不是指它的外观。白色屋顶,赭红外壁,看起来并没有多少异乎普通农舍的地方。它的谷仓风格主要体现于内部的构造。阮不但特别爱好不刨光也不上漆的方木料,而且在整个房屋的构造上把此类木料用到了无处不尽其材的地步。听罗教授讲,阮建房所用的木材当时多拆自另一个谷仓,用那些旧料倒不是图省钱,主要是看上了那批木头粗重结实的质地。因此,如何把现成的旧料用在适当的地方,做到既不致屈材,且能使其在固定的位置上承担结构的功能,阮和他的帮手确实费了不少匠心。从高处的横梁、屋架到下面的地板,从门窗的框子和门扇直到楼梯,乃至书架及其他家具,所有部件一律用的都是原质原色的木料。作为客人,当我独自待在屋内,有了宽松的感觉,于是随意走动,从屋内不同的角落俯仰环视这些简洁、粗朴而又相互作用的木头时,我渐渐从中品味出农庄的美国特有的一种美感。首先是崇尚不事雕琢的浑朴之美,不但不嫌木石材料的简陋,而且有意要在重新制作出来的东西上保留一种固执的拙趣和旧韵。

有一天晚上,大家坐在客厅里,我与阮谈起他的谷仓型房屋。

我说，他的爱好原质原色木料及其不留斧凿痕的处理效果，简直就像西方艺术家对裸体雕塑的情有独钟一样。我的新奇的比喻使罗教授为之颠倒，阮听了连声道谢，甚以我言为知音之谈。我不知道，常年面对屋内这些裸露的木料，阮是否如一位雕塑家置身他摆满了裸体塑像的工作室，反正那几天躺在这些木材有力构成的线条间，那恢宏的空间和弥漫其间的稳定感，确实使我想到了这个令阮惊喜的对比。我还从阮的房屋看到了农庄的美国另一个值得赞赏的审美趣味，那就是把技术功能、实际的应用和日常生活的美感紧密地结合在一起，造出了一种集三位于一体的建筑效果。就拿这屋内一进门即耸立在人眼前的书架来说，那其实并非一件孤立的家具，其高高竖起和横向分隔的木板在屋架下起着支撑的作用，既属于房屋结构的组成部分，同时又以巨型书架的面貌构成了挡住楼梯的一堵花墙。现在，这面墙不但可做书架之用，摆在每一个框框中的书籍和小玩意还让人一进门便感到了这座农舍总体的粗朴所展现的几分书卷气息。书架上既有旧版的文学名著，也有各种宗教论著。在我住的卧室内，两面的隔墙也以书架的形式构成，我特别注意到差不多三十本像百科全书那种开本的厚书册。罗教授告诉我，那都是特制的书套，里面全装的是他已故祖父（Edwin Oliver Ropp）的手稿。他给我打开了第一册，都是工整的古典英文书写的诗稿。罗教授说，他的祖父只受过乡村中学的教育，虽然一辈子务农，但平日始终爱收藏书籍，勤于写作，生前还自费出版了两本诗集。如此丰厚的手稿，经历了近百年的时间，尚完好无损，至今静躺在这永远和平的乡间，给后代留下了朴素的纪念。背靠着同样是原质原色的核桃木床头，面对那些巍然不动的厚书册，我想起我祖父上百册日记和好多架线装书，全都经红卫兵抄家而糟蹋得荡然无存。遗憾之余，我真为这块从未受到社会巨变洗劫的土地感到庆幸。显然，正是因为有

这样一个"天不变道亦不变"的大好环境像大气层一样围护着个人的价值，在这里，尽管广泛应用了现代技术，人们对旧事旧物依然保持着尊重的态度。美国的美学并不是一味贵族气地偏爱文物的古雅，只玩赏古董店里的精致玩意儿。农庄的美国往往喜欢把已经过时的用具当装饰品陈列起来，其变旧物为装饰的布置旨在以实物体现往昔岁月的遗韵，把朴素年代的日常什物提升到能使今日的现实显得尊严的水准上来。阮的房门口一边一个破旧的马车轱辘，房内的布置到处都适当地穿插上早已淘汰的农具。那边斜挂着镰刀，这儿横陈着镢头，纺车、挽具……种种本该扔掉的，全都不掩鄙陋，以其洁净的外表保持着这栋陈年旧屋厚实坚韧的质地，把他的谷仓型大房子点缀得恍若农庄博物馆，一任其陈旧的颜色日益晦暗，将罗家庄昔日创业者的劳绩默默延续下去。

最让罗教授兴奋的是带我去看本县的集市，早在我们开往伊州的途中，他就边开车边给我谈了不少有关集市活动的事情。他说他上中小学住在罗家庄的时候，一年中孩子们最向往的乐事，就是七八月去本县或本州的集市参加四健会（4-H）的比赛活动。那前后约有两周之多的时间是他们一年中能走出农庄去见世面的唯一机会，也是可以与伙伴们日夜聚集在一起不必干农活的大好假期。所以直到今天，集市上的情景还让他难以忘怀。我从未听说过"4-H"一词，罗教授于是给我从头讲起。他说，4-H 者，头、心、手、身（head, heart, hands, health）之谓也。那是遍及全美农村青少年的一种传统活动，最早可能起源于欧洲农村，其宗旨在于从小培养农庄的孩子身心健全，头脑和双手都好使唤。所有的农庄都按各自的社区组成 4-H 会社，成员的年龄约从九岁至十九岁。每人均从事一项或多项活动计划，内容包括种植庄稼和蔬菜，养殖牛羊、猪和鸡鸭，以及缝纫等其他手工艺。四健会成员每年须到其所在的会社公开发言，向大家谈各自的活动计划。每一次

在会所集聚,大家都得在国旗下齐声宣读4-H誓约:

> 我要我的头脑保持清晰的思想,
> 我要我的心永怀忠诚,
> 我要我的双手胜任重务,
> 我要我的身体更加健康,
> 为我的会社,为我的社区,
> 为我的国家。

4-H活动的比赛结果是从男孩选手中评出4-H王,从女孩选手中选出4-H后。决赛在集市上举行,根据参赛者的个性、风度、外表和参与4-H活动的情况,最后评出优胜者,在集市上当众加冕。罗教授当年就曾荣获4-H王。不过他得的那顶王冠小如女孩子的花冠,结果光荣的头衔成了伙伴们嘲弄他的笑柄。

我们到罗家庄的次日即去了集市,那场面和内容颇像中国的农贸交易会,农用公司到此推销他们的各类产品,特别是各式各样的新旧拖拉机,占据了很大一块场地。我比较感兴趣的是看农家拉到这里来展览比赛的家畜家禽。每一场比赛都请有权威的裁判现场品评,根据既定的标准,评出参赛动物的品级。优胜的动物不但可定较好的价钱,也使养它的主人获得相应的荣耀。大概是属于4-H活动的缘故,我们看了赛猪,转到牛羊棚和鸡鸭笼,我发现守在一边经管动物的都是青少年男女。我在《集市时报》上看到了一篇关于九岁女孩阿莉莎及其小绵羊的报道:阿莉莎快满九岁时,父亲就给她买回了几只小绵羊,为她参加四健会和去今年的集市比赛做起准备。那报道生动地描写了阿莉莎初次参加4-H活动的经验,图文并茂地再现了她如何学会养羊事务的日常细节。

听了罗教授的回忆,又看到阿莉莎的事迹,我觉得4-H活动实在是一项有益且有趣的活动,加入此自发自主的组织,极有利于激励农庄的孩子从小学习农业技巧的兴趣。阿莉莎养羊始于她投入4-H活动的计划,她有她参加比赛的明确目的,在饲养绵羊的过程中,她一面学习干活,一面也确立了自信,这就和父母要求一个孩子必须帮家里干农活的日常事务有了根本的不同。前者从一开始就激发了孩子主动参加劳动的热情,使他们感受到自己独立做好一件事的愉悦;后者则因为把孩子仅当做父母的劳力,反而容易使他们对农活生厌。准备4-H活动计划是学农的预习,孩子们在学做农活的劳动中有了游戏模仿的成分,特别是与动物本来就有天然联系的孩子,在他们手中,所饲养的动物就不只是一个生产对象,它同时与饲养者还会生出同伴的关系。正如阿莉莎所说,她觉得自己所养的羊对她特别友好,她喜欢它们注视她时的样子,它们能听懂她的召唤,会根据她的手势行动,而且看见她走近就上前来啃她的衣服。因此她断定它们都很喜欢她。就是在与牲畜亲近的过程中,孩子们学会了农业生产的技巧,并对这种生产活动本身有了感情。他们与牲畜的关系颇有几分主人与宠物的关系,因为饲养任何动物都能养育出它们身上通人性的一面,而同时也使饲养者慢慢懂得了它们的羊性、猪性、牛性……。尽管知道它们养大了要卖掉屠宰,但在饲养过程中,你和它们之间多少都会寻求交流和沟通,因而慢慢就会产生在一起相处的感情来。

目睹大多是孩子守在参赛动物栏边的情景,我心里就有了这些想法。不过,我觉得还应作进一步区分,4-H青少年的喜欢牲畜,又不同于城里的孩子爱他们的猫狗。两者存在着养牲畜和养宠物的本质区别:后者纯粹是消费和享受,是为饲养而饲养的,那只会给主人带来拥有和支配其宠物的良好感觉,未必能在他们身上激发有成就感的兴奋。但4-H的参加者都是忙碌的孩子,动物从来都不是填补他们闲暇的玩物,从事饲养的工作最终将成为他们的职业和生计,他们不但从饲养中学会了实用的技能,同时也培养了自己的责任感和公民意识。有关阿莉莎的报道说,经过几个月养羊的4-H活动,到拉上羊去集市参赛的时候,阿莉莎这孩子显得比其他同龄孩子更成熟更负责了。

太平安乐都没有自己特殊的故事,除了一年一度的集市,这里的生活其实是很单调的。不开汽车,几乎寸步难行。一家离一家老远,罗家庄的人甚至不认识他们农庄后边那一家人。中国那些名叫王家庄、李家村的村庄,在最初说不定也是一家一户的农庄,互相也分隔得很远,也有较多的耕地。只是在后来人口繁衍得太多,渐渐膨胀成数十户乃至上百户的村庄,古老的土地上住户遂日益拥挤。没有村庄的存在还是好,不知省了多少中国村民之间的那类是非和纠纷,只有在星期日到各自的教会或偶尔去不同的行业组织,农庄的居民才有机会见面和社交。门前大路上汽车一溜烟开过,想找个群居终日言不及义的处所,都很难得。社区的成员自己解决自己的事情,无需来自政府的任何干预。在中国农村,不知有多少乡镇干部的劝农活动都造成了可恼的干扰。日子过得单调也罢,只要没上级督促你管闲事,过个安宁的日子就是最大的幸福。这不就是陶渊明向往的世界,还有什么必要去苦觅桃源?

然而这开阔和宁静的世界里也填满了冷漠,人们都尊严得寡言少语,互相拉开了较远的距离,即使出入集市,也休想感受中国式的喧嚣热闹。难怪《廊桥遗梦》上那个在门前吊椅上晃荡的女人耐不住玉米地头的寂寞,有一天去撞了外遇。当然,那只是小说作者编出来抚慰寂寞者的故事,实际上是什么也撞不到的。可以撞见的也许多为野兔,它那被草色衬托得醒目的土色皮毛随时都会出现在地里。空旷的土地上连兔子都如此胆大，我的脚步都走到了它跟前，它还迟疑着竖起尖耳朵一动不动。直到我再挪步，一脚下去差不多踏到它足下的时候，它才三蹦两跳，移到较远的地方继续发呆。

四野静悄悄，浓绿看得人眼困。

1997 年

牡丹天堂

从耶鲁车行到多马镇 (Thomaston) 约用了一个多小时,高速公路一直在旷野间向前延伸,路两旁不时有孤立的矮小山峦突起,山上山下,全长满了茂密的树木。已是初夏时分,新英格兰大地上依然花枝烂漫,还在持续吐放着暮春的热烈和艳丽。一路上望去,团团簇簇的深红淡紫点染在丛丛嫩翠之间,只觉得满眼都是怡红快绿。我想起了那句"乱花渐欲迷人眼"的唐诗,该诗所写的似乎正像我此刻目睹的情景。尽是我生平头一次看到的花木,全都叫不上名字,简直像面对一幅幅印象派绘画,鲜活明快的色块几乎看得人有点昏眩。我喜欢走向陌生的世界,我渴求在感受神奇的同时产生对旧事旧物的怀念。譬如此刻,走这趟穿越花林的旅程,就是要去看我很熟悉的一种花木,在中国无人不晓的牡丹。

牡丹在中国一向有国色天香之誉,其色彩之浓艳,花朵之肥硕,姿态之端庄,最富有雍容华贵的气度。在喜欢用等级制眼光品评万物的国人眼中,极容易令人联想到世俗荣耀的牡丹便被推上了最高的品位,成了群芳之冠,花中的国粹,也成了绘画、绣品、瓷器和丝绸布料的图案上常被描绘的花样。也许正因牡丹已被造就此代表华夏之美的形象,很多对中国文化感兴趣的美国人特别喜爱此花,视其为花园里的珍品。我们要去的多马镇蟋蟀山花园 (Cricket Hill Garden),据说那园主戴维·富曼 (David Furman) 就是一位爱牡丹的养花人。

那是从树丛和乱石中开辟出来的花园,平缓的山坡已修成层层梯田,大小不等的牡丹,还有少量的芍药,就稀疏长在人工修

筑的平台上。梯田边缘均地取材,石块垒成,花床内堆着很厚一层正在变成黑土的腐叶。戴维一边伸手抓起混杂着残叶的黑土,一边告诉我们,这里的土质非常贫瘠,为避免施用化肥,他就用小推车把林中的陈年败叶一车车推到梯田中堆积起来,肥沃土壤。戴维的头发已大半变白,但人显得十分精神,牛仔裤的裤管高高挽起,脸上、胳膊上,全都晒成美国人多喜欢的那种黄褐色 (tan)。他的手明显是一双劳动的手,指短而骨节略粗,掌上长起发黄的老茧。我们向山坡低处走去,那里的梯田还没完全修好。戴维对我说,所有的梯田都是他和他年轻的妻子亲手修成的。

他妻子卡霞 (Kasha) 脸上和胳膊上也晒得同他一样肤色黄褐,可以明显地看出,她不过三十多岁,恐怕要比他年轻一半。我很想知道他们夫妇俩怎么动起了专门栽培牡丹的兴头。戴维便给我讲起了他们这段姻缘。他说他相信他上一辈子肯定是个中国人,既没有受家庭的直接影响,也没获任何人特别引导,他从小就喜欢各种与中国相关的事物。因此他一直想学中文,想研究中国文化。可惜他嘴太笨,听力也不怎么灵敏,到头来并没有学会多少中文。后来他就做起广告生意,但喜爱中国文化的兴致仍无丝毫衰减。他前后用了六年时间,在纽约上业余大学,专攻中国政治史专业,最终拿到硕士学位。戴维还有另一个爱好,从小就喜欢在自家园子里种花养草,对草木的生命,他自负有某种异乎寻常的感通。往往是别人丢弃的或已被弄得半死不活的花木,一到他的手中,就能养得生意昂然。大约是在十五六年以前,他与他的前妻刚刚离婚,当时他的心情非常烦闷,就在他所住的榆城一个庭院里养起了牡丹。那时他对这种中国名花的了解还很有限,只是从别人手中买来几盆栽培而已,并没打算把种花当事业去发展。

也算是天缘巧合,那一年他家牡丹开花季节,卡霞和她的朋友前来他家赏花。她是个从事装饰设计的工艺美术师,对种花养草也别有兴致。他送她一盆牡丹作为初次见面的礼物,而这盆花从一开始就有了定情之物的性质,两个素不相识的男女从此交往起来,接着就结成夫妇。

我与他们调笑说,卡霞前世是一丛牡丹,戴维大概就是曾养过那丛牡丹的主人转世的吧。牡丹不只促成他们的婚姻,而且成了他们婚后的共同事业,最终改变了他们后半辈子的生活方向。他们早在一九八五年就选中这块向阳的坡地,经过一番经营,一九八八年戴维正式退休后,便与卡霞带上他们的两个孩子迁到这里定居。在美国这样的国家,一个人往往就有在人生中途按自己的心愿换一种活法的自由和机会,你可以随时放弃你已厌倦的事情,并没有人干涉你把正当的梦想变成现实。从此他们过起以养花为业的园林生涯,一年内绝大多数日子都在此闭门谢客,辛勤劳作,只是到了近来这样的开花季节,才有游客从四方奔来,他们才在姹紫嫣红中感受到同他人共享繁花的喜悦。他们向每个来客热心介绍园内的各色品种,有姚黄、魏紫、赵粉、王红……其中有不少正绽开小碗口一般的花朵,看得那些很少见过"千重瓣"牡丹花的美国人发出连声的赞叹。

十几年前,戴维正是不满足仅仅栽种从其他美国人家移来单瓣牡丹,想从中国引进开重瓣花的珍品,才产生了专门栽培牡丹的野心。他说他曾多次给中国大陆有关的官方机构写信,大多没有回音。有的回了信,答应给他花木,却从没兑现。后来他去了山东荷泽,交上了朋友,找到了订购牡丹的可靠来源。但要从那样遥远的地方漂洋过海,把一种长在土中的东西运到他的蟋蟀山花园里栽培,毕竟是一件事倍功半的事情。常常花很多钱买到手的植株,等运到他们园中,早已大量枯死。有时候在进入美国海关检查时被发现根上所带土壤内有什么虫子,海关人员就把那些牡丹统统扔掉。他十分痛惜地说,买回来十株,能养活三四株就

很不错了。如此辛勤经营好多年，他的花园里如今才成功培育出六十多种中国的"千重瓣"牡丹。

有一个来自洛阳的园艺专家把蟋蟀山花园叫"牡丹天堂"，戴维就用这四个字命名他自编自印的一份牡丹小报。现在这份小报已出了两期。它是一份向外界宣扬蟋蟀山花园的刊物，是向美国的牡丹爱好者介绍中国牡丹文化的信使，也是他们这些牡丹种植人交流经验和感想的论坛。此外，戴维还专门搜集一切有关牡丹的文字资料，从《聊斋志异》中的《香玉》，到李约瑟《中国科学技术史》中有关牡丹栽培的园艺学章节，他都拿出来让我翻看。我打趣地对他说："我想你百年后也会像《香玉》中的黄生化为一丛绝色的牡丹吧。"他笑着说，但愿能同卡霞魂归草木。

步 行

走了大半辈子路,从未把步行当话题思考,直到那一年,我移居世界第一汽车大国,突然失去在国内那样出了门就骑自行车的条件,行步间走出了新感觉,遂对步行这一活动生出某些断想。那时我初来乍到,离自己开车尚有相当一段时日,这城市的马路上又不设自行车道,出了门只好安步当车。路上总是车比行人多,走在空荡荡的人行道上,明显对比出我踽踽独行的身影。我多年来出门赶路,骑惯了自行车,连在交大校园内从这座教学楼赶到那座教学楼上课,都少不了骑车代步。如今突然间脚踏实地,像小时候背书包上学那样天天来回走路,方才发觉,对于这一人体运行的基本方式,我的脚步竟生疏了许多。于是再纵目注视那来往的车流,或风驰电掣而去,或堵在路上排长队,我一个步行者此刻却置身局外,观望中倍感独步徜徉的自在。就这样,我脚步下慢慢踏出温故知新的跫音,两条腿鼓点一样转换着重心,肌肉在松紧间走出了久已遗忘的节奏。

从我家走向办公室约需一刻钟,途中有令人应接不暇的街景,房屋和树木全都呈现新鲜的面貌,一路上生活在别处的感触旋起旋落,乐曲般伴随着我轻快的脚步。眼前的景物与过去的记忆毫无联系,因而随处皆有引人注目之处,每一个细部都显出可观可赏的特色。这样的新鲜感持续了好长一段日子,游目纵观间,对步行这一行动,我有时便生出某种说不清的感觉,很想弄清楚它与单纯的走路到底在哪个层面上有所不同。比方说,在走向目的地的同时,步行者也穿越了眼前的景色,通过步行,身和心与外

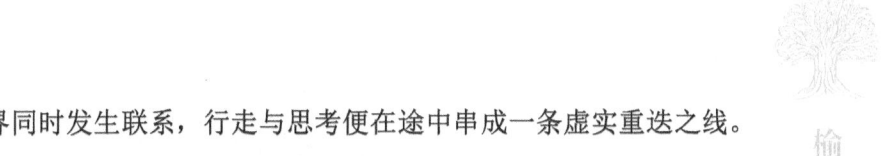

界同时发生联系,行走与思考便在途中串成一条虚实重迭之线。在一本研究步行史的专著中,作者索尼特(Rebecca Solnit)特别强调了身体在移动过程中纵目观望和边走边想的相互作用。她认为,步行这一身体活动的微妙之处在于,它既是手段又是目的,它既指向终点又不脱离过程。很多思想家都偏爱步行,因为步行的节奏会催生思想跳跃,边走边看的过程也响应或激发着思考展开的过程。卢梭可谓西方最著名的步行思想家,他说他只能在步行中沉思,还说他的心思只能伴随着双腿的移动而工作。梭罗则教导我们要像骆驼一样走路,因为动物中只有骆驼能在走路的同时倒嚼它吃下去的食物。思考也可被理解为头脑的反刍,太多的知识积累和词汇储备成为思想积食的时候,你可以去步行中消化面对书本或稿纸所消化不了的东西。因为在边走边想的过程中,思绪有时就会泉眼一样点滴渗出,思考者的头脑才不致陷入僵硬的运思而难以自拔。"行到水穷处,坐看云起时。""寺忆曾游处,桥怜再渡时。"古人有大量的好诗和警句都是在户外行走中随意拈取,脱口吟出的。那时候我们家就住在东岩附近,每逢我枯坐书斋,想不通所思考的问题,面对稿纸,下笔涩滞的时候,我就走过河桥,去河边的林荫道上散步,以便在身体移动中梳理一窍不通的脑筋,好化解思路中的疙瘩。

  我并不是一个思索型的人,实不敢妄谈冥想玄思,更无才穷究哲理。我在步行中往往走向散漫的游思,只不过力图把脑筋从文字或理论的纠缠中暂时解脱出来而已。目光扫视着周围的景色,脚步把身体带向丛林深处,等走到似乎要挥手远去的地步,无形中就甩脱了咬文嚼字的链条。在头脑大片的空白处,有些想法便自然涌出。它们不成片段,宛如断裂的项链散落地面,偶然会在前行的脚步下滚动出明亮的几颗珠子。我满足于我的游思状态,再不想反顾握住笔杆,兀坐着搜索枯肠的措辞窘境。这时我听凭思绪飘忽出没,或"罗帷舒卷,似有人开",或"明月直入,无心可猜"……

至于那些为发表和交流而炮制的说辞,你必须把它说得或写得有条有理,摊开来讨论,遵循一套规则,树立自己的话语权,才可能被人接受的文字,其传布之凭仗特定的表达形式,一如水之贮存离不了容器。思想是表述的产品,是制作出来的。如果把思想比为头脑的果实,则思绪可谓只在心里开放的花朵。花开过了会结出果子,但并非所有的花开都导致结果。花朵有其自身的绽放之美,有其自足的完成过程,哪怕某一缕思绪只在心里昙花一现,也有它只属于步行者私下默会的乐趣。应该听凭思绪随开随落,自我滋养,就像那路边的落叶化入树下的泥土,来年再从树上长出片片新绿。思绪是步行的气韵,它无需表达,也很难表达,它甚至是反表达的。

然而生活毕竟是现实中的生活,我随后也像其他移居者那样,为活得舒适和工作方便,熬过学车和考车的过程,最终买上私车,手把住方向盘四处驰驱了。接着又搬出城市,住进城郊的花园房子,上下班必须驱车往返,从此生活发生了很多变化。出门办事,不再有路途跋涉之苦,车来车往,舒服方便,步行的机会随之大大减少。时日一久,不胜双腿闲置,足力荒废之感。为增强体力活动,我开始跑步锻炼。出了门踏上不够宽阔的主车道,目睹那限速四十英里的路牌,面对一辆辆疾驰而过汽车,不由得令人望而生畏。这城郊住宅区的车道均无人行道,你走出家门,一步踏上专供车轮碾轧的沥青路面,逆向行走中,迎面开来的汽车恍若射向你的飞弹,令人不由得一阵惊悚。车道与车道连接成路网,步行的空间几陷于封死。据说这种建制意在杜绝外来者步行的随机侵入,本出于保障住户安全,结果却造成城郊住宅区的闭塞,对住户造成了某种环境心理症状的压力。房屋错落树丛间,家家

门户紧闭，路上只有车在跑，很少看到有人步行。置身此宁静得近乎冷冻的环境，正如某位郊区住户所说："在警车来回巡逻，路牌上写着死亡威胁的住宅区，任何人想于黄昏时分出去溜达，他很快就会意识到，所谓'城市自由'的旧观念，即使没有完全作废，也不过流于空谈罢了。"

郊区居民的运动于是多退入室内，或去健身房活动，或留在家中藉助步行器（treadmill）锻炼。据说那是从前在监狱里供犯人用的运动器械，这种原地踏步踏，却尺寸未进的行走不啻为西西弗运石上山的徒劳。步行器被广告宣扬成健美减肥的好器械，很多家庭都买回这种在室内跋涉长途的器械。你足不出户，就在自己的起居室看着电视，即可大步迈进，日行数十里。有仪表自动向你显示你行走的速度和走过的距离，乃至你此刻的消耗的热卡。踏上步行器，即可享有安全而隐蔽的步行。室内恒温，风雨无阻，灯光照耀，昼夜通行。行走时若面对镜子，还可静观自己迈步时的身姿形影。踏上步行器，你的身体运动便交给数字管理了，行步间所消耗的热卡可换算出减肥多少，能练出肌肉多少，随时供你参考，让你得到鼓励，心里落得踏实。

有鉴于车道上跑步有危险，我也买回步行器，安置在地下室，日常锻炼。但锻炼了一段时间，感觉并不畅快。我不管快步走多久，始终都在原地迈步，实际上哪儿也没走去。面对仪表上闪现的奖励数字，再看看脚下的尺寸未进之地，我日渐失去迈步的兴致。这样的快步走只是为运动而运动，犹如马达空转，不再有户外行走的随意性和偶然性，没有可寻觅的路径和可发现的目标，也没有与他人的路遇，没有风吹鸟鸣，没有草木散发的气息，更谈不上缓步行走间的游思，光影照眼时心中的闪念。走过了步行器上的千里路程，不过是金鱼在玻璃缸内摇尾巴转圈圈日积月累的距离罢了。

步行器走得我日久生厌，有一天烦得我大步走出了家门。我鼓起勇气，再次踏上步行的征途，重温那一路上思绪开花的乐处。我冒险穿过行车飞驰的主车道，快速步入幽静的小街，拐弯抹角，四处开辟我步行的新路线。今天走这一段曲径，明天去那一条后街，随意探索中，常会有柳暗花明又一村的发现。

独 处

> 我们的语言语义分明,对"独处"(being alone)的正负两面各造出不同的词语。用"寂寞"(loneliness)一词表达独处的痛苦,用"孤独"(solitude)一词表达独处的光彩。
> ——保罗·田立克(Paul Tillich)

也许是我们的文化一向都重视人伦关系的缘故,孤独这俩字在语义上似乎多偏重表达不幸的人生处境。少而丧亲曰孤,老而无子曰独,独来独往很可疑,孤苦伶仃真可怜,孤傲自赏易孤立,独断独行是畸零,孤家寡人,即一介独夫。总而言之,孤独的行动大概都不会导致多么好的事情。你一旦脱离了家庭或集体的关系,作为孤独的个人,你的存在的意义就很成问题了。

父母师长从小便教导我们如何与他人相处,人们大多认为,精于处世是本事,善于同别人打交道最实际,而如果一点都不懂得应酬,那自然就很少有人喜欢你了。我们的社会价值确实没有给孤独的个人留下多少可以正面自我发展的余地。再加上整个国家的环境人满为患,很多人都夹在狭窄的居室内受挤。像虹影《饥饿的女儿》和曹冠龙《阁楼》中描述的那种穷窝子,至今不知还有多少人挤在其中受罪。孟子从远处望见齐国王子的气度时曾长叹说:"居移气,养移体,大哉居乎!"养尊处优当然是好事情,只可惜不是所有的人都享得到那样"居天之广居"的清福。宽松的起居有益人的身心,局促的居室只能加剧人际心灵空间的紧迫。

所以论及独处,我看首要的和基本的条件是得有伍尔夫所谓"自己的一间屋"。谢天谢地,我真该庆幸自己的家境。我没和父母挤过一张床,没和弟妹同过一间屋,没有在人与人的挤压中郁结对人的怨愤,打从上初中起,我就和祖父母住在一个大花园里,拥有我自己安静的卧室兼书房。因此我从小就习惯独处,且对独处之乐有我独自的领会。

喜爱独处并不意味着我生性孤僻,我一直都爱交朋友,而且交了不少真正的朋友。只是我把我自己和他人之间的界线划得比较分明,无论男朋还是女友,我都不喜欢那种打得一片火热的关系。特别是揣摩人情,上下周旋,建立关系网,拉帮结派管闲事,所有那些属于拉拢小圈子的活动,都与我的兴趣格格不入。很早很早,我就本能地有一种从群体中暂时抽离出来的内心需求。除了在教室上课或去操场活动,若让我过多地陷入学校的"政治性"集体活动,我便心生拒斥,而最受不了的就是群众堆里那种压倒一切的汹汹声势,大声高喊"打倒"某某或某某"万岁"的口号。

在我看来,学校的教育多半都是在训练考试的能力,最终不过提供学历的证明而已。学校的成绩不管多么好,你若在当学生的年代毫无课外的自修和博览,知识和心智的构成就一定会有所欠缺。但自修和阅读最需要独处,一个人耐不住寂寞和孤独,便无法持续学习,也很难有效地从事任何工作。即便是农夫种田,渔翁垂钓之类的劳动,也得独自在地里或水边长久地待下去,不能分心或受到打扰。这就是人与动物的不同,人懂得自觉地独处,有很多工作都必须一个人单独去做。独处的习惯应被视为一个人成熟和清醒的标志。孩子不再缠父母才会慢慢独立,年轻人不让儿女之情完全牵制自己才能有所作为,老年人不指望依赖子女才会活得无屈无怨。即使是夫妇之间,也不能像两个重叠的同心圆一样老黏在一起,得给彼此匀出单独支配的空间。人与人的接触

频繁密切到互相感染的程度,"他人"就可能成为萨特所谓的地狱。

我不知道在车间的流水线上或大公司蜂房般的写字间内操作的员工终日和同事面面相对是什么滋味,我庆幸自己从一开始即选择了教书的工作。教书的好处是不必八小时与别人守在一起,每天只要上完自己的课,就可回到书房做你想做的事。我在西安教书的时候,每周才上四节课,如今在美国的大学课时是多了一些,每周也不过上十来节课。不少人都嫌教书的收入不高,我却觉得那是世上最好的差事,因为它可以保证我在一天的大部分时间独自待在自己的屋内阅读书写。独处也是一种价值,拿我独处的时间来折合我少得的工资,我觉得值!我少拿的只是金钱,赚到的却是生命的不受侵占。

我现在任教的这所大学实在人道,前任的系主任非常重视每一个教师的 privacy。就连我们这些职位较低的语言教师,每个人都单独给了一间办公室。我们家离学校只有五分钟步行的路程,这办公室便成了我一年到头待得最多的地方。我每天下了课,泡一杯清茶,往椅子上一坐,面对打开的电脑,背后几架书刊,门一闭就把他人的世界关到了屋外。读的写的全是中文,恍惚间好像西安的书房空运到了新地方,几不知此身是在大洋彼岸。我爱我的办公室胜过我自己的住宅,即使在假日,在家里有来客聚会的时候,一等有了我可以抽身离开的机会,我都要争取到我的办公室待上一会儿。我想在这孤独的巢里暖一暖我的自我之卵,在独处的静默中沉淀一下精神,哪怕什么也不读,什么也不想,只要能这样独自个儿待下去,片刻间我就沉入无语的祈祷,隐隐触摸到空寂深处的脉搏。

独处并不局限于室内,工作之余,我常独步到附近的树林中,或沿河而行,或迳自登山。人一天到晚只混迹人堆里,对于身心是很不卫生的,人与人碰撞久了,会磨损人的灵气。但与山水草木虫鸟相处则有滋补疗养之效。我所说的"独",只是相对于他人而言的,独处的另一个向度即亲近自然,去听非语言的、非人造的声音,去闻荒野的气息,去到空旷冷清的地方清除人堆中薰染的积垢。当我逆流而上穷水源,凌绝顶而俯瞰市区,入深林而徜徉忘返,常常就有一种把我所来自的世界撒手留到界外的感觉。我兀立在去留之际,像一块界石投下了暂停的身影。

闲话聚会

香港的某些英语汉译词汇有时会让人感到颇为费解，其生僻的措词似乎意在音义兼顾，结果却译得不中不西，译成了广东话里的特殊用语。比如像"派对"(party)一词，不但读起来不太顺口，普通读者也很难从字面上悟出它确切的意思。我觉得还是按通行的译法，就叫做"聚会"好了。只不过是说大家聚集在一起会面罢了，到底是谁给谁派对儿呢？

美国人所办的聚会未必符合国人所想象的那种情况，一个人若初到美国而应邀参加他们的聚会，我劝你最好别把它太当成一回事，别以为像在中国去赴宴那样，会受到多么盛情的款待。你也许该先吃点什么垫垫肚子，免得在此类聚会结束之后，竟带着某种并没吃饱的感觉回到家里。吃喝之于此类聚会，在很大的程度上只是点缀，而非中心，是藉以把相关的人士召集在一起的摆设，无论是或红或绿的冷肉和生菜，还是数量并不太多的糕点，其用意恐怕也多为赏心悦目，而非专门要把你的肚子填饱。在一个吃喝向来都不算什么严重问题的国度，人们大概很难想象另一个重视吃喝的文化在饮食礼节上的讲究。自然，你自己若怀有过热的预期，一旦碰上此类并不对等的接待，恐怕就难免要产生遭受冷遇的感觉。

聚会上的招待不同于我们所习惯的请客吃饭，大厅里似乎并无足够的椅子能让太多的客人围桌而坐，也没有不断端上来的菜肴供来客一道道共同品尝。因此也不会有热心的主人为你搛菜或向你劝酒，不可能产生那种好像把来客招待在围坐筵席间的热闹现在你处处都得自助，端起盘子去挑你想吃的食物，拿上杯子倒你爱喝的饮料。如果你太客气，不好意思多吃，或只抿上几口杯中之物，那完全是你自己的选择。没有人注意你在饮食上的节制，也没有人认为这有什么不妥。这里的很多人如今天天都担心自己发胖，谁也不会盲目热心到迫使他人多吃或多喝的程度。主人不可能因为你是一个生客而对你特别照顾，大概在每一个客人刚走进门之后，主人只特意招呼一下便忙自己的事情去了。你若不甘寂寞，那就得频频穿行来客之间，去找可以与之攀谈的对象。来客都分散在各处，边吃边谈，他们始终林立于桌椅之间，即使是上了年纪的人，也都不失风度地从头挺到尾，很少有谁找个角落坐下来，独自待在一边埋头吃喝。如果你不想久留，完全可应酬一下便匆匆离去，绝不会如在国内坐席那样，一个人的突然离去常会影响得大家都暂时放下筷子。

　　通常聚会上的饮食都是由主人准备的，但有时主人只准备一部分，更多的则是由与会者自带，在聚会之前大家已经说好，各自携来不同的东西，好像特意凑到一起，来互相交换各家的饭菜。但不管怎么说，吃喝绝不是聚会的主要目的，与会者也不会在乎吃喝得怎么样。大家进入这个由饮食布置的空间，就是为了聚集在一起，找到一个见面、谈话和交朋友的机会。吃喝只是其间的陪衬，助兴而已。这情景可能让你觉得缺少请客吃饭特有的人情味，但却没有那种过分热情的款待给人造成的拘束。你可以一切随意，自讨方便，在没有人招呼你的情况下，你也不必过多考虑如何对别人作出应有的反应。等到缺乏兴趣的纷纷离去，而还有谈兴的人都有了谈得投机的对象时，聚会的场合便由起初的颇为冷清慢慢升起温来，但很少热烈到吵闹的地步。好像跳交际舞似的，与会者各搭配各的，三三两两地组合起来，在开始变得嘈杂的人群中，每一组交谈者都保持了相对独立的私人对话。

与国内那种好朋友们聚在一块儿神聊乱侃的氛围相比，聚会中的接触显然让人觉得不太过瘾。你隐隐感到了某种稀薄的绝缘层弥漫其间，它把那些和悦的面容，友好的姿态，以及风趣的谈吐，依稀隔在礼貌的距离之外。国人所习惯的热闹大多发生在彼此都不介意过分接近的人群中，但这里的聚会基本上是社交性的，仿佛在举行一群人团聚的仪式，与会者仅做出了走向对方的姿态，大家暂时沐浴一下在场的其乐融融，然后就各走各的路了。没有那些你自己想象的没完没了的事情，从聚会上回来，你仍然像原来一样孤单。时间长了，等你习惯了周围的一切，就像已吃惯生菜或喝惯饭馆里不分冬夏都照例端上来的冰水那样，你对冷遇的过敏也就会慢慢消失，而从前在亲友间经历的热闹亦如孩子久已断掉的奶，其可以回味的兴致遂日渐淡薄。在各种既定的距离中，你逐渐调准自己的位置，从而进入日常生活的轨道，最终融入这个世界，组成其冷清基调的某个音符。

白发的美学

阅读古代诗文,我发现古代文人对白发多怀有某种诗意的恐惧。自从潘岳和嵇含发现头上早生华发而著文自悲以降,对白发的哀叹一直都是敏感而衰弱的诗人面对镜子的习惯反应。白发于是成了衰悴的标志,愁苦的化身,以及事业功名不就,在仕途上败退下来标准的倒霉相。有人悲叹白发不能像丝那样一染就黑,有人则写他怎样用镊子徒然地拔去难以除尽的白发。总之,白发的出现被视为诗人生命中一个危机的信号,大量的诗文让我们觉得,白发的增多已定型为他们的自我形象变得不如往昔的重要因素。

不知是此类诗文影响了今日的读者,还是这种恐惧自有其心理上的遗传,我觉得我周围的同胞对白发的敏感如今更甚于古人。大约是十年以前,我也从镜中发现自己头上的这一变化。起先只是在早上梳头时尽量用压倒多数的黑发把那一星半点稍挂薄霜的部分掩盖起来,后来日渐变得盖不胜盖,只好任其暴露于人前。使我觉得难堪的是,身边的熟人不知何以对我头上的这一变化表现得过分关切,记得在一个时期内,很多人与我见了面的第一个反应就是惊叹我白发的增多。特别是不经常见面的亲友,几乎全都在一见面便向我指出他们一眼就看出的变化。有一年春节期间,来自亲友的这一反应如同敲响警钟,给我造成一定的压力。我头上日益增多的白发彷佛不只是我自己的事情,而是扩大成影响他人观感的问题。好像一个人还没到长白头发的年龄而竟长了,又任其公然暴露在众目睽睽之下,就显得有了什么不对劲的地方似的。每一次理发，理发师都要建议我染发，在一个几乎是"歧视"白发的总氛围中，我也用起染发剂之类的东西。

幸赖技术进步，现代人不必再在诗文中宣泄对白发的诗意恐惧了。现在，我们可以借助化学的妙用抚慰伤老的惊魂，好给自己或别人制造出一点青春的幻觉。然而化学的能力毕竟有限，像从前的盖不胜盖，我接着又发现染不胜染的事实。每天新生的头发都从根部冒出其不可逆转的白色，而染黑的那部分时间一久，会逐渐变得发黄，弄得人一头的杂毛。

"可怜身是眼中人"，每当在街头看到很多染发者头上掩盖不住的滑稽相时，我就警惕到自己的徒劳。于是索性放弃种种人为的做法，一任那变白的趋势自然发展下去。而就在此趋势势不可挡之时，我们举家移居到美国。我恍惚间发觉，身处此不同颜色的头发令人眼花缭乱的国度，人们不只忌讳随便说他人面老，也不兴贸然给他人提这样那样的建议。因此我不再听到从前在国内听到的惊叹或劝告，索性就不加掩饰，皓首高扬地混迹于各色人等之中。从此以后，我头上曾经敏感的那些部位再也没遭遇他人的另眼看待。 有一天，我们系秘书 Sharon 对我夹杂着灰白的头发表示了特别的赞赏。起先我只当是美国人通常向别人表示好意的习惯说法，交谈之后才发觉，面对白发的出现和增多，美国人并不像国人看得那么严重。之所以如此，也许是我们的黑发与白发容易形成明显的对比，而相比之下，白人的浅色头发即使变白了也不太显眼的缘故吧。但不管怎么说，我还是觉得，美国人并不一味崇尚年轻、光洁和经过了翻新处理的外表，他们甚至更喜欢凝重的陈旧，依然有活力的苍老，乃至显得粗糙的质朴。生命每一阶段所呈现的特征都有其值得欣赏之处，并没有什么规则要求我们只墨守一种美的标准，最现实的做法还是，尽量就各自所处的状态树立相应的美学。Sharon 觉得，一个体格健壮的中年男子头上杂生些半灰半白的头发，反而显示了某种经过磨砺的刚健和不在乎修饰的酷劲。纵观美国电影，其实有不少令人倾心的情侣都属于中年以上的男女，就此类人物的形象塑造来看，他们特有的成熟、热烈和顽强，似乎正是从那不再柔润的头发，有过经历的皱纹，以及皮肉已有点松弛的身体显示出来的。生命在趋于成熟之刻，也就是流露出转向衰颓的迹象之时，应该让我们的苍老像霜叶那样如烧似醉地显现出来。

美与不美，本无分于老少新旧，让人感到败坏趣味的则是像油漆旧家具那样的翻新活路。白发染黑的爱美心理固然可以理解，"君不见高堂明镜悲白发，朝如青丝暮成雪"，留恋青春容貌毕竟有其值得同情之处。但危险的是，在商业繁荣的浮躁鼓动下，俗艳的趋新在建筑景观上已造成恶俗的败坏。最让人不能容忍的，就要数某些古迹维修的工程，维修的结果几乎是用拙劣的翻新包装了之所以堪称为古迹的旧貌。在中国大地上，很多热衷"油漆"的匠人们一点也不懂得残缺颓废之美，他们贫乏的想象力无法欣赏"西风残照，汉家陵阙"那样的苍茫气象。他们打算重建圆明园，也许还想重修万里长城，因为他们更想招徕消费，贪图发展玩乐性质的旅游，好拿翻新的文化遗产赚大钱。然而，雅典人依然维持其卫城上神庙的破败面貌，罗马人也没有修补大圆型竞技场的断壁残垣，他们肯定知道，很多已经陈旧或破损的事物都须以其既有的面貌显示本色的美。涂抹粉饰不但是徒劳的，而且是滑稽拙劣的。

休说鲈鱼堪脍

口味都是从小养成的，好比树木扎根什么样的水土就有什么样的习性，你生长在哪里，吃惯了哪里的饭菜，就养成了哪里的口味。口味整个地融入一个人的血肉，它本能地决定你能不能或要不要吃什么东西，灵敏地牵动使你开胃或让你恶心的反应。它虽然后天形成，但在形成过程中已潜移默化为一个人生命的构成部分。我们活在各自的口味中，这口味既滋养着我们的胃口，也会限制我们的饮食选择。既定的口味类似既定的方言母语，它在某种程度上已成为你的自我的构成部分，一旦你去国离乡，突然置身异域的饮食环境，那种难以立即适应的困苦大约就像树木移根另栽，难免要经历水土不服到逐渐适应的过程。

自古以来，华夏文明在饮食上的自我中心意识似乎特别浓厚，如以熟食和生食或谷食和肉食作为夷夏之分的标准，把海边的鱼腥和草原上的羊膻都贬为野蛮的口味。像李陵和乌孙公主这些羁身塞外的汉人，在诗文中就把吃羊肉、喝奶酪描述成受罪的遭遇。而提起故乡的食物，从古到今的文学作品总是赋予它永恒回味的诗意。流亡者往往拖着各自口味的负担离家远去，在艰辛的文化磨合中勉力适应移居的生活。特别是住在国外，那里的口味就像那里的语言一样把你死死隔在感受的铁门槛之外。感受不同于常识，常识可以通过理解重建，感受则属于官能的反应，你的意志可以让你吃下味同嚼蜡的东西，却不能迫使你从那"嚼蜡"中品出甘美来。感受的膈膜常令你深陷陌生的困扰，常苦于身在别处而魂系故乡的分裂。

我自己就常在这样的分裂感中度日。人虽出了国，口却享不了洋福，种种不适，多因顽固的口味在从中作梗。我与西餐的无缘首先应归咎我最初不太习惯它的两大美味，我不喜欢巧克力和起司，任何食物，只要尝出了这两种味的嫌疑，我的味觉立刻就会产生排斥的反应。在国内，牛奶一般都煮熟了喝，滚烫的奶倒在碗里会结上一层皮，喝到嘴里就奶香热溢，让人感受到早晨的美好。相比之下，美国的脱脂冷牛奶倒入杯子便显得稀薄而寡味，端起冰冷的杯子，我总是不由得想起刷墙的石灰水来。意大利面食也让人望而生畏，那些拌了西红柿酱和奶酪的通心粉堆积在大盘中，看起来就像沾满了油漆的塑料管。与我从前在西安吃过的烧鸡相比，这里快餐店的油炸鸡吃起来好似在咬棉花包，而让吃惯了酱牛肉的嘴去品尝牛排，则像似在啃一块皮鞋底子。每一次去西餐馆吃饭，拿起满是意大利文的菜单，我都得让自己鼓起勇气，随便点上一份，以求碰个运气。可惜端上来一吃，大都不太理想。就这样，吃的次数多了，虽仍谈不上多么可口，慢慢也就不再像一开始那样难以容忍。有时候我也去一些中餐馆吃我更习惯吃的饭菜，但去的次数多了，又发现这些美式的中餐似是而非，并不地道，经营者为迎合美国顾客的口味，实际上已对他们所供应的饭菜做了一定的改造。日子久了，连本地那些屈指可数的中餐馆亦日渐失去吸引。每当我走过城市的大街小巷，不由得发出长铗归来兮食无味的慨叹。

　　很多在从前并不多么令人贪馋的故乡食物，如今竟因距离拉远而让人怀念不已，越是普通的、小时候常吃的食物，越是与某些熟悉的街道或饭馆有关联的食物，便越让我回味无穷。其实我嘴既不馋，腹亦不饥，我的馋和饥全起于对远方的妄想，是顽固的口味自编自导了这些深情的回忆。有时候，我会向妻子或来此看望我们的母亲提起某个早已被人忘记的食物，并津津乐道其可

口之处。我甚至在神游中反复走过西安一条有名的饮食街,挨个到不同的摊子上品尝各种食物。

终于在不久之前,那梦寐以求的饮食之游得以实现,我回西安小住半个多月,特意去了鼓楼内的回民夜市。这里是城内最干净的夜市,青砖铺地的人行道摆满了饮食摊点,虽然是腊月的夜晚,在华灯与炉火辉映下,露天里坐定,开怀吃喝,一点都不觉得寒冷。为了多吃些花样,我各种食品都略尝一点儿,从烤羊肉串到灌汤包子,从黄桂柿子饼到八宝醪糟,像吃自助餐那样,我整条街地吃了下去,一直吃到不能再多吃一口。然而我惊奇地发觉,吃到口中的故乡食物似乎都比较平淡,我的舌头好像长了太厚的舌苔,记忆中的美味,小时候吃下这些东西时的那种馋劲,如今都在我的口中大大地打了折扣。我后来还去了不同的地方,吃了更多的风味小吃,但始终都没找回我渴求再次领略的快感。我对我变得迟钝的味觉感到失望。在亲友的眼中,我还是我,只有我自己发觉,实际上我已不完全是从前的我了。

面对这已发生的变化,我思考起它的缘由。尽管我并未完全习惯异国口味,但我原来的口味已有所蜕变。变了质的口味不西不中,处于口味上的漂流状态。越是在想象中给过去的饮食经历加盐加醋,就越是把眼前的日常饮食反衬得更加乏味。回乡欲一饱口福的经历终于让我无可奈何地悟到,移居生活已暗中偷换了我的口味,种种一心想要重温的旧梦显然是不可逆返地褪色了。失望产生了消解的作用,也促使了我的省思,往昔的美味感实不足以美化我当前的生活,无论谁也不可能日日顿顿,饱食美食佳肴,古人味无味于至味的平淡心态也许更为现实。要健康地养育自己的口味,最可靠的还是平日的粗茶淡饭。

1998年

老孙家

　　四方的饭菜不只风味各异，包括盛食的器具也各具形态，差别极大。比如广东的早茶，一律都是小笼小碟送上来，好像小孩子在玩"过家家"的吃饭游戏，面对要下箸的东西，你会突然觉得自己变得鸟口而鸡肠，不由得细嚼慢咽起来。而吃西安的泡馍却正好相反，你几乎总会面临增加饭量的挑战，因为不管男女老少，给你端上来的都是耀州窑里烧出来的大老碗。那碗沿深而口广，大得足以扣到你的头顶当帽子戴。大碗盛饭，这向来都是西安泡馍的传统吃法，它看起来开胃，吃下去耐饥，也让人想起按一个人的食量来衡量其体力的粗豪古风。泡馍确实是果腹之食，更是最适合出力的汉子大嚼上一顿的好饭。

　　西安的泡馍种类繁多，从红肉煮馍到葫芦头，从水盆羊肉到洋杂羔，其中最负盛名而流行甚广者，当首推牛羊肉泡馍。而提起了牛羊肉泡馍，西安人自然会想到"老孙家"这个响当当的老字号。五十年代初，我家住在开通巷，步行五六分钟，就是端履门口。得了这地利之便，爱吃泡馍的父亲便常带上我走进路口上那个转角楼，去吃老孙家的泡馍。那时候下馆子的人远没有今日这么众多，踏着那有点咯吱的木楼梯，走上设有雅座的二楼，四方的木桌总是收拾得干净而清雅。楼下的炉灶旁，一个站着的伙计使劲拉着巨大的风箱，每鼓一下风，炉口就喷出一股红火。随着服务员高喊出"二位"的声音，蓝花的白瓷大碗和几个坨坨馍就送了上来。接着是下饭的小菜：一碟糖蒜，一碟调了香油的辣子酱。然后会让你自己选肉，或牛肉，或羊肉，或肥的，或瘦的，都按你点的切成薄片放入小碟，扣到你掰好的馍上。硬面的坨坨馍白生生的，有一种烙饼自身的香味，一般只烙到七八成熟，这样才耐得住大火猛煮。掰馍更有特别的讲究，就是要掰得越小越好。像父亲这样的老吃家，差不多都有惊人的耐心，他们指头上颇有功夫，善于把坚硬的坨坨一点一点掰开，掰得细碎均匀，掰成花生米大小的碎块堆积碗内。据说，这样的馍煮起来才能入味，而掌瓢的师傅一见碗里的馍掰得如此精致，便知你是行家，就会特意给你用心烹调。因此，馍掰得好坏与否便成了一个人会不会吃泡馍的标志，掰馍于是被视为吃泡馍者不可马虎的修养。不少老吃家甚至常在家里把馍预先掰好，用干净的手帕兜上，像是带着自己的作品来泡馍馆清晨就餐。服务员也有他拿手的绝技，他们往往会把五六个满装碎馍的大碗一个个摞起来，像玩杂技一样一手捧起，托塔李天王似的稳步送入厨房烹煮。等馍煮好了，再一碗碗端回桌面。不管有多少顾客等饭，你肯定吃的是你亲手掰的坨坨，这一点绝不会出什么差错。

  不知是旧时的食物和手艺均优于今日，还是小孩子的味蕾发达，对美味更为敏感，我总觉得那时候的羊肉泡比后来的好吃得多。那时候的物价特别便宜，生意也做得比现在老实。碗里的肉块肥瘦相间，有红有白，夹起来酥软而不散，吃起来爽口而不腻。父亲的馍掰得特别细小，他喜欢让厨师给他来半碗"干滷"，原质的肉汤浓缩成稠汁，煮好的碎馍像勾了芡一样粘在一起，可以用筷子撮起来直接送到口中。我的馍都掰得太大，煮出来就比较稀，馍都淹在汤里，所谓"水围城"是也。就这样我连吃带喝，一大碗下肚，便吃得满头大汗，肚子发胀，回到家不断喝水，上午一餐，竟撑到天黑也不觉得腹饥。

  后来各行各业纷纷公私合营，街上的老店一夜间都变成了合作食堂，旧字号遂慢慢失去它固有的魅力和信用。特别像羊肉泡这样本来就比较大众化的饮食，随着其经营日益向快餐的方向发展，在总是挤满了顾客的泡馍馆里，就再也看不到昔日清雅的环境和那些别有一番讲究的美食情趣了。再往后，我自己也被迫离开城市，在沣河边的一个村子落户当了农民。常常是在寒冷的农闲季节，和村民们拉上架子车搞长途运输的时候，泡馍馆便成了我们最经济实惠的选择。我们的车上拉的都是重东西，或预制楼板，或砖瓦钢筋，屁股撅起脸朝地地拉着，每向前曳一步都要往地上洒几滴汗水。干这样重的牛马活自然得给肚子里大碗填饭，有时碰到一身大汗出过，腹空腿软头发昏的时候，我们就走进廉价的泡馍馆，要上四五个坨坨泡他一顿。大家都是粗人，谁也没功夫仔细掰馍，都尽管让拇指大的馍块在碗里垒得冒尖高，端上来只顾狼吞虎咽，吃饱为止。此时的吃泡馍已不是品尝美味的享受，而更像是给身体添加燃料。等我们把肚子填饱，浑身发热，又有了劲头，就把自己套到辕上继续拉车了。村民们常说，"人是铁，饭是钢，一顿不吃心发慌。"坚硬的泡馍的确堪称为"钢饭"，在我当年拉车的漫漫长途上，不知道有多少大碗的泡馍就这样消化于筋肉劳累的磨擦。

许多年过去了，每当这异国的移居生活过得有点单调，而西餐又吃得人甚感乏味时，我就想起了羊肉泡。羊肉泡代表了我想象中的西安饮食，它已成为那里种种小吃的总和，在我的思念中内化为持续酿造的回味。记得我在写给一位朋友的信中说过，我有一个最大的愿望，就是一回到西安便去老孙家泡他一顿。不久以前，我回了一趟西安，到家的第二天就和弟弟去了老孙家。老孙家还在东大街和端履门的拐角上，但修建得比从前富丽堂皇多了。坐在二楼上供应优质泡馍的餐厅内，几乎有置身宫殿的感觉。现在的世事在一个更高的层次上又向过去返回，老字号重新受到推崇，各种服务按收费的高低拉开了档次，消费者又被鼓励用钱

去买更高级的享受了。你不想在拥挤的餐桌间等候,那就多花钱去进清静的包房,去那里讲究你的美食情趣。服务业从一度的限制需求转向了刺激和制造需求,地方风味的小吃被作为民俗文化大搞起来,全民似乎都热衷美食,讲究吃喝了。来到中国,你可以抱怨在那里忍受的无数不便,但你不能不承认,天下之大,要论饮食,还是吃在中国好。

几天之后,我同几个电视剧《水浒》剧组的朋友去了东门外新开张的老孙家分店,那里的规模更大,品类更多,在号称"西部小吃城"的大厦内,围绕着羊肉泡,推出了很多新的旧的回民小吃。《水浒》刚开始播出,剧组的人吃兴正浓,圆桌上摆满了花样繁多的开胃小菜。我久违的味觉和胃口承受到过量的供应,太多的碟碗都看得我不知该在哪里下箸。人的肚子毕竟有限,把席面搞得太丰盛也许并不是多么聪明的吃法。总之,西安的"泡馍之行"至此可谓达到高潮。然而,当我向五舅提起几天来的经历,并津津乐道"老孙家"如何如何时,他却说那全都是冒牌的,正宗的老孙家别有去处,我若有兴趣,他会带我做一次老孙家的寻根之游。于是在吃泡馍的盛事已达高潮之后,说泡馍的故事紧接着又荡起一层波澜。

"还记得我的中学同学孙义轩吗?"当我们乘车向城北驰去时,五舅问起了我。我慢慢回想,想起了他,就是当年那个老孙家的大儿子。我们在龙首村下车,走进了孙义轩新开的"清真老孙家饭庄"。喝着热稠酒,我们三个就谈起了老孙家泡馍馆的前前后后。孙义轩四十年前的样子,已难以清晰地想起,但一搭眼还能看出他那西安回民的突出特征:在凸起的眉棱骨上长了两道浓眉。他给我讲了老孙家牛羊肉泡馍的创业史。说起来已是百年前的事情,那时在西安流行的多为水盆羊肉,即喝着大碗的羊肉汤吃热坨坨馍,此后的烩煮吃法尚未兴起。只是传到孙氏三兄弟手中，才首创起用肉汤煮馍的操作。他们于一八九八年在西安城内设立"老孙家"饭庄，开始了新的经营。后来经过孙氏第二代传人孙万年发展，建立了从煮肉到烙馍一整套操作系统，才形成了独具风味的牛羊肉泡馍。一九五六年，孙万年的旧店被迫公私合营，老孙家的产业和字号遂为国营店所有，孙万年也在历尽风雨后病逝。身为孙氏第三代传人的孙义轩面有忧色地告诉我，现在他欲继承父业，乘新政策之风大干一场，却踫到了接二连三的干扰。在使用"老孙家"这个著名字号的问题上，占据饭馆原址的国营店多次找他的麻烦，想把他的新开店压迫下去。他们害怕他这个嫡传子孙把事业搞大，影响了他们的生意，于是就仗着公家的势力，让管理局派人来威逼他放弃使用"老孙家"这个字号。孙义轩气愤地说："我姓孙的都不能以'老孙家'自称，难道要禁止我姓孙不成！"接着他又幽默地告诉我们，他答应放弃"老孙家"这个牌子，但他们得想办法到公安局把他家的姓改了。面对孙义轩强硬的态度，管理局的干部只得无奈而退。不管怎么说，毕竟今天的中国已发生了很大的变化，公家一手遮天的局面再也维持不下去了。公家干部尽管还能靠手中的行政权行其霸道，个体小户也有他据理力争的余地，只要他有他的实力，打通了他的渠道，他就能赢得竞争的条件，就有可能闯出一条自立之路。孙义轩告诉我们，最近他已合法登记了"老孙家"的字号。今年正逢"老孙家"开店一百周年，如此良机，他绝不能错过，再难也得努力经营下去。

又是一碗羊肉泡下肚。走出老孙家的新店，我和五舅畅谈这些年来发生的变化。北郊的街道比从前开阔多了，破旧的平房和新建的高楼错落在一起，与冬日灰暗的天色交织成一片杂乱而苍茫蠢动的图景。今日的中国正在经历着一个艰难的社会还原过程，当年废私立公的革命之举曾是迅疾而有效的，但如今要从公有制的僵局中撤退出来,再返回早已被砸烂的私有制摊子,其间却有难以预见的千难万阻。寄生在公有制上的既得利益者比比皆是也,个体经营者不得不穿越双轨制并存下模棱两可的地带,去耐心坚韧地发展自己的事业。孙义轩远离闹市,把他的泡馍馆建立在北郊,虽系形势所迫,也未尝不是一个更有眼光的选择。龙首村之地乃隋唐皇城旧址,它背渭水而面终南,是俯视长安城区的制高点。新修的高速公路从这里通向咸阳的国际机场,未来的繁荣已经在这一带展现振兴的气势。

我祝愿孙家的新店迅速打开局面,更祝愿千百万这样的个体店铺不断壮大起来。

1998 年元月

死　睡

　　庄子说过，"至人无梦"。至人乃是修养到家的人，是神人，是获得特异功能之人，至人能凭其意志彻底清除梦影，使他的睡眠纯净得像一瓶医用的蒸馏水。他那无梦的睡眠应该是一种清醒的睡眠，它的澄彻有如深潭，它的清朗好比蓝天。至人的无梦大概是把醒与睡合而为一，是非睡非醒吧。

　　这几年来，我的梦是越来越少了，少得快到了无梦的地步。但若拿至人那种理想睡眠的境界来衡量，我的无梦并不纯净空灵，它反倒叫我觉得非常重浊。我总是睡得沉闷而枯燥，每夜一跌入黑甜乡便一觉到明，睁开眼睛时，我常有一种从短暂的麻醉或休克中复苏过来的感觉。因此，我把这样的无梦之睡称为"死睡"。死睡是没有内容的睡，像荒漠寸草不生，像污水鱼虾一无，像月亮的背面没有丝毫的光亮。昏沉沉地睡去，又昏沉沉地醒来，每一个昨夜都被糊里糊涂抹上了没有记忆的黑团。睡眠之于我，越来越成为纯粹的生理现象，越来越失去了从前那些富有想象和触发情感的成分。现在，睡与醒之间的联系完全由于梦的缺席而被一刀切断，无梦之夜使我不断经历着没有感觉的时间，无梦的睡眠价值是对睡眠的浪费，无梦彻底绝缘了另一个同现实并存的超现实主义世界。我开始怀疑所谓"至人无梦"的美好和超脱了，每一次从荒芜的睡眠中醒来，我都警觉到生命走向衰颓的迹象。

　　无梦恐怕并不一定就是精神清醒的表现，它更像是一个人内在资源渐趋耗竭的症状。比如拿我现在的情况来说，居住在异国已经三年有余，离乡万里，海天茫茫，按说所处的正是"魂一夕而九逝"的境遇，夜夜都该踏上梦中的归途，去寻故里，去会旧友的。可惜所有的思念都发生在有棱有角的白日，都是干巴巴概念式的，都是通过这个人的名字想起该人，或提到某种家乡食物的名字触发了苑思。我总是大睁着眼睛，面对不可穿越的空间，让抽象的思念纷纷碰了现实的冷壁。几乎没有一星半点的余绪能渗入夜里的睡眠，编织成哪怕是能让我一刹那信以为真的梦境。是我的睡眠的显像管出了问题，还是我丧失了记忆梦境的能力？为什么我再也梦不到我想梦的情景？为什么我的睡眠总在早晨交出一张令人失望的白卷？已经好久没有梦感了，我渴望做梦，就像龟裂的田地渴望雨水。

　　人的境况之不同有如其面。很多人都苦于失眠，我却嫌自己的瞌睡太多，恨不得把过剩的瞌睡分一些给某一个总是睡不着觉的朋友。有些人为梦所扰，我却厌倦自己的死睡，焦急地盼望好梦降临。可恨那睡意和梦境从不受我控制，不管我在白天怎样做准备，到了晚上，头一挨枕头，人就像石头沉到水底一样睡了过去。别人都认为这正是我身心健康的表现，只有我自己知道，我的生命的一部分似乎已由热烈转向淡漠，几十年来上下求索的心，如今正在沉船一样坠向躯体的某个暗角。梦其实还在按它的机制在我的睡眠中工作着，只是内在的驱动力日益衰弱，所演变出的图像也就模糊不清了。我仍在睡眠中睁着梦的眼睛，但我看不清楚，甚至视而不见，因此到了第二天早晨，往往就带着一无所记的头脑醒了过来。从一方面看，这死睡也就是安眠，是远离了颠倒妄想的睡，是从向外的游荡转问了自在的盘桓，是在大量放弃之后得到的自足状态。但从另一个方面看，无梦也是一种近似于眼花耳背的现象，欲望的汁液已渗漏得几近干瘪，经历在增多，向往遂递减。在从前，每当久已梦想的事情终于成真时，往往会有"岂其梦耶"的强烈反应。现在则对很多值得惊喜的事情都表现出平淡的反应，梦怎会轻易造访我的睡眠？

　　嗜欲依然存在，只是慢慢由从前的发自身体转向如今的萦于头脑。就拿吃喝来说吧，小时候是见了很多饮食都馋，吃到口中都香，于是夜里就常梦到丰盛的食品，令人馋涎欲滴的场面。而最让人梦醒后回味无穷的是，伸手去拿那些好吃的东西，却总是拿不到手，而刚咬到口中还没尝出味道，便遗憾地醒了过来。梦中的情景有时会深刻到这样的程度，以致梦醒之后竟不相信已经醒来，或不太愿意回到醒的世界中来。后来好吃的东西吃得远远多过往昔，口味却成反比下降了许多，饮食之梦遂不复出现。这几年从海外给西安诸友写去的信中最喜欢念叨羊肉泡馍，但我从未梦见过我们西安任何馋人的风味小吃。我知道了，原来我当前萌发的莼思基本上是由于不满意现状的某些方面而产生的遐想，它更多地联系着头脑里的文化乡愁，而很少出于真正的肠胃思念。只有后者才最能鼓动梦的工作，前者仅限于光天化日下自我夸张的表述，发些言不由衷的议论罢了。

　　随着性在夫妇生活中扎下了根，早年那些叫人销魂的春梦也"去似朝云无觅处"了。那时候，我总是梦见一些异性的迷人面孔，眼熟中叠印着陌生的模样，神态在可亲与矜持之间流动地变换，身体是虚实参半的，着衣或者赤裸，接触或是扑空，其间的界线常常模棱两可，弄得人对那迷离恍惚的境况沉醉到不愿醒来的地步。每一个春梦都电影般令人全身心投入，经历着缠绵或激烈，引起了惊喜或怅惘。梦中的每一个细节都把余震扩散到醒后，都让人带着脸烧和心跳，伏在枕上长久地呆想。难道现在的无梦是因为我已变得比过去清心寡欲了吗？当然不是。性想象的顽念几乎是至死不渝的，但早期的情欲是血肉中溢出来的，其弥漫的精力足以把情色十足的梦境涂抹得瑰丽多彩，春韵摇荡。现在的情欲则退缩到了极有耐心的头脑中，仅在白日作无聊的淫思而已，

与那灵肉俱颤的梦已永绝了情缘。

无梦也是高枕无忧的结果。梦的工作并不仅仅受欲望支配,尽给自己编造一些乐事。梦中还有潜伏的忧虑,像闹钟一样频频向人提醒着深远的恐惧。我在"文革"中曾因"思想反动"罪有过几年牢狱之灾,其后虽脱离了那样的环境,但由于余悸一直在怀,多少年都在反复做一个把我惊醒的恶梦。我总是梦见自己又因同样的罪名落了"二进宫"的下场,高墙森然在目,环堵处处如昔,我像笼中鸟一样转来转去,在计算刑期的焦虑中悚然惊醒。只是在我走出国门之后,这个不知困扰了我多少次的恶梦才齐茬断掉,再也没有在大洋另一边的睡眠中出现。确实,我宁可一年到头夜夜都是死睡,只要不再撞上那个可咒的恶梦。

那么我到底想要什么呢?安宁的日子过腻了吗?是害怕在平静中变得麻木,因而突发了重温旧梦的幽情,还是仅在纸上留些痴人说梦的闲扯,再继续我的死睡?

流年知多少

年是岁数的刻度，五六十年前，大多数人家还不像今日这样重视过生日的时候，不管是出生在哪月哪日，一到了大年初一的早上，谁都会暗喜自己又增加了一岁。正是通过年的划分，时间的延续有了累计的依据，回首流逝的岁月，你会从增长的年岁中获得生命的储蓄感。

从前过年，基本以喜庆和祈福为主，人世的欢宴穿插上娱神的节目，家庭的团聚则包含了对先祖的追念。天上地面，阳世阴间，都在这新旧交接点上发生了感应的交流。吉祥仿佛稀薄的帷幕，你必须一言一行中保持崇敬的喜悦，才足以维护住那包裹着节日的灵光。物质的享受并不等于花钱即可买来的消费，它更多的被体验为只有在节日才有机会享有的乐趣。一年到头的家常便饭吃得孩子们总是处于嘴馋的状态，只有到了过年前后，我们才吃得上那些家制的美食。匮乏和节制给人的味觉积累了任何过量的满足都难以比拟的快感，每想起小时候过年的情景，首先涌现在我舌尖和鼻头的总是那几样永不衰退的味道和气味：有腊月二十七、八大杂院内家家蒸包子时满院飘香的气味，有新炸出来的馃子吃到嘴里的酥脆，还有母亲大锅煮肉时捞给我们小孩子去啃的骨头上那啃不尽的肉香……所有那一切都好比窖藏在年代深处的老酒，历时愈久，想起来愈是回味无穷。

年也是穿出新衣的起点。大年初一大清早揭开门帘，一个个走上台阶的孩子浑身上下都是焕然一新。新衣包裹下令人倍感拘束，都恐怕不小心沾上油或蹭了土，回家后让母亲见了挨骂。随后那新衣慢慢变旧，多次洗涤后褪了色，甚至打上了补钉，直到来年，才再次换上新装。而与此同时，那新装的口袋里总会有新钞票不断塞入，新得在点数时发出悦人的脆响。孩子们一年中只有这时候才买得起向往已久的东西。我最喜欢买万花筒和叮当。万花筒是个纸糊的圆筒，透过它顶端的孔洞，转动中可看到变幻无穷的彩色图案。叮当是玻璃做的玩意，像个封口的喇叭，轻轻地一吸一吹，那最薄的层面会因颤动而发出叮当叮当的声响。更有趣的是初五到十五的晚上，孩子们都拿出舅家送来的灯笼聚到巷子内，一个个伸出冻僵的手，挑起纸糊或纱糊的灯笼，在冷清的黑夜中移动着带有一丝暖意的烛光。

随后破除旧风俗的运动迭起，新兴的政治节日冲淡了旧历年淳厚的年味。接着经济上潮起潮落，洋节日随之大量传入。我们的时代陷入了节日紊乱的症状，城镇的面貌日益繁荣，过年的氛围却变得不伦不类，热闹得俗气十足了。回顾我后来的过年经历，年年几乎都塞满了酒食的应酬，还有中央电视台春节大联欢的节目，涂鸦般留下了华丽的浮光掠影。这期间，鞭炮声喧闹在户外，麻将声响应于室内，精力和金钱大量集中消耗，年过得人越来越觉得腻味。就在我对过年厌烦到极点的时候，我们一家四口迁出了中国。

十年一晃过去了。我的移居生活搁浅在文化干滩上，既远离故国节日的深港，又难以在异域节日的热潮中抛锚。日子如漫过平地的静流一样流淌过去，面对墙上的英文挂历，有好几次我都忘记过年。也有几次，我特意查出那日期，回家略备些年饭，甚至在我的中文课堂上给学生放映中国的贺岁新片，还打电话到西安给母亲弟妹拜年。可惜周围的总背景与年无关痛痒，在自己家里不管多么精心布置，最终还是成不了气候。

人在美国的大学教书，春节永远都处于忙碌的春季学期。要返回西安过一次年,只能是退休后的愿望。亲友在日益疏远,很多温馨的场合早已陌生,真不知到了那时候我回国探亲,身临现场,透过隔膜的年华,到底还能品出什么样的滋味。

端午节漫谈

时逢端午，报社编辑约我写一篇谈过节的短文，一时间就这个旧题还想不出什么新意，抚键良久，指下颇感踌躇。美国的挂历上并无公历和农历的对照，生活在这样的环境中，其实没有多少华人还会想起中国的传统节日。就拿我自己来说，若不是此刻要为北美的中文报刊撰文漫谈端午节的话题，同样也不会想起吃粽子之类的事情。今人与昔人感知时间的方式已差别很大，我们今日即使过那些传统节日，吃特定的节日食品，也不再具备昔人那种欢庆节日的古朴情怀。以下就让我从这个差别说起。

时间在现代人心目中已完全抽象为符号显示的数量变化，你只需一瞥钟表的指针，翻开日历，注目当天电视上的气象节目，就知道此刻处于一年三百六十五天的哪一节点。再加上屋内冬有暖气夏有冷气，连对寒暑的感知也大多来自电视上报告的温度。至于这些数字所联系的天文现象或物候变化，忙于各自事务的现代人早已失去关心，不再有敏锐的感觉。但在科学尚未发达的年代，面对天气由寒而暖，进而炎热，然后转凉，以至再度变冷，每一个转折点都潜在着需要人们严加提防的危机，同时又提醒你满怀新的希望。在一年的不同时分，阴阳的盛衰消长构成复杂的相互作用，所谓节庆，就是为顺利进入每一个变化的阶段而举行的有特定作用的仪式活动，其内容不外乎驱邪与祈福两端。什么是节日？节日就是不同季节中具有特殊含义的日子。

端午节在农历的五月初五。此时阳气转盛，酷暑将至，古人为避免炎热带来的灾难，自然得做一些具有巫术功能的预防工作。

所以在最初,"午日"被想象成一个很危险的日子。不同的文明阶段各有其不同的医疗卫生制度,现代社会完全依靠医院和药房,但在巫医合一的古代,人们更信赖禳解。几乎所有的节日都有一个共同的动机,即通过各种全民参与的仪式,针对不同季节可能发生的疾病,做出象征性的驱邪活动。通常,一些具有驱秽杀虫作用的植物便显得非常神奇,被选为不同节日的标志。如上巳节(三月三)的秉兰,重阳节(九月九)的佩戴茱萸,以及端午节在门前插艾,此类节目均暗含了用含有挥发性芳香油的植物驱除疠疫之气的功能。药酒也是常用的驱邪之物,比如除夕喝清热解毒的屠苏酒,重阳节喝滋补身体的菊花酒,端午节则用雄黄酒给小孩子消毒。直到上世纪七十年代我在陕西农村落户的时候,每逢端午,当地村民仍会特意去中药铺买回雄黄,调入白酒,专门涂抹小孩子的鼻孔、耳孔等特定的部位。那搅和了黄色粉末的酒颇像碘酊,给孩子裸露的身子涂抹上点点斑斑的橘黄。因为盛夏来临,正是各种毒虫猖獗之时,终日赤裸在黄土地上玩耍的孩子最易被毒虫叮咬。村民们认为,只要在过节那天给孩子身上抹下这黄色的痕迹,毒虫就不敢再近他们的身子。

另一个驱邪的措施是佩戴香囊。记得上世纪五十年代我上小学的时候,端午之前的好多日子就有小贩沿街叫卖由木香、白芷等草药混合成的香药。妇女们把香药买回,用五颜六色的碎布做成形状各异的布包,装入香药,缝纫严实,再串上小珠子,缀上彩色丝线的穗子,到过节那天都给孩子们戴在身上,其中尤以桃形、粽子形和五毒(蝎子、壁虎、蜈蚣、蛇、蟾蜍)形的香囊最为流行。那一天我们都戴上各自的香囊上学去,一路上流芳远播,教室里更是一片药香馥郁。课间休息时,大家都互相展示各自的香囊,或比较,或鉴赏,或交换,简直像开手工艺品交流会一样争妍斗奇。通过孩子间的炫耀,也显示了各自母亲的手艺。

像其他传统节日一样，端午节也有它特定的食品。除了吃最爲流行的粽子，在故城西安，那一天还讲究吃油糕和绿豆糕，并互赠此类食物。节日的食物最初都是专供献祭的东西，人们在鬼神享用之后把它吃掉，主要是为了图个吉利。后来这种祈福动机逐年淡化，节日的食品遂被精制成專供世人享用的美食。直到我上小学的年代，这些可口的节日食品仍限于过节时才有机会饱餐一顿。一般人家，平日所食，无非普通的家常饭菜。因而对孩子们来说，一年到头，对一个个节日的期待，也饱含了对各种节日食品的渴求。经过一段时间的期待，终于到那一天吃上了早就想吃的东西，那样的甘美和快感，的确只有在那个年代的那种氛围下，在那样单纯的年龄时，才感受得到。

如今节日的食品随时都可买回来享用，就家常的饮食而言，大家每天似乎都在过年过节，节日及其相关的食物自然就不再像从前那样诱人。更何况新兴的食品成千上万，古老的节日食品差不多仅作为保留项目，多是碰到那特定的日子，买回来做个样子罢了。至于插艾、戴香囊之类构成节日情调的旧时习俗，回忆和想象起来，尽管自有其风俗画般的淳朴之美，只可惜总的背景已经消失，即使有意恢复那些旧习，也很难再现当年那种一片诚意，心怀暗喜的热闹了。

饮　趣

有个作家说过，"人是不渴而喝的动物。"此话说得很好，饮酒与平日喝水不同，贪杯的欲求显然不是为解除口渴，杯中饮趣在于品尝美味，在于给特定的场合增添一种气氛。但我不太相信酒能消愁的说法，我也不赞成用酒消愁。酒若能消愁，愁岂不成了一种需要酒的焦渴？渴则思饮，饮而渴解，长期下来，一个人就会在身体或心理上养成对酒精的习惯需要，最终喝得上了瘾，把本可以让人得到乐趣的事情弄成了对一种化学作用的依赖。所以我很少独酌，只有偶然得到了什么特别的佳酿，才会因好奇忍不住想先尝它两口，或在心情愉快的时候喝上几杯。

如果总是独自耗尽自家的瓶中贮存，我会有一种在私自偷吃的感觉，觉得那几乎是对所饮之酒的浪费。酒是一种液态的火，它的冰冷中蕴含着可逐渐释放出来的热。当你略微抿一口好酒，在延迟的下咽中，让它的醇味缓缓在口舌间扩散开来的时候，你的心情和思绪就会渐次升温，你会觉得日常生活沉积在人身上的僵硬趋于软化，被润湿的喉咙于是有了表达的冲动，就在这样的时刻，你突然生出想和别人交流的欲求。所以我认为，酒是一种应该分享的饮料。好饮之士有了佳酿总会呼朋逐友，好在对饮中尽情享受倾谈的乐趣。谈话的好处是能把唇舌间渗入的热量又从唇舌间散发出去，就像在通风良好的情况下烧一把火，一下子便烧起了跳动的火苗。但一个人喝闷酒则如湿柴暗燃，身上的热只能生成烟一样阴暗的东西。那是没有真正起到兴奋作用的废渣，由于未能升华成激情的表达释放出去，遂留在腹内发酵，结果作

为秽物吐了出来。这就是醉酒的现象。

但我不太喜欢在一群半生不熟的人中间应酬性地喝酒。很多人根本不会喝或只能喝很少一点,和他们在一起喝当然没劲。有些人能喝,但似乎唯恐自己先被灌醉,因而喝得非常算计。他们总是尽量给你劝酒,好像他们能够幸免于醉,就占了什么便宜似的,于是常有耐心保持自己清醒,一心等着看别人醉倒。在这样的场合,只有杯与杯的相碰,人与人的交流大概是非常稀少的。

我喜欢与能喝在一起的人对饮,最好只有两个人。随着瓶中的酒减少下去,嘴里的话就渐多了起来。刚坐下来时的某种陌生感已完全消失,抬起有一点发热的眼睛向对方注视,朦胧中人与人一下子就显得亲切了许多。酒精松动了我们的关节和神经,平日不知藏在脑沟哪一道生锈褶皱内的奇思异想便在此刻析出,化为连珠妙谈,一吐为快。舌头会稍微有些失控,但还没有达到开始发硬的程度,就在这样的限度内边喝边聊,你能感受到的饮趣最为理想。

陶渊明笔下的五柳先生是"性嗜酒,家贫不能常得。亲旧知其如此,或置酒而招之。"我因常和他人在一起喝酒,在喝酒方面受惠于人的地方多不胜数。我发现很多好饮之士家中酒柜里都有丰富的收藏,但我没有。我基本上是一个喝野酒的人,受邀的机会远多于邀人,在饮者群中只够排到食客之列。所以我的喝酒几乎没有什么特别的讲究,常常是碰上了就喝,喝完了便走。要来谈喝酒的感受,我自然会想到几个与我分享饮趣的主要人物。

第一个是我弟弟正观,可以说是由于他的大量馈赠我才发现了酒的美味。他住在成都,我住在西安,每一次回家,他都带给我很多四川名酒。五粮液、泸州老窖之类的佳酿,大概都是在和他聚饮时,我才第一次喝到的。我妻子常说我:"你喝正观的酒一辈子都还不清。"弟兄之间不同于朋友,不一定有学问、事业或私事方面的共同话题可说，杯盘之间，我们只是彼此问东问西，好像用这些断断续续的闲话下酒，让交谈的节奏即兴地调节着酒力扩散的进程。我常在喝酒时产生某种奇妙的感觉，每喝到一定程度，我发现弟弟脸上依稀呈现出已故父亲当年酒兴陶然时所流露的某种神态：有一点颓唐的得意，动作开始变得笨拙，笑容的展开是缓慢的，微微发红的眼睛时不时地把目光下垂到不知什么地方。有时候他不由得用左手托起腮帮，手掌的一部分就遮住了嘴角，好像要遮住口中的酒气……孩子与父母在形体上的相像是一眼就可以看出来的，但所遗传的某种神情或特殊姿态却只有在某一瞬间才会偶然乍现。酒力也许会起到显影剂的作用，在达到一定的浓度之刻，便能促使人身上暗藏的某个密码显现父母的特征。

另一个留下深刻印象的是酒友张君，是他的挑战使我发现了自己的酒量。张君家住郑州，每次去郑州，他都要请我喝酒。他的酒风整个地贯穿了一个主人待客的豪爽姿态，可以说在各方面，他都有条件和资格享受更多的饮趣。坐在他家喝酒令人有置身酒馆或酒店之感：从白酒到洋酒，从老牌到新牌，在他的橱柜里各式各样的瓶子与他太太丰富的书架形成了有趣的对垒。他太太一本本出她的书，他照样一瓶瓶喝他的酒，好著书与好饮酒居然没有发生多大的冲突。我虽然也好书，但和张君聚饮，只显示我好酒的一面，听讲一样听他有关各种美酒的鉴赏之谈。我之喜欢和他对饮，首先是我们酒量相当。在认识他之前，我基本上未碰到一个酒桌上的对手，太多的对饮者都是些鲁提辖所说的"不爽利的人"。张君的酒风截然不同，与他喝酒让人感到特别痛快。我以为他的酒品颇似烈酒，他有时会露出咄咄逼人之势，使得自恃酒量够大的我偶尔也显得有点招架不住。我们好几次都喝到了再往下喝俩人都会撂倒的地步。每到这时刻，他太太就出来及时制止，迫使我们在下滑的一刻刹住了车。

张君的表现让我觉得，他似乎很在乎对饮者双方喝下的量是否均等，对他来说，这显然物质地体现了两个人在对饮中人格上有多大的投入，对方的兴致是否与他相当。扫兴是最让人倒胃口的。我以为我俩在酒德上有一个共同之处，那就是先把自己抛出去，一喝起来，从不怕自己先被灌醉，而只怕自己显得太小气。他甚至对喝酒小气的人有某种不能容忍的嫌弃，嫌他们缺乏酒胆。一个人的酒量固然在很大的程度上取决于他先天体质对酒精的承受限度，但也和他与人对饮时投入的深浅有一定的关系。因此我们一致认为，酒胆和酒量其实来自"诚"。古人云，不诚无物。若引入对饮的语境，可以说不诚无趣。

我们喝酒时常发一些奇谈怪论，好趁着酒劲纵谈清狂。我的奇谈怪论是：女人之所以厌恶男人喝酒，是因为女人倾向自恋，爱好修饰，而男人却倾向自嘲，有时会故意让自己出丑。爱修饰的女人追求完美，故重视梳妆打扮，通过屈从标准化的式样来维持自己入时的形象。自嘲的男人则在平日潜在着背离常规仪态的动机，在过分正经的言谈举止使人觉得太拘束时，他们就喝上几杯，好从日常生活的套子中暂时游离出来，让自己露出丑角的面孔。自恋的女人当然更专注镜子和他人的反应，把露丑视为丢脸和坏趣味，但自嘲者却耽于胡闹的乐趣，他们更陶醉于自发的举动所带来的快感。女人把她们的世界越来越引向陈列的橱窗和画廊，而这个世界却给男人留下了一角狂欢的广场，允许他们偶尔傻气一下，顽劣一番。为获得自我丑化的感觉，很多男人选择了酒杯。

我现在的酒友是和我同在耶鲁东亚系教书的愁予。他的诗，人们都很熟悉，无需我在此多说一字，我只想说我们在一起喝酒的事情。愁予是一个古道热肠的主人，凡是从远道来访耶鲁的作家学者，识与不识，当机会碰上了他，他总会真心实意，解囊招待。我那年初次来美开会，期间在新港饭馆用餐，同席之中就有愁予。我记得他拿来预存在这家中餐馆的半瓶白酒，我们一人喝了一杯。没想到我们后来就成了同事，初次见面的对饮已结下了某种酒缘。异国相逢，天涯把酒，想象起来，似乎是够诗意的。其实各人的心都很寂寞，谁也不太了解谁漫长的从前，只是有一个对饮者要比独自闷喝好得多罢了。于是有时候中午下课碰到一起，他就邀我去喝，开上车领我轮番地结识新港的不同餐馆。其中最常去的一个位于城内的破落街区，那里的顾客永远稀少，你不论哪天入内用餐，地方都很宽敞，所选的座位都很僻静。有雨水浇着车窗玻璃的时候，也有落叶在脚下被风吹得浪一样卷起的日子，在这个无处可去也无人可找的城市，两三年来，我和愁予共饮的酒已不知有多少杯多少瓶了。和张君相似，愁予也总是主人的姿态，盛情，美意，对酒有精致的鉴赏。不同的是，愁予的酒品颇似温厚的醇酒，同他喝酒，我不但觉得被照顾得很周到，而且觉得他对他所做的周到安排颇有呡下一口美酒的惬意。他就像他那辆喜欢载人的小面包车，向来都有足够的容量包揽属于情谊和雅趣的事情。他的年龄要长我许多，但他很注重杯盘间的礼节，坐在你对面总是很随和的样子，劝起酒来也毫无强迫的举动，只是淡淡地向你提醒一下。我起初举杯时总有些发愣，呆板地面对他给我斟满的杯子，只是自顾自地喝着，等慢慢进入状态，就喝得连连干杯，欲罢不休了。这时我们的话也多了起来，也许是诗人特有的专注，他对我的某一想法或某一措辞偶尔会立即作出激赏的反应，说这就是诗，那就是诗。他说得很诚恳，总是更喜欢撇开字面的诗行，特别去留意日常的人和事之中有待发现的诗意。喝得来劲时，他言谈间会不由自主地微微摆头，那摇摆的幅度极其微小，大概只有作为对饮者的我才会在此刻有所觉察。我在我的想

象中把那幅度扩大好多倍，便想起了京剧须生边演唱边做戏时摆头的样子。

愁予在和我喝酒时多次提到一个"酒之旅"的计划，他想组织几个有趣的酒友，去遍游神州各大名酒的产地，作一次探访美酒源头的壮游。我们期待这个计划早日实现，我还要特别在此向有意于"酒之旅"的朋友发出饮趣的召唤。

1998 年

山情海梦

很久以前，记得是一个初夏的黄昏，站在乐游原高坡上梢子已经泛黄的麦地边，我们谈起了山和海。夕阳同李商隐的时代一样美好，正在暗淡下去的天空衬托着青龙寺大殿屋脊突兀的剪影。我说我爱海，你说你爱山。

那时候我还没有见过真正的大海，对于大海的全部向往，大多来自诗画影视中呈现的海洋世界。海的魅力主要源于它的遥远和陌生，属于那种与我生长的黄土地截然不同的异域风光。在我的想象中，它的沙滩一律都是海滨度假胜地那样的干净和松软，有我拾不完的贝壳。海上的水路无边无际，只要我扬帆远去，即可历尽家乡局促的土地上看不到的美景奇观。海上的景色是气象万千的，航行是惊险的，漂流是销魂的，天涯海角，天风海涛，海鸥群飞，所有这些与大海关联的词语都像酵母一样在我的海念里酿起难以言传的醉意。

多少年以后，我们都有了更多的经历，见面时又提起当年的山海对话，你说我那时其实爱的并不是真正的海，而是在做我远方的梦。海对于我只是一个广阔的出口，我渴望的是走出去，是远远地走出去。你说得很对，在某些方面，我的确有些晚熟，那时我早已是两个孩子的父亲，但直到那时，不少属于孩子的梦想依然滋蔓在我的心里。

乐游原之后，我们在鸡公山再次相会，还是黄昏时分，我们常去山背后断崖上的亭子下见面。晚照把山脊、谷底和山下远处的道路照得特别明亮，突然一股子乱云从高处弥漫过来，转眼间峰峦、深谷和天地都消失在它横空拉开的巨幔之中。我们在云雾中谈山说海，坐在亭子下，缥缈如置身孤岛。那时我刚游过青岛，对那里拥挤的海滩和苦腥浑浊的海水颇感失望，而在这座具有现代城市起居设施的山上，你显然正住出了山居的滋味。

　　对现实中的大海，我已有了不再那么美好的印象，对照你的言谈，你对海持疏远态度的心理，我多少有了会心的理解。于是我逐渐领会到，原来我们各自接受的大海形象并不一样，原来人们对特定事物的欣赏与否，是与各人把它镶嵌在什么样的系统中有着对应的关系。你是一个合群却并不随群的人，凡是在你周围有人群起效仿的事情，一般都不太容易使你受到感染。对于斗争哲学和革命口号借用大海构成的一系列话语，你似乎早已产生了厌倦。什么"乘风破浪"，什么"海阔天空"，什么"到大风大浪中去锻炼"，什么"四海翻腾云水怒"，所有那些总是掀起人与人斗的海洋豪语，在你的词典中都没有形成正面的意义。相反，海的喧嚣对你是威胁，海的翻滚对你是吞没，海在那个年代被突出的狂风暴雨的一面，全都让你感到吵闹和头昏。海与破坏的暴力，压倒一切的形势，以及接连不断的运动是联系在一起的。海使你联想到的是电影上千军呐喊的冲锋，是狂呼万岁的游行队伍，是森林般举起手喊"打倒"的群众批斗会，是播放着进行曲的高音喇叭，是红旗招展的大会战工地，以及种种乌合之众麋集的场景。你坐在一块巨石上对我说，进山就是为了远离人海，好在白云深处图几天安静。

　　你说海其实很单调，横竖不过一大片水，它的渊深浩渺本身对人的行动就是一种限制，它的惊涛骇浪和风云变幻更充满了危险。但山是稳重而安全的，住在山上至少没有沉没于风浪的危险。山是人的老家，没有山林，恐怕就没有人类。你把进山视同返朴寻根。你珍贵自己的身体一如你尊重你的自我，所以你绝不随意去做那些奋不顾身的冒险。我只知道你工作得非常勤奋，但相处到后来，我才发现你一点也不喜欢做白白消耗体力的事情。如果没有必要去吃苦耐劳，受累磨练，你宁可让自己过得更舒服一些。因此提起我登山的往事，对我那近乎狂热的劲头，你就有些不以为然。

我说我爱海，只是就当时对话的语境而言的，这并不意味着我不爱山。其实我不只上过的山比你多，登山的兴致也比你大。登高对于我向来都是非常刺激的行动。"会当凌绝顶，一览众山小。""登高壮观天地间，大江茫茫去不还。"我有一股不可遏制的攀登欲望，脚踏上一座山的最高峰，那就是我登山的最终目的。我经常按登山运动的要求来设计我的行程：总是喜欢险途，喜欢拼命向上攀登，喜欢赶到最前头，把同行者都甩到身后，甚至最好是单独行动，尽量不受别人拖累。从太白山到海螺沟，从泰山到黄山，华夏的名山我已登过很多，我为此而感到得意。但回顾我登山的经历，我觉得我最大的兴趣只是作那孤独的占领，只是为满足旅游的雄心或类似完成某一指标，结果匆匆征服了高度，却因目的性太强而忽略了沿途盘桓悠游的乐趣，而到最后，便只给自己留下了一身汗湿和脚腿的酸困，以及在个人的旅游史上不断增加的攀登数字。我喜欢用"消灭"来表示我已经完成的登临，仿佛是打仗攻占目标，一座山我一旦登过，便不再有重游的兴趣。你说我是在消费风景，你不理解我为什么把每一次的登山之游搞成吃苦耐劳的拉练或周期发病似的自我放逐。

我知道了，长期以来，我都在用种种盲动来摆脱我所厌倦的日常环境，登山便是我盲动的表现之一。生活加给我太多迫使我承受的事情，由于缺乏主动选择的条件，我只好以暂时逸出生活常规的行动轻松放任一下。我的好动大概都是平时的无所作为闷出来的。而你，却是个大忙人。你处在目的明确的行动中，你有做不完的事，你进山是想独处一阵，好静心沉淀一下自己。所以对你来说，山是住下来的地方，是不是名山，穷不穷绝顶，都不重要，重要的是找到可把自己暂时隔离起来的环境，好在那里做一番修整和清理。作为一个山上招待所的住客，你自然有机会享受山居的诸多乐趣。你向我细陈了山居的好处：不必成群结队去赶路，忙着从一个景点奔向另一个景点；不必盲从导游的指点，到游人常去的地方凑热闹；不必受预定行程的限制，带上没有消化的印象匆匆离去。山居消闲则有所不同，一出房门就是山野，你尽可以从容领略山间的朝暮阴晴，可以逐步探索，渐进发现，今日去寻觅深谷的幽趣，明天去观看奇峰的风光。这就是山和海的不同，你向我明确指出，海上的航行是平面的和线形的，所以易生单调。而山则峰回路转，如往而复，窈窕寻壑，崎岖经丘，古木无径，虫鸟啼鸣，腾云吐雾，那是一个立体多面的世界，它的丰富和可观可觅之处远远多于永远都是波涛汹涌的海面。

可惜鸡公山一别，我再也没机会与你消受山居的清福，从你的来信中也渐渐透露出某种变调，山居的沉淀池似乎对你正在失去疗效。好比行侠的剑客江湖上遇到挫折后再次入山修炼，你往往是在生活中出现危机的时刻就到山里退避一阵。你本来是想进入一种暂时隔离，涤除尘杂的环境，后来却发现你试图逃避的东西也蔓延到山里。你告诉我，比如越盖越多的庙宇就最令你生厌，你受不了香火气味，它熏黑了佛像，也熏得你无明火起，熏得山林蒙受污染。终于在登上伏牛山的某个冬日，面对一片贫瘠的土地，你满目荒凉，兴味索然，往日山趣随即冷淡下来。你不太爱进山了，你说你心中现在有了山，你不再迫切需要外在的静，静正在作为一种心境充溢于你的生命。从前是动得太厉害，动得刹不住车，所以才不断呼唤"静"，只是想调节一下，好保护自己。现在你想动就动，想静就静，已经踏上了进退自如的途径。自由并不意味着随心所欲，自由首先得自主，它是能力的充分发挥，是可能性的尽力实现。动的痛苦是不得不动，那叫受动。你已经走出了受动的处境，游弋在亦动亦静中了。你做的很多事情只为了求一个终结，好在新的起点上再次开始。

你走出国门，周游世界，是为了带着更宽广的胸怀再返回山一样厚重的故土。梭罗说过，"没有宁静的心思就不能领受美。"随着对动荡和喧嚣的恐惧已成为过去，海在你的想象中也不再是社会性的象征之物。海现在就是海，是天光云影下的景色，它也有它恬静深沉的时候，你终于在三亚，甚至在非洲的西海岸和美国的东海岸发现了大海的静美。那是风浪平息下来，正当你坐在沙滩上面对大海的时候，海湾展开静默的拥抱，好像要用它的深广来延续你的沉思。你坐着，看着，想着，到底是你的思绪流向海，还是海的沉静拥围你，似乎再也没有分辨的必要。

成熟对于你是丰收，是收获一个美丽的梦。但成熟对于我则显示出枯淡的征兆，我也圆了远方的梦，然后我感到无聊，因为这使我走到了无梦可做的地步。我去过很多海，从东海到南海，从太平洋到大西洋，最后竟在异国一处海湾给我的行踪画下句号，做了个海港城市的居民。海简直成了低头不见抬头见的远景。海又有什么，海已在一次又一次的现场性中递减了想象加于它的东西，直到它就以它的一片汪洋呈现在我的视野中，直到我从那水上的荒原什么非海的意蕴也看不出来，以致在对它熟视无睹的时候，我终于懂得了生命之旅上"损之又损，以至于无"的总趋势。倘若把多多益善的经历视为收获，那经历过后的消解就是为收获所付出的代价。原来，一次环球航行的目的只是为了回到起点，而终于消停下来的身心所警觉到的竟是藤蔓一样爬上来的麻木。我现在时常驱车去海边一游，走过灯塔，走近鸥群，岩石般伫立站定，向海天相连中持久展开的白卷望去，一直望到空旷无解，头脑发呆。

公私辨

是一个晚秋的晴日，我走在榆城一条僻静的大街上。秋阳照得四周尚未落尽叶子的树木各自呈现不同的颜色，或深或浅地点染在房屋和街道之间。我不由得放慢匆忙的脚步，忽然想在外面多待一会儿，想找个高处多眺望一阵，好让我终日都盯着文字的眼睛在秋色中多受些滋养。这时我看到路边的高坡上有一处公园，像我在新英格兰见到的很多公园一样，无墙无门，同时也空荡荡无人，只有草地绿到每一个角落，孤立的高树和修整的低丛各长在各的地方。我还注意到镶在一块大石头上的铭文，上面刻有上一个世纪耶鲁一位校友遗孀的名字，原来这一角辟作公园的土地就是她为纪念丈夫而捐献给城市的。眼前的情景忽然触发了近年来一连串动人联想的印象，我想到我在这里见到的很多建筑物，从公共设施到教堂，直到各种名目的基金会，都来自私人捐赠，因而到处都有以捐赠者的姓名命名的建筑和机构。由此又想到公和私的问题，进而想到应该就这两个字在中美两种社会的不同语境中作些随想性的辨析。

可先从捐赠说起。在崇尚捐赠的美国，法律既能有效维持公私分明的界限，又能促进私与公相得益彰的关系。私有财产的神圣不可侵犯乃是一切的基础，法律保障它，人身自由和个人尊严依赖它，公共花费也来源于它。公乃是公共，公共领域由每一个成员构成，人人都把纳税视为公民的责任。纳税虽说形式上是来自政府的索取，但它不等于单方面的抽调，它在一定的程度上含有捐献的性质。纳税的实施使每一个纳税人意识到，公共的事业中有他的一份,他所享受的社会福利本由他和其他纳税人所共同缔造,而非来自某个"公家"的恩赐。纳税人既然纳了税,他们就有资格和权利对公共事业的运作发言,公共领域并非外在于个人,而是包括每一个社区成员在内的。社区成员没有中国人脑子里那种"公家"的概念,这个公家在中国曾经是皇家、官家,而现在则是党国、政府,或者一切国有单位。可以说"公共"与"公家"的区别,正是"公"这个字在中美两种社会中含义上的本质区别。

中国从前的皇帝家天下,地方官则子黎民,私有财产虽然合法,却很难受到法律的严格保护。皇帝可随意赏赐给他的臣民任何财物,官府可以处罚的名义没收任何私人的家产。所谓破家的县令,就是说只要地方官存心害你,便足以把你弄得倾家荡产。私人不只处处仰赖公家,还会时时遭受公家的怀疑监视。古人对公字的界定曰"背私为公",可见它在语义和构型上即与私对立。翻开词典,不难看出由私字组成的词条多含贬意,而由公字组成的词条多含褒义。私被排斥到阴暗的角落,"私自"做什么,意味着一个人的行动背离了有关组织,"私通"指与敌人勾结或婚外通奸,有了"私心"便是杂念,一个家庭成员有自己的积蓄则被称为"私房钱",秘密和非法于是成了私字的含义之一,而举凡属于私人的领域,基本上都作为私欲受到压抑。在宗法社会中,"私人"乃指卿大夫的家臣,这是一种依附性的身份,处于这样的身份,任何私自的活动自然都被视为对主子的背叛。所以在古代中国的公私对立首先是主奴的对立,主子的价值代表了公,人身依附者任何私图独立的活动都属于谋图不轨。私从一开始就根子不正,当私人领域被逼到不许光明正大发展的地步,私欲和私下的消极面就畸形地滋生起来。概念的界定就是如此的重要,当你只强调一个事物的消极面,并以壅蔽的方式对其施行堵截,它被诬陷的性质反而会恶性膨胀起来。长期以来,最禁忌私字的中

国社会竟然充斥了营私舞弊，以公的名义行事的有权有势者不但很少发扬光大公的好处，反而假公济私，垄断了一切社会利益。社会整个地回避和清除私字，但人们似乎又不得不去谋私，奉公的礼教和唯私的实践反讽地构成了中国社会的"双轨制"。私尽管被认为是万恶之源，但就是在私的毒瘤上，谋私者咂尽了损公肥私的乳汁。

无权无势又无恒产的人们于是要通过消灭私有制来确立社会公平，他们以为建立了公有制就可以根除一切社会弊病。他们所采取的手段是平整土地的操作，即铲取高处的土来填平低处的沟。这种通过剥夺富人来消灭贫穷的革命现在已被证明无效而有害，所以中国人在饱受了五六十年代平均主义的苦难之后，及至八十年代，才想起走回头路，才不得不鼓励一部分人先富起来。为富于是才不再有罪。执政者以前只知道批评资本主义的罪恶，其不知正是在当今发达的资本主义国家，由于推行按收入多少来定纳税率的措施，政府迫使富有者为减免纳税而大量捐赠。罗德岛州纽波特那一群供游客参观的豪华别墅从前都属于私产，他们的后代之所以把祖上传下来的甲第都捐给公共，纳不起高额的房地产税显然是一个很主要的原因。美国的捐赠与中国的没收或抄家正好形成了明显的对比：前者保障私人的权益，鼓励他们的社会公德心，因而形成了一个促使富有者不断把个人的积累转换成公共积累的报偿性机制。政府退居在无为而治的地位上，运筹财务主要是大大小小财团和基金会各自的事情。在公家控制私人，而私人又挖公家墙脚这种现象比较严重的中国社会，财富在公私间的流动处于倒来倒去的恶性循环。贪官或官倒之类的以权谋私者都是在变公产为私有的过程中富起来的。所谓"让一部分人先富起来"的捷足先登者中，化公为私的社会蛀虫即占有很大一部分。其中那些贪腐败露的官员，财产经过查抄，复又转到公家名下。

这种公与私恶行循环的机制不啻为一自己吃自己的血肉，又用来养自己身体的怪物，其结果是私人与公家都受到损害，政府和民间均缺乏积累。

从前美国的贫富悬殊也很大，只是随着后来中产阶级不断扩大，贫富的对立和差距才逐步缩小，社会福利才慢慢往有利于穷人的方向改革。现在看来，我们以往所期待的社会主义优越性，只是用人为的手段拉低富人的水平，让大众都在穷日子的起点上建立分配的公平，其实是穷光蛋愚蠢的做法。人们起初以为吃上大锅饭就会解决吃饭问题，后来才看到，大家都寄生于大锅饭的同时，个人的自主权也被剥夺殆尽。话说到这里，也可把中国的"单位"与美国的社区或共同体（community）作一对比。后者是一群自主的"私"自行组合成的"公"，它是邻里交往，是朋友和同事圈子，是宗教团体，总之，是各种共同的兴趣、利益和信念共享的领域。正是在这种尊重个体私人权利的松散结合中，社会自发形成了像无数个圆相交相切的公共领域。个人的价值受到绝对保护，一个人的隐私不但不容他人侵犯，你自己若无原则地暴露你的隐私，也会被视为缺乏自尊或无礼于他人的行动。社交的意思是到公共领域去扮演适合你的角色，不是去拉拢关系。私人生活则是由个人自行滋养自己的领地，只要你在其中没有违法，任何人也无权闯进来过问。

中国的"单位"则是一个管人的机构，它既慷慨包管你的吃住，也严格管理你的言行，往往严格到把你管制起来的地步。单位不管是机关还是工厂或学校，不管是大是小，都是一个权力机构，都有控制、审问和处罚其成员的权力，如果认为你有什么严重的问题，在单位的范围内就可以把你隔离起来。所以在公家的单位工作就不仅仅是一个就业的选择，你同时也等于把自己的人身自由一并交给单位管理了。位居单位领导的干部就是管你的人，对于单位的其他成员，他有干预一切的权力。他和他的领导圈子代表了公，而其他人则是私，公对私的监视使两者的关系基本上处于敌对状态。所以只要碰到政治形势允许群众批评领导的时候，总是群情激愤，总是激发出一股子必欲把领导揪出来打倒的倾向。而形势一变，领导又反过来整群众。公有体制建立单位，本来是要公家包揽私人的生活问题，但由于包揽太多，最终不但压制了私人领域，也吞并了公共领域。单位使整个的社会陷于板结状态，直到经济凋敝到国家已无法养活单位的时候，政府才被迫推行起经济上的改革。现在公的架子还搭在那里，还不会立刻坍塌，私已在暗中偷梁换柱，忙于中饱私囊了。在公私混乱之际，中国社会的财富重新分配就从这一不公平的起跑线上开跑，贫富差距日益扩大，远远超出官方一再诟病的资本主义社会。

　　不管这一变革多么痛苦，在中国，公家自古以来都是一块顽固的磐石，它的存在镇压住公和私向健康一面成长的可能。可以预见，随着公家势力的萎缩，公共领域和私人领域必将在中国逐步成长起来，公与私的关系最终会从互相掣肘转向互动和互利。

五毛党可以休矣

——有关张磊捐款引起的争议

1月10日晚在家中看CCTV四频道的新闻节目，有关耶鲁大学毕业生张磊向母校捐赠8,888,888美元的报道特别引起我的注意。就央视新闻节目以往的情况来看，就这么一件捐款小事，似乎并不具备官方认定的新闻价值，但在当晚的节目中，播音员却以中性语调，未加评论地提到国内网民对此事的负面反应：如指责张磊"赚中国的钱却捐给别的国家"，说他"不是中国人"，责问他为什么不捐钱给中国的希望工程或贫困地区的学校，谩骂他"卖国贼、败类、垃圾"等等，还提到有网民已对张磊展开人肉搜索。

身为耶鲁的中文教师，如此强烈的反应自然让我感到分外吃惊。后来我上网浏览了相关的言论，才发现所谓的负面反应大都是些三言两语的跟帖，除了诋毁，根本没有什么言之成理的论述。有一篇较长的文章更勾兑出玄乎的迷雾，把张磊事业上的成功和这次捐款行动与欧美财团的运作拉扯到一起，说他只是个受跨国公司操纵的木偶，被差遣出来炒作云云。但占总数百分之七十五以上的短文则针锋相对，均以令人信服的事实批驳了那些"愤情爱国"言论，并一致认为，张磊的行动不只可以理解，且值得赞赏。有人借议论此事之机向读者阐述美国高校校友的捐款传统，有人更以亲身经历讲述自己在美国留学受到的优厚待遇。比如，有一位在美国的中国留学生便明确指出："在这儿，你能得到真正的尊重、关心，真正的最新知识和许多真正的技术。而在中国的大学校园里，新大楼密布，收费高，但青年人没能在那里获得应该得到的尊重、关心、知识和技术。"包括张磊本人在内，在谈到他捐赠耶鲁的动机时，本来就坦诚地宣布："说耶鲁管理学院改变了我的一生，这一点也不夸张。我在这里学到了很多东西，不仅仅是金融或企业家精神。我了解到自由和给予的精神。对我来说，这种精神充分反映了美国精神。"但中国媒体对张磊这段话的引用并不完整。

这正是国内媒体的一贯的做法，敏感的检查机构对来自民间和国外的任何言论都甚为过敏，连"自由和给予"这样的美国精神，他们的鸡肠子都容纳不下。从网上的反应可以明显看出，原来央视所说的网民根本不属于网民的主体，原来大量的无耻谰言多出于一小撮五毛党之口。"五毛党"一词我先前一直不懂是什么意思，后来打电话问了国内的朋友，才得知是网民对"网上评论员"的蔑称。网上评论员是政府花钱安插在网上写跟贴发短评的闲杂人员，他们职业性地监督民意，跟踪舆论，一发现当局不喜欢的报道和必须打压的言论，便立即看门狗一样围上去狂吠乱咬一阵。五毛党的行文以谩骂诬蔑为主，由于铺天盖地的网络言论删不胜删，多到了来不及遮蔽的地步，政府只好唆使个别靠骂人挣钱的文痞去硬撑爱党爱国的门面，让他们去把水搅浑，得空更做些手脚，好达到扰乱网际视听的目的。他们每写一条跟贴或短评，据说得赏金五毛，故网民以五毛党称之。

由此可见，一个人经济上若缺乏保障和未能独立，根本就谈不上真正的个人自由，无业和贫困于是为党国大外宣提供了众多可被收买的五毛党后备大军。发展不受官方控制的教育事业也同样面临严峻的财政问题。在美国，远多于公立学校的私立院校之所以能独当一面，坚守其建校传统和办学特色，吸引着不同层次的学生，并得以维持住正常的财政运转，其中一个重要的支柱就是校友的捐款。校友向母校捐款的传统乃是众多高校在求生存图发展的过程中逐渐形成的一种建校制度。私立院校在不依靠政府拨款的情况下还能支付庞大的预算，其中相当大的部分都来自校友的捐款。

通常，校友的捐赠款并非捐进来就随手花掉，而是用于投资，每年仅把投资的赢利作为收入来支付各项开支。其中有相当大的数目都用于特聘讲席教授以及给本科生和研究生提供奖学金和助学金。特聘讲席教授的费用来自专项的捐赠基金，它不但省下了学校正常预算中的花费，使所省的钱用于其他支出，而且以这笔专用捐赠建立起永久性的荣誉教授职位，既可用以奖励校内有成就的教授，也可从外校争取到顶级教授。这样看来，在提高学校的竞争力方面，丰富的捐款的确发挥着强有力的作用。学校越富有，越有能力建立优秀的师资阵容，就越能提高知名度，进而吸引更多的优秀学生。

奖学金和助学金更进一步起到与其他大学竞争优秀学生的作用。通常，报考本科或研究生的学生总会申请好几个学校，当他们同时收到不同学校的录取通知时，奖学金或助学金的多少自然就成为申请者择优选取的一个重要因素。校友的捐赠传统于是形成一种学生与学校互惠的机制，学校越富有越有名，给学生的奖助越多，便吸引的优秀学生越多，而培养出来的出类拔萃之才也越多，此后得到回报的机会就越多。这个表面上看起来好像只是个钱来钱去和钱多或钱少的问题，实际上已在运转过程中逐渐形成了众多学校之间的等级差别。资本主义的市场经济及其在自由民主制度保障下的竞争，归根到底，就是建立一个公平的价值序列，让不同资质的人通过各自的努力，遵循一定的规则，最终找到自己恰当的位置，一辈子各安其分，各乐其业。当然，这一过

程中难免会有失意者和落伍者，少不了因各人起步的不同和众多的社会因素造成的差别，以至于显示出竞争中冰冷无情的一面。但总体上来看，其择优淘劣的大方向毕竟有利于激发人们自强勤奋的动力，就开发大多数人的潜能和为不同层次的人获取应有的机会而言，所发挥的积极作用远大于它的不足之处。

我没在美国上过一天学，作为一名中文教师，由于经常给我的学生写推荐信，读他们的申请书，帮他们拿到各种各样的资助，在分享他们的成功和喜悦之同时，也对耶鲁学生从捐款基金中得到的优惠有一定的了解。各个学生所得正常的奖学金或助学金就不必在此多说，我有兴趣在此顺便提及的是外人很少知道的情况。我所教的学生中，每年夏天都有很多人从各种捐赠基金会得到不同份额的资助去大陆或台湾学习中文。除此之外，学生所属的各个寄宿学院还有各自的捐赠基金，有些人写个申请，报上所选的项目，只需我如实地提供他们的中文水平和个人表现，申请者大都能得到上千到几千美元的资助。有人拿上这些钱去考察北京的胡同文化，有人则奔赴偏远乡村，去那里给小学生教英语，还有人到云南去观览少数民族的风情……他们旅游中长见识，服务中获经验，学校有钱给这些好玩也好学的学生支付轻松有趣的实习费用，让他们有机会把课堂上学到的汉语带到所在的社会文化语境中去复习运用一番。每一年夏天从中国返回的学生都大有长进，个别人还可能在那里有新的发现，毕业后或径直去中国工作，或选择与中国有关的专业考研深造。我们中文部有一位前辈教师叫黄伯飞，他教出了很多学生，其中有一位毕业后事业成功，为感谢师恩，捐赠了以黄伯飞命名的一笔基金，专供学中文的学生去中国作长达一年的学习研究。我有个白人学生对道教颇感兴趣，我帮他写一封推荐信，他获得上万美元，可到中国游学一年。他拿上这笔钱云游各地道山，有一天我收到他写来的电子邮件，说是游过了武当，即将去陕西的楼观台住一段时间。

反观中国的大学，与美国捐赠制度下学生自由选择、校方慷慨资助的取向正好相反，在片面推行教育产业化、商品化的经营路线导向下，学生成了学校榨取金钱的对象。从没听说哪个学校有多余的钱资助学生暑期到英美新澳学习英语的事情，反而是利用一切机会大办各种补习班，把额外赚钱作为目的。如今在中国供孩子学习英语，已成为父母很大的一笔开支。

我也没听说过有哪个学校给农村的贫困学生免学费或发放高额助学金。我妻子出身农村贫苦家庭，她弟弟至今一家人种几亩山坡地仅维持温饱生活，但要用零花钱，弟弟还得出外去打零工。他们的两个儿子还算争气，先后都考上了西安的大学。一个人每年六七千块的学杂费若无我妻子寄美元支付，那两个孩子便会像很多贫困的农家子女一样放弃上大学的机会。这就是中国特色的社会主义，它"社会主义"的只是国营单位职工和城市居民，占绝大多数的农村人口则始终被弃置于自生自灭的状态。

中国至今没有真正西方意义上的私立院校，当前某些名为私立的学校，其实都挂靠在公立院校的名下，成为那些靠山学校赚取外快的分校。党依然全面控制着教育，特别是高等教育。学生始终处于被支配受管制的地位，而非校方按其既定的标准去竭力争取和给予优惠的对象。在有关张磊捐款的一篇网上短文中，一个在耶鲁拿到博士现已在另一所大学当教授的作者历数了北大当年待他们夫妇如何刻薄，耶鲁待他们如何优厚的往事，最后在结语中说，他要是赚了大钱，自然会捐给耶鲁，但苛刻的北大绝对没门儿。我不了解张磊在中国的经历，但根据那位博士生和跟我学中文的学生所受优惠的事实，我们不难体会到张磊在耶鲁学习的切实感受。人同此心，心同此理，在建立了价值序列的美国社会中，一个通过自己的努力获得配有位置的人自然会按照那个等级的规则办事，除了报恩，再加上荣誉感、公德心、奉献情等自我提升的努力，就水到渠成地整合出张磊所强调的"美国精神"。

耶鲁同仁一直视耶鲁为一community，即一个利益分享，旨趣相投，有着共同信念和需求，同风雨共患难的群体。与中国党天下所统辖的大小单位中群众与领导对立，人与人之间离心离德的状况根本不同，某些校友与母校甚至建立了世代相传的联系，形成祖祖辈辈都要考入耶鲁读书的家训，以致把耶鲁当成整个家族供奉的对象。至少在我教过的学生中，就有好几个兄妹姐弟同时或先后在该校读书。由此也可看出校友捐赠的一种长期投资性意图。母校对于校友不只是一次性毕了业就扬长而去的地方，他们的子女还有可能追踪父兄，也以踏进耶鲁的大门为荣。因此，你现在回馈母校，也是为儿孙积攒受教育的资源。所谓"社会办学"，其博大深厚的积累性就体现于此。作为一个名贵的学府，耶鲁那持续守恒，绝不屈从政府权势的价值就是这样积累起来的。它已如参天大树拔地而起，每一个走到它荫庇下的教师或学生都能找到自己的位置。我相信，在台湾和港澳也有类似的学校，但在中国大陆，这六十年来是绝对不可能有的。因为自1949年中共建政以降，不只民国年代打下的微薄基础备受摧残，不计其数的优良师资遭受戕害，还繁殖了大批推行党化教育的教育官僚和平庸教授。有关教育腐败和学术腐败的报道，这些年来充斥报刊网站，国人已见怪不怪，无需我在此烦絮重复。

"大学之道在明明德，在亲民，在至于至善。"执行党化教育路线的中国大学则与此一古训背道而驰。中国的大学是党国体制有机构成的一个重要部分，此一体制不啻为一座向地下修建的塔，该塔每一级通向顶端的推进都指向负值，都是对价值序列的颠倒，对人才的败坏，对子弟的贻误，对华夏文明的劣化。显而易见，这就是张磊捐巨资给耶鲁，却没有信心托付给中国任何一个大学的原因。

尽管如此,张磊的捐款依然明显指定了关爱中国的专项用途。关于此项捐款,耶鲁大学有明确的宣布:"张磊的部分捐款将帮助耶鲁大学管理学院新的杰克逊全球事务研究所国际关系项目向中国学生提供奖学金。这笔捐款还将用来支持耶鲁大学与中国有关的活动,包括与中国教育部合作培训中国大学校长的项目。"从某种程度上说,张磊是通过耶鲁的受惠来间接地分惠于中国的高等教育和优秀学子的,耶鲁在此则充当了推动中国变化,传播美国捐赠传统的桥梁,可谓一被指定为比直接捐赠给国内官方机构更可靠、更有效率的中介机构。

现在我们可以看出央视及其五毛党是多么偏执和不知好歹了。不可否认,央视的技术是高超的,制作是精致的,节目是亮丽的。只可惜它装配在那一座向地下修建的塔上,其视角被设计为反向,视野被限制为管窥,功能被定位为造假和遮蔽真相。结果,连五毛党那类卑劣的"愤情爱国"言论都不嫌寒碜,拾进篮子,给晚间节目中连篇的空话添加了敌意的调味。

2010 年 1 月

盖章与签名

小时候看戏,有一个很深的印象,那些戴乌纱帽的官员坐上大堂的时候,总要在桌子上置一用黄缎子包起来的大印。那就是他们的官印,用今天的话说,即所谓公章是也。官印是官员的权力象征,是官员身分的证明,官员像匆匆过客一样在官府里换来换去,官印却长存在衙门之内。常常在一个官员要离任或被革职的时候,一个戏剧化的动作便是交出那个像升一样大的官印来。而一个官员若丢了官印,他就会被指责玩忽职守,甚至有丢官的危险。本来是由人掌握在手中的东西,如今却成了人行使职权的依据,官员似乎反而要附属于官印了。上自皇帝的传国玉玺,下至小县令的官印,长期以来,在权力的等级体系中已经形成了中国特有的印章文化。

毫无疑问,这一古代的癖性和现代中国的公章泛滥显然有其内在的联系。在中国办事情,要提供任何担保或信用的书面形式,都离不开加盖公章的单位介绍信,没有公章的公文等于一纸空文。公章专制的一个基本出发点就是不信任任何非官方的个人,每一个来到办事机构的窗口前办事的普通人,在办事人员的眼睛中首先都是可疑的人物。之所以要求你提供加盖公章的介绍信,是因为他们只认可有单位有组织的成员,没有归属的个人很可能就是有问题的人物,应被视为社会游魂,是必须盘问审查的对象,甚至就是潜在的敌人。在普天下的关卡均要求你出示组织介绍信的国度里,你做什么事情都必须给组织打招呼,都得得到组织的同意,作为通行证的介绍信在给你方便的同时也监控了你。就接受介绍信的那一方而言，上面的公章似乎成了一种抵押，反正盖了红彤彤的圆章子，出了问题自然有出具介绍信一方负责。

然而章子毕竟掌握在人的手中，公章的绝对权威性正好使管章子的人得到了难以想象的权力。很多假公济私的事情，甚至是非法的事情，竟都在盖章后得以蒙混过关。只要是一个机构，不管它多么小，一旦奉命成立，首要大事即刻一个公章，否则就无法同外界打交道。而社会也普遍吃这一套，盖了公章总是好办事。于是伪造的公章加介绍信满天飞，以致在今天出卖证明已成为一种行业。呜呼，为之公章以限制之，则并与公章而窃之。

更为奇怪的是，盖章的信用性也从单位的领域蔓延到私人。记得我最早的一个章子就是为领工资而刻的。我常常不解地想，为什么不相信签名而非得盖章不可呢？是怕别人冒领我的钱吧？难道别人不可以也刻上一个我的私章冒领吗？然而，规矩已经形成，人们也就习惯其僵化，而不复理会其荒谬。不只在大陆，包括在台湾，你有时会碰到非要你在某文件或收据上盖章的事情。办事人员不愿意相信你亲笔写下的姓名，却宁可相信一种使姓名定型的模具。这种印章偏执之荒诞无稽一如郑人买履之愚昧可笑。

直至移居美国，我才远离了"加盖公章"陈规的干扰。在这里的任何办事机构都很少看到所谓公章，各种表格最后必有让你签名的一栏。因为你自己就可以证明自己，从社会信念上说，每一个人都是有信用的，让你签名就是要求你留下为自己的信用作担保的证明。如果你弄虚作假，那后果就由你负责了。自从我在一所大学教书以来，我多次接到以为会有加盖章子的文件、通知和信函，然而最后看到的总是签名。我也从未看到有所谓以组织的名义给个人写出的鉴定，不管是升学或是求职，都需要有相关的人员写信推荐你，而那对口的推荐者也首先被认为行文诚实，评价公正。作为一名中文教师，给我的学生写推荐信证明他们的中文水平，评价他们的学习态度，便成为我教学职责中不可推卸的责任。身为推荐人， 我必须在自己所写的推荐信上签名，这意味着我要为自己所说的一切负责。因此每写一封推荐信，都必须秉信公正，措辞严谨。溢美之词会使自己失去信用，而诬陷之词会有被控告的危险。现在社会的评价体系把信用给予了个人，个人自然会慎重对待自己所说的每一句话。任何一个你接手的文件或正式的推荐信，纸面上都没有可加盖公章或私人印章的空白处，有的只是需要你签名的一栏。签名意味着你认可以上文字所陈述的要求、条件、保证以及评价和鉴定，从而留下了你的个人信用的印记。那签名简单明了，文责自负，断无中国那种只认章子不认人的权力异化现象。

身体教堂

如今在美国，上教堂的人日渐稀少，去健身房的人在逐年增多。世人不再像从前那样关注灵魂的问题，而是更乐意花费时间和金钱去强身健美。对营养过剩的现代人——特别是肥胖者或担心发胖者——来说，肥胖已成为沉重的原罪，因而减肥就成了他们最迫切的救赎。即使体型适中，不必担忧发胖的男女，也都想练出匀称的身材或发达的肌肉，好显得更精神更年轻，多一份符合标准形象的体面。为满足此类时尚需求，健身房内设有各种器械，专供健身者锻炼身体的不同部位。勤于健美者置身各类机械，从胸腹到肩背，从上肢到下肢，通过推拉挺举的运动，在铁块被胶皮带牵引的重力作用下，即可对浑身各处的筋腱肌肉做出符合健美原则的重塑。

健身房的厅堂高大明亮，冬天供暖，夏天制冷，你任何时候入内，都可着装轻便，舒坦活动。在步行器上跑步或快走时，举目可见大平面荧屏悬空而挂，闪烁的电视节目插播着广告画面，远比教堂彩色玻璃窗上的圣像画更吸引眼球。立体声的音响四处回荡，音量适中，所播放的流行歌曲也比唱诗班的圣歌更为动听。如果你愿意多付费，更有教练员给你做一对一的辅导。他们专业，认真，灵巧，会给你示范各种高难度动作，就像牧师教导信徒那样专心教你练习健美课程的所有套路，为帮你消除身上的赘肉作贴心的布道。就在这座融体育、休闲和交往为一体的巨型建筑内，前来健身的会众找到了他们日常生活中不可或缺的去处。

我从2008年元旦买了LA Fitness的会员卡，开始去那里健身，

至今已有六个年头。我家中地下室其实早买有步行器和杠铃,若从节省和方便方面着想,完全可在家中独自健身。但家中的器械实在有限,可做的动作也很单调,再加上冷清的地下室缺乏气氛,长期以来,那几件东西大多数时日都闲置在一边。只是转到健身房内锻炼,我才逐渐感受到在特定场地参加健美活动的好处。目睹那么多健壮的腿在步行器上快走,那么多屈伸的胳膊在器械上推拉,你的胳膊腿自然会受到感召,激发活力,这种被带动起来的健身活动就与在自家的地下室独自锻炼有明显的优劣之别。懒散、迟缓和消沉是我们身体固有的惰性,一个人独自锻炼,最容易涣散持续锻炼的兴致。健身房虽非赛场或舞台,但在此互相展示身体的场合,你既已把自己暴露在众人面前,你就在一定的程度上被推上赛场或舞台。别人的动作既对你做出可资对照的示范,还会唤起你竞赛的冲动,鼓舞你坚持到底的劲头。每当我在步行器上快走或在器械上练臂力和腿劲之时,环视四周,看见别人都在各自的位置上或快走慢跑,或俯仰屈伸,那种四处在晃动,上下齐奔腾的节奏感便让我在群体的互动中感受到一种"动力场"效应,更令我联想到雁行长空飞,鱼群海里游的互动作用。我总是用劲作出不断变换的动作,同时注目身外的场景,对比他人的动作,即使运动到喘气流汗的程度,我也不愿随便中断,而总是坚持按程序做完那一整套动作。

  把那些沉重的铁块拉来推去,毕竟不是多么舒服的事情。刚开始锻炼的时候,每一次出行前,我多少都会有点犹豫。但我总是努力克服自己的惰性,我知道,只要连续几次赖在家里不出勤,我很可能就不会再走进健身房的大门。只是坚持了一段时间,操作熟练后渐生乐趣,每天抽出两小时到那里走上一趟,便成为我日常生活中不可或缺的功课。我做学生的时候并不喜欢参加体育活动,后来虽被迫干过差不多十五年重体力劳动,也没能把我这个松松垮垮的瘦高个儿改造得多么体格粗壮。直到五年前进健身房开始健身，我身上都谈不上有什么肌肉。然而就凭这几年持续的锻炼，我一个老年人的身上居然练出了年轻时都没有过的肌肉。每当锻炼结束去淋浴的时候，我摸着明显粗壮了一些的臂膀，看着大腿上微微楞起的块头，一种令人满足的强壮感随之涌上心头。

这就是健身运动与体力劳动的不同，两种活动虽都需出力用劲，但后者是为他的和付出的，身体在活动中是被工具化的；前者却是自为的和有回馈的，身体的运动就是目的本身。在古代社会，只有极少数无需靠种田或做工谋生的人才有条件和有必要健身，体力劳动者劳累一天下了工，筋疲力尽，腰酸腿痛，谁还有精力搞什么健美。在吃不饱饭的人比吃饱了没事干的人要多好多倍的年代，白白胖胖被视为发福或富态，因而也不存在肥胖病和减肥热这样的社会问题。只是在近几十年来，很多国家建成福利社会，普通人不但丰衣足食，而且有更多的时间休闲娱乐。再加上营养和精力都出现过剩，健身房行业于是应运而生，去那里健身遂成为很多人视之为有益身心健康的生活方式。

特别是对办公室白领和退休者来说，这种生活方式也许更为必要和重要。白领工作者电脑前坐上一天，双目昏花，颈椎酸困，来健身房活动放松关节，疏解压力，整个的锻炼过程就不只是为减肥或健美，更有其自我治疗和调节情绪的作用。而退休者终日枯坐家中，难免烦闷无聊，每天到健身房转上一圈，既可活动身体，又增加了与他人交往的机会。我现在的情况正好集这两类人于一身。去年夏天，我从学校退休回家，每天黎明即起，午饭前的时间集中阅读或写作。但一到午后，便觉双目疲困，头脑昏沉，想要继续工作，已感精力不济。此时只有去健身房换个环境，将息双目，休闲头脑，调节调节心情。

我每一次锻炼到身上发热，甚感舒畅的程度，便换上泳装，跳入游泳池游上半个钟头。我既不追求速度，也不太讲究姿势，只求在水中放松身体，自己给自己施洗。所以我总是游得缓慢而自在，轻松地划动四肢，享受身体滑过水面时那种轻柔的感触。池水不冷也不温，刚下水时会有点渗肤的凉意，游上一阵，适应了水中的温度，我便如鱼得水，随意变化着动作，颇有化身为鱼之乐。就在这闭目潜泳的时刻，很多写作时尚未理清的问题逐渐变得清晰，梗阻在头脑内的思考硬块随之溶化，滞涩的文思渐趋通畅，突然间一连串气泡般冒了出来。

  游完泳，有时我还会到泳池边的 spa 内泡上十来分钟，冷水出浴后又泡进翻滚的热流来个冲激，身上一阵痛快的酥痒，酥痒得人几乎要喊出声来。接下来再去桑拿室干蒸出汗，最后以淋浴结束一天的课程。平日受天气变化或不顺心之事的影响，我常会有心情低沉，头脑迟钝的时刻，但只要去一回健身房这座身体教堂，锻炼后走在回家的路上，心里的郁闷便消除殆尽，精神和情绪也随同那冷水激、热水泡的身子一起爽快清新了许多。

2013 年

华人华文发光华

早在几千年以前,黄河流经的原野上便生息繁衍着自称为华夏的族群。他们束发,熟食,雅言,用一种奇特的文字在甲骨和竹简上记录他们的历史。他们称自己的势力范围为中国,意思是说他们住在四方列国拥围的核心地带。后来戎狄时常入侵或退出,蛮夷逐渐归顺而合并,中国的地盘越撑越大,好比那吃得不断膨胀起来的肚皮,打进来的征服者一批批均消融于中国腹地,经过了不知多少残酷的占领、杂居和混血,终于黄河泥沙般积累成人口众多的中华民族。我们现在很难从人种上和方言上来定义所谓的汉族,如果一定要确认最能代表这一族群本质的什么东西,也许只有凭那贯穿古今而不变,通行四方而有效的华文了。华文是抗时间而跨民族的,其凝练的书写方式可以超越语音的变迁,具有持久的文化整合力和信息凝聚力,就连今日散居全世界各地的华人,相互交流,依靠的仍是这一世代相传的符号纽带。

华人及其文化的发展可分为三个阶段:整个的古代中国属于内囿阶段,内囿的力量呈现为始终都把外来的东西一律同化掉的优势,任何入侵者进入其坚韧的文化肠胃,便被吸收为中华整体的有机构成,古典的文人文学也在那一连串的朝代更替中迭相兴衰,为浩繁的华文文献积累了珍贵的遗产。一百五十年以前,这个文化的封闭体系被列强的炮舰和西学的东渐所打破,固有的国粹遂由优势堕入劣势,救亡意识空前抬头,一些激愤之士甚至把中国的落后归咎于难认难写的汉字,有人竟然倡议把它干脆废掉。就在这自我否定到了极端的年代,中国的文化与书写表达系统从

几千年的内囿转向了自新和向西方学习的阶段。文言及其文人文学衰落了，白话和大众的文学兴起了，一百多年艰苦悲壮地走了过来，内囿的自足状态早已被迫终结，救亡的危机也日渐摆脱，中国在整体上越来越与现代的环球世界走向同步发展。如今更有遍及世界各地的华人在中国本土以外延续和传播中国文化，一个向外输出的第三阶段已在跨世纪的年代全面铺展开来。

应该清醒地看到，并不存在一个孤立地走向世界的华文文学，你不可能像把一种拳头产品打入国际市场那样来向世界推行你的文学成就，任何一种文字书写的文本都不可能仅凭其自身的价值取得世界范围的影响。华文文学的进入世界文坛是和中国本土——大陆和港台——的日益繁荣强大，以及她在当今世界的各个领域越来越起着重要作用分不开的。作为一个身在美国大学教中文的教师，我再明显不过地看到，正是因为各国要和中国打越来越多的交道，正是中国越来越引起世界的关注，中文才在美国学校的外文课程中热门起来。中国问题，有关中国的各个学术领域才在学院里日益受到重视，也正是在这一股中国热的波及下，涨了水位的中国文化才抬高了华文文学的世界地位。

这样看来，要展望华文文学的世界前景，就不能不战略地考虑华人今日在世界范围广泛移居的形势。华文文学是华人写的和供华人读的，海外华人的壮大乃是它走向世界的基础。几个世纪以来，西方向世界的扩张凭的是军事侵略，商业霸权，及其现代化的示范。可惜中国既无实力，又乏野心，华人从没有一个可以仰仗的强大祖国送他们海外殖民，他们或为苦力漂流异国自找活路，或求学经商在海外干出了在局促的家园无法开创的事业，或政治流亡，避难自由世界。总之，他们全都是凭着个人冒险奋斗，像被风吹散的种子一样在世界的各个角落落地生根，与其子弟在不同的国度建立了华人的第二故乡。世界如今变得日渐拥挤，无地插足，中国本土更甚于中国以外。中国除了以国家的自强扩大中华文化的影响，另一条出路就是，听凭国人每日每时像满溢之水一样往国外自发地移民。从高级的投资移民到非法的偷渡，只要是走出了国门，每一个华人便带出辐射的光华。移居之潮既是辛酸的也是辉煌的，是纯个人的也是民族使命的，要生存就得去竞争，天下本是天下人之天下，在这迈向跨世纪的年代，华人同时也进入了跨国界的空间。未来的世界将是华人及其文化全球化的世纪，佛光山五大洲弘扬佛法的阵势，大陆港台各跨国大公司分布全球的业务，正是当今华人海外扩散形势图上闪现的斑斑亮点。

华人可以是拥有任何国籍的公民。随着血缘渐模糊，亲情在拉远，政治倾向更淡化，海外华人与中国本土的联系就越来越维系于那固有的文化语言之根了。在北美大地上，没有任何一个少数族群的社区像华人社区那样重视本族语文的教育，凡有华人居住的地方，就有中文学校为子弟输母语之血。试想，若无华文读者的广泛存在和增长，所谓华文文学在海外的传播，岂不如高空撒传单一样随风飘去，渺然无收！文学创作的目的不是为了制造名作名家，不是为了夺取这奖那奖，它的传播旨在唤起更广泛的阅读，同时带动更多的人进入写作的行动。绝不要指望仅靠几本译成洋文的畅销书或某些传闻的诺贝尔奖候选人来提高华文文学的国际地位，它在世界范围的繁荣只能取决于海外华文作者读者群的壮大。真正滋养文学园地的主要是每日大家都在写和读的普通文字，比如在远离中国书刊市场的北美，像《世界日报》这样的报纸，不知多少万渴求华文信息的读者从其及时送来的印刷页上度过了最富有家园感的时刻。

孟子曰："充实之谓美，充实而有光辉之谓大。"只要华人遍布世界，只要华文广泛传播，有一天那"大而化之"的境地自然就会到来。文学是涵养出来的文采，不是靠宣传鼓动吹大的气泡。要说最务实的做法，我看还是努力创作，潜心阅读，先壮大自己的作者读者群吧。

2000年元月

海外华人写作的"海外性"

近二十多年来,随着大陆移民日益增多,海外华文的读者、作者群也迅速壮大起来。仅就北美地区而言,就有不少综合的或文学的刊物在流通传播,更有种种文学活动在华人社区经常举办。各自的圈子内搞得颇为热闹,再加上其中杰出的作者发表了有影响的作品,在大陆或港台获得更甚于在海外的好评,所有这些情况都显示海外华人文坛的繁荣景象。正是在这一情势下,给海外华人文学或移民文学定位的论题和作总结的要求便提上了议事日程。在纽约的一次集会中,主持人也给笔者摊派下一个叫做"海外华人文学文化建构"的宏大论题。我对那题目大大地打了我自己的折扣,当场即兴谈了几点,事后稍作加减,以论述的形式在此简要写出。

当代世界的读写情况已发生很大的变化,这变化首先就是作者群空前壮大,不再像从前总是由有限的一群名家坐镇,各按他们的字号,以分发食品的方式写给单一接受的公众。如今涌现的文坛盛况是写手群起,读与写互动,特别是在网际世界撮合下,发表和阅读都更加方便,从写作到发表,从阅读到反应,都日益变得及时、随机和面面相对。文字的传布面和反应点越来越分散,因而也更加形式多样,不怎么讲求精致,很难再制作出吸引全体注意力和产生广泛影响的作品来,即使是有所盛传和畅销,也多是一阵风劲吹过去,另一阵风又劲吹而来。

在这种文字疯长的势头下,传统意义上的纯文学作品及其作者不只日趋式微,"文学"这项自命优越的帽子也很难继续包容很多破体出格的写作形式了。要谈论海外华人文坛，相对于"文学"这个已显得设限狭隘的命题，我看还是用涵盖面比较宽泛的"写作"来定义，会更方便灵活一些。这样看来，要让我论说所谓的"海外华人文学"，一是限于我了解的范围，只能把可论的作者缩编到二十多年来走出大陆的群体，地域则只针对北美；二是面对文坛的实际现状，需要把可论的作品扩张到较为狭窄的文学创作以外。

移居海外的大陆客背景各异，目的也多有不同，但那么多同胞不辞劳苦，誓死离家出走，还有那么多学子，学有所成，却留下来决不返回故国，他们至少都共同认识到，北美的社会文化环境自有其不同于国内的优越之处，身在海外，更利于发挥个人的潜能。特别是对有志于写作的人士，留在海外，最值得享有的就是写作和发表的自由，以及自由写作的安全保障。如果要就庞杂的海外写作总结出一个本质的特征，我看首先就是写作及发表活动所体现的全面自由。当然，存在着这一优越的自由条件，却并不意味着每个作者都自觉意识到所拥有的自由，更不意味着他或她有意愿和能力去自由地写作。若身在海外而仍未脱弃从国内带出的精神情感枷锁，未清除往日生活的利害感残留，则纵拥有写作自由的环境，还是会在举笔踌躇间进行自我审查，结果仍陷于画地为牢之中。更有甚者，若把海外获得的优势有意当作返销国内的资本，则海外亦无异于国内，海内外勾通了互利，新世界的园地照样会受到旧框架的桎梏。所有这些因循操作的人士都应从海外写作的觉悟群体中排除出去，弃而不论，由他们搞他们得意的"海归"活动去好了。

海外作者群获得的另一个自由是走出了体制，但同时也失去依靠，因不再有作协、文联、文化馆和文学期刊那样的单位豢养作者的写作，其书写行动也就不得不最大限度地非职业化和单纯地个人爱好化。对绝大多数既不能靠写作谋生，也未能在读者群中造成影响的书写者来说，发表作品的效果多为同仁间的互相交流，其意义主要表现为活跃华人圈内的文化生活，通过同仁刊物或演讲、讨论诸活动，不过以各自的文字写真集构成聚餐品尝式的阅读飨宴罢了。这一类型的写作偏重抒写个人移居生活的甘苦，异国见闻中独特的个人体会，传播到国内，更为那里的读者提供具有感悟和增长见识的情事景致，同时也传达出渐行渐远中生出的漂流感和乡愁。在这一类写作中，明显的非文学倾向表现为大量的日常随笔和旅游札记取代了重立意、讲究文字美的文学散文。

另有些历尽苦难而有幸出走的作者，海天高邈，回眸故土，愁目脉脉，趁记忆尚未淡漠下去，写出了大量自传、回忆录性质的作品。他们悲悼死去的亲人，怀念受害的朋友，以个人的苦难经历诉尽了一九四九年以来，历次运动中亲朋故旧遭受的灾难。此类写作的非文学倾向则表现为以生动感人的非虚构作品取代了已经老套的小说创作，以众多个人鲜活的微观记录汇聚起中国二十世纪下半叶芸芸众生的野史列传，在以文学的书写丰富历史叙事的同时，更把历史的想象提升到文学的感性层面，最终对叙事中纪实和虚构的有分有合开拓出新的向度。

更有人紧抓海外论坛不受检查限制的良机，也不必忧惧刀笔吏算账的后果，他们隔岸观火，忧心如焚，专以文化批评、时政评论、调查访谈等方式针砭时弊，及时就国内社会现实和文化动向发出那里的报刊网站上发不出来的评论性、报导性文章。此类写作则以立场明显和富有洞察的批评取代了从前国内那种"三家村札记"式的、卖弄着知识性内容，吞吞吐吐搞政治讽喻的所谓"杂文"。这一自由论坛的建立，不只使海外众多的有识之士在其供职之余得以发表高见，自立专栏，而且也为国内大量的异议作家开辟了越界的言论园地。海内外的这一沟通创造了一种广义的海外写作天地，这个"海外"已非纯地理上的海外，它成为一个把

海内外自由写作联系在一起的阵地，有效地冲击了国内网民在信息交流和意见表达方面所受的严密限制，使一个天涯若比邻的写作"华人村"得以建立起来。正是确立了这个打通海内外隔离的方向，海外的写作自由转化到国内，国内受限制的状况更可舒解到海外，这一双向的努力将会一直坚持到国内人民的读和写取得全面自由的一日。

以上三方面可谓海外华人写作的"海外性"，其突出的特征就是：自由参与的普通作者群远离了国家体制的控制，他们不计成名成家的文学价值，其追求认知、珍重自我表达和互相交流的写作目的也远远超出谋取商业出版和制造轰动效应的功利取向。对很多普通作者来说，在海外写作和发表，往往并没有什么丰厚的稿酬可言，很多人都是在一天的紧张工作后，压缩自己休息娱乐的时间，打开电脑，敲起键盘，注目屏幕，把从前作为随感、札记写成后放入抽屉的作品投放网际，公之于众。

现在还谈不上对海外华人文学的具体特征作学术性的总结，更不必急于树立所谓的经典作家，去竞争北美学院内汉学家的青睐。时间才刚刚开始，一切都有待进一步展开。现在的努力应该是让不断增长的作者群继续壮大下去，让没有限制的写作活动自发地扩展开来，让非文学化的写作探求中自然滋长出新的文学性。但更为重要的是，必须保持自由写作的品质，耿介自重，坚守独立作家的立场，宁寂寞于海外的土地，也不要急功近利，存心到国内拉拢权势，迎合市场，去给自己铺垫上从海外高台阶跨入国内文坛的大红地毯。独立是要付出孤立的代价的，海外华人的写作要在其置身的立锥之地上扎下安身立命的根，才开得出异域奇葩。这奇葩将奇艳到何种程度，那就要看海外华人作者群能够怎样去持久而独特地发展其写作的"海外性"了。

2006 年

我在美国教中文

一

1994年秋季学期开学，我在耶鲁东亚语文系的中文项目（Chinese program）任职资深讲师（senior lector），时年50岁。与该项目其他五位来自台湾或1949前即移民美国的教师相比，我年纪最轻，是首次聘自中国大陆的教员。耶鲁东亚语言部成立于二战时期，由美国军方出资，专门培训军方人员学习中、日、韩语言，初名"远东语文学院"（the Institute of Far Eastern Languages）。冷战时期，教学规模扩大，曾在该处学习中文的空军学员总计达2,900人之多。我在系秘书办公室看到一幅该处教职员在1953年合影的黑白照片，男女华、洋教职员济济一堂，共计26人，于此可想见当年中文教学的一时盛况。1971年与军方终止合同后，语言部始归并为东亚语文系（the Department of East Asian Languages & Literatures），面向耶鲁大学的学生开设中、日、韩三种语言课程。

语言部的教师类似国内大学聘用的外教，一律由说母语的教员担任。申请这"lector"一职，比起获取在文学部讲授中、日、韩文学，仅招收博士生的教授职位，所应具备的条件要低很多，你只需拥有各自母语国大学的硕士学位，即有受聘的资格。在美国教中文的日子既久，对中文教学界的情况逐渐了解较多，我才真切感受到，来美国教中文教在了耶鲁，实属此生的善缘，算是我移居生活中莫大的幸运。耶鲁的语言教师聘期三年，只要教学没有什么特别大的问题，总会一直续聘下去，可谓每三年走一下评议过程的终身教职。而在哈佛、普林斯顿等大学，语言教师多被当做无足轻重的教学劳力使用，任期大都有限，在这种劳力无常更换的过程中，很多教师无缘无故，就会突然失去工作。我经常假想，当初来美国要是投靠那些大学，我恐怕早就干不下去，打道回府了事。

国内教委的官员来耶鲁参观时常会问我"你们中文系有多少学生"的问题，我总是以"一个都没有"作答。接下来我就给他们解释说，耶鲁大学并无像中国大学那种招收外语专业学生，一连四年专门学习外语的外语系。开设各语种的选修课，为的是应对本科生必须拿到一门外语课学分才可毕业的要求。打个比方来说，我们中文项目的设置，就像国内大学都有公共英语教研室一样，是让本科生来挣他们所需的外语学分，而非培养从事中文专业工作的本科毕业生。绝大多数学生来选修中文课，只是为拿到外语学分，比起国内大学内不少学生那种为出国留学而拼考试的英语热劲头，美国学生学习外语的动力明显要差很多了。就我所见，大概只有对中国文化怀有专业兴趣的极少数学生显得更加勤学，他们有可能在毕业后进一步读研，专攻东亚研究或中国文学。

我初来中文部时，这里一直沿用一套老掉牙的教材，课文和对话中的用语及词汇很容易让人联想到三十年代作家的行文风格和旧小说中人物说话的语气。我在课堂上带领学生做练习，照本宣科，给他们作示范朗读，总觉得读起课本上那些对话，不太顺口，时有别扭感。教师们在办公楼见了面，都显得十分客气，互相提起另一位教师时，都以某先生和某太太称呼。初来乍到之日，走进庙街（Temple St.）上这座红砖结构的陈旧楼房，与几位教师毕恭毕敬地打起招呼，恍惚间颇有点回到了1949年以前语境中的感觉。

二

我们的教材通用繁体字，只因在国内一直写简化字，从前学过的繁体字现在写起来倍感生疏。初来乍到的日子里，我每次备课时都像学生上课前准备听写测验那样，反复预习某些笔画繁多的繁体字，以免课堂上板书时提笔忘字，写出错误，让学生和其他教师看扁了自己。老教师们待学生都极其温和，有位郭太太是位老好人，尤其疼爱学生。她曾特别关照我说，洋人写汉字很不容易，学生的听写测验若偶有少一点或多一横的错误，让我少扣点分数。我对她的建议很不以为然，便当面纠正她说：我们写英文单词若少写或多写一个字母，可否被轻易原谅？那时候尚无电脑设备，办公室内只有英文打字机，我们出题考试，需自己先正楷书写个底本，然后在复印机上印成试卷发给学生。我在1997年用自己的教学研究经费买了一台电脑，开始练习电脑打字，率先在课堂上推出电子版试卷。此后约莫两年，学校才开始给每位教师配备了电脑。再往后，教室内陆续装上多媒体教学设备，我们在屏幕上音像并用，教学方式随之大大改近，教学效果自然比从前好了许多。

再往后老教师陆续退休，我自然晋升为中文项目中最年长的一员。新聘的年轻教师多来自国内，与我的经验比较接近，经我们多次向系领导建议，终于废掉了那套由老前辈教师编写的权威教材。我们开始改用其它有繁简对照版的新编教材，在教学上推行认繁写简的方案。但年轻教师一般都不喜欢，也不熟悉繁体字，后来的情况便走向另一极端，到如今基本上已实行全面简化字教学，不再强调认繁写简的原则。说起汉字的繁与简这个问题，美国学生学中文别有其中国学生体会不到的负担，那就是读写方面得繁体简体双管齐下。你识繁不识简，无法到大陆留学和办事。但海外的中文出版物均为繁体，你若识简不识繁，一到港台，就会有所学非所用的挫折，更别说到台大 ICLP 那样优秀的华文教学班留学。简化字推行六十多年，造成的文字分裂状况至今贻害甚多，它在传播中国文化及信息交流上造成的偏废和障碍，更甚于两岸的分治和对立。不少有识之士都对此啧有烦言，近年来国内的人大开会，就有个别代表多次提出恢复繁体字的提案。

我的英文听说能力很差，所以从没担任初级班的教学任务，自始至终，都是教中级班和高级班。有位老教师是著名诗人，常喜欢把他的高级中文课教成文学课，在他退休后，他曾教授的高级班课程连教材一并转交给我接班。我发现该教材太偏重文学作品的阅读，内容和用语与当前的日常语境严重脱节，只好把他选入大量五四作家作品的教材全部扔掉，随后另起炉灶，邀三位年轻教师——牟岭、許沛松和李戎真——与我合作，自编了一部教材，题曰《中国万象——生活·文化·社会》。旧有的高级中文教材多偏重范文阅读，教给学生的词汇和用语大都不太切合当今日常生活中的实用语境。我的原则是，与其削足适履，选用名家范文，让学生记一大堆在一般交往中很少使用的词汇，不如切合实际，由授课教师自己撰写课文，把急用先学的用语编入可读性更强的课文和会话。我为这套教材写了十八篇课文，并与三位合作者配合课文，编写了阅读和听力的课堂练习，以及相应的课外作业。该书分上下两册，每册各有九课，可供高级中文课程一学年使用。上册重点描述中国改革开放以来海峡两岸人民的日常生活，包括谈时尚，话品味，从养花、休闲、美容一直趣谈到投资创业、美味佳肴和流行歌曲。对本来就在这方面有感性经验的华裔学生和不少短期留学过大陆或台湾的非华裔学生来说，课文中涉及的都市情调和当代文化现象，阅读和讨论起来尤能激发他们开口说话的兴趣。下册重点讨论当代中国的社会政治问题，从环保、"三农"、下岗、高教收费到网上活动、官员腐败、民工遭遇，种种敏感而有争议的话题均予以聚焦描绘，稍作引导性的评议。对试图通过报刊、网站上的文字了解中国社会现状以及调研某些政治、经济专题的美国学生，这些课文既包含了实用词汇，也提供了具有引导作用的信息。与现有的高级中文课本一般多偏重报刊文选和小说选读的取向相比，我们这部自编的课文不存在风格杂乱，用语过时，文艺腔，社论体等美国学生学起来既吃力又不实用的缺陷。风格一致的课文力求行文生动简洁，用语规范纯正，为当前全球化背景下讨论和描述相关话题的美国学生提供了一整套合式的用语和句型，确立了一组可资习作的范文。

我们这部自编的教材2007年由美国的lulu.com以POD方式出版，在网上销售，有个别高校也采用了这部教材。这部教材虽由我主导，并为我教授的课程所用，它的顺利完成则是其他三位教师与我密切合作的功劳。若无他们的协助配合，我单枪匹马是绝对编不出这部出版后颇受欢迎的教材的。就拿我独自撰写的十八篇课文来说，每完成一篇，都传给三位合作者阅读，经他们反馈建议，我反复修改，最后才慎重定稿。这部初编的教材，我们一边编写，一边在课堂上试教，并随时与三位合作者商议修改，直到2007年初，才全部定稿完成。记得那是在2006年12月学校放寒假的前夕，我们四个人在办公室修订完下册最后一页的时候，窗外飘起雪花，走出红砖楼，街上阒无人迹，已是深夜一点之后。在版权页上，我并没以主编自居，与其他合作的教师平行署名，所得版税也全部平分。自出版至今，我分得的版税虽谈不上很多，但仍比我正式出版的那几本著作所得的收入要丰厚一些。我拿自编的教材教高级班一直教到退休，接班我课程的苏炜老师至今仍沿用此书，把该课程教得有声有色，一直都很受学生欢迎。

我平平淡淡教了十八年中文,能留下这部自编的教材,总算在我此生最后的一段职业旅程上留下了一痕聊可自慰的足迹。就我的书写生涯来说,我在编写这部教材上的成功感绝不次于我那些颇受好评的著作。

除了教这门主课,我还针对极少数中文水平较高的学生开设了其他三门选修课程。其一是"看电影,学中文"(Chinese 165a: Chinese through Film)课。该课程选择使用普林斯顿大学所编教材:Reading in Contemporary Chinese Cinema(《中国侧影》),我同时也配合自选的影片补写了相应的课文和练习。教授这门课程,是通过看电影来提高学生中文的接受表达水平,自然更偏重培养他们的听说能力。我要求选课者课前预先看一遍配有英文字幕的电影,上课时先完成课前小测验,藉以检查他们是否看懂了将要讨论的电影。接下来广泛使用教室内的多媒体设备,逐个放映牟岭和李戎真两位老师帮我制作的影片片段。每放映一个片段,我便向学生提出相关的问题,让他们口头回答。此外,课本中每一课都选有影片中的几段人物对话,我让学生在课堂上扮演不同的角色,现场表演,朗诵那些台词,他们每一次都表演得十分投入,气氛热闹。最后则由学生各自提出相关的问题,围绕本课所看的电影展开课堂讨论。毕竟是外国人看中国电影,学生们的观感和疑问往往表现出令我眼睛一亮的新颖角度,加深了我对此类旧影片的理解。配合所看的的电影,我还穿插着邀请碰巧来耶鲁访问的编剧和导演到我的课堂上与学生交谈。其中有《霸王别姬》和《活着》的编剧芦苇,著名的纪录片制作人胡杰,西影导演吴天明等人。

其二是"中文写作"(Chinese 165b: Chinese Composition)课。这门课更偏重培养选课学生阅读和写作的能力,通过一学期的阅读写作训练,帮助学生掌握描写、叙事、议论、说明等基本的写作技能,并学会准确使用标点符号。全课程的写作训练分为写景、咏物、叙事、写人、说明、情趣、随感、评论八个单元,针对这八个专题,我自己编写了《观察·思考·表述——高级中文读写教程》这本教材,教材中的范文也避免选用朱自清《荷塘月色》之类缺乏模仿价值的美文,我坚持就地取材,全部选用我系中文部教师——孙康宜、苏炜、牟岭和我本人——的散文作品。这门课是小班制,选课学生较少,我经常面对面给学生批改作文,了解到学生没说清楚的意思,告诉他们准确的表述。每一个单元结束,我都让学生在课堂上朗读他们的作文定稿,鼓励互相提问,合朗读与演讲为一体,不只激发了他们的写作兴趣,同时也提高了口头表达的能力。他们写出了很多有创意的作文,所有的作文至今都保存在我电脑中专为这门课设立的文件夹内。

其三是"文言入门"(CHNS 170 / CHNS 560 : Introduction to Literary Chinese)课。这门课也供研究生选修,使用普林斯顿大学袁乃瑛等教师所编的《文言基礎讀本》(Classical Chinese: A Basic Reader, 3 volumes)。系领导派我教这门课纯属例外,因为在美国高校东亚系,讲授文言课向来是教授的教学特权和学术荣誉,一般都以英文授课,长期以来,这种封闭性的教学方式已形成某种严守的规则。选课学生所学的文本尽管是中文,老师讲授的全过程则用英语。老师教学生学习文言课文,通常只要求他们认识汉字,领会文义,并不要求他们出声朗读,更谈不上用现代汉语作解释。从头到尾,老师所教的和学生所学的都是纸面上的哑巴文章。我曾在哥伦比亚大学某教授的文言课上亲临听课,自始至终,没从教师和学生口中听到一声字正腔圆的汉字发音。听完那节沉闷的文言课,我颇有看了一场尤奈斯库荒诞剧的感觉。那一年我系教文言课的老教授住院治病,休了长假,出于应急,这门被视为特别高级的语言课程才突然派到我头上。我没有能力用英语讲授该课程,系领导只好应允我用现代汉语授课。我在我的教学大纲（syllabus）中有言在先："Instructional language is exclusively Chinese"（教学语言完全是中文）。这门原有的哑巴课从此在我的课堂上进行得有声有色，课本中那些选自《论语》、《孟子》、《道德经》和《左传》等先秦典籍的精品段落才从纯视觉的默认中解冻出来，在学生口中发出了每一个汉字原有的声音。跟着我的领读，他们在课堂上朗朗上口地"之乎者也"起来，用稍显笨拙的普通话腔调读出了经典文字古雅的韵味。这门课的课文通用繁体字，因而严格要求学生必须准确地"认繁"，我发给他们的习字帖、作业和试卷也都是繁体字，尽管他们做作业和在试卷上回答问题被允许"写简"。

　　常言道，教学相长。我从小耽读古文，并无老师讲解，属于浸入性（immersion）阅读，多是在反复阅读中渐进地从上下文中默会文义，因而对所读文字的领会多处于不求甚解的状态。现在要用浅显易懂的现代汉语给学习第二语言的学生讲解文言文，就得明晰地分析句子结构，必须把主谓宾的关系，某字某词古今含义的异同，意动和使动用法等死抠字眼的问题讲解清楚，这就迫使我重温古汉语语法，针对文言文的某些特征，举学生熟悉的英语例子做对比，把我平日只满足于"知其然"的意会水平讲解得让学生领悟到"知其所以然"的程度。在讲授这门课的过程中，我给自己也补了不少课，甚至还纠正了从前阅读古文的某些疏漏和误解。后来那老教授返校照旧教他用英语授课的文言课，与我这边的中文授课形成了唱对台戏的局面。我的选课学生逐年增多，他的选课学生越来越少。老教授极其不悦，要求把他的课设为必修课，把我的课设为选修课。面对这一尴尬的情况，我只好主动放弃继续教这门文言课，转而去教我的写作课和电影课了。

三

我在耶鲁教书十八年，除了几次轻微感冒，没生过任何重病，所以十八年没缺一堂课，从未请过病假。只有2007年我母亲病危，请假一周回西安探望。就仅仅这一周的缺席，也是请我的TA（由中国留学生担任的助教）代课，按课时给人家付钱，应该说并不欠学校和学生什么。让其他教师帮忙代课或补课，自己出外开会数日之类的事情在这里通常是行不通的。一个萝卜一个坑，各个教师的课时及其使用的教室均有固定的安排，没有谁在你缺席时能为你补缺。所以这里凡属美国范围内的学术会议，与会者差不多都在周五下午报到，周六及周日上午开会，开完会当日下午即乘机返回各自的学校，以便星期一照常上课。特别是在耶鲁大学，尤其重视按时上课，即便是大牌教授也不例外。

教师上课的时间段基本上由教师自己选择，你得预先上报给有关部门，开学后即可去已给你排定的教室上课。那些教室分布于市内不同的街道，上完这门课，紧接着再去上那门课，学生们总是匆忙奔走，从这条街的某号某室赶到那条街的某号某室，常跑得他们十分紧张，有时候会迟到几分钟。我的教学定额是每学期开两门课，每周上九个课时，我把这九个课时分别排在一、三、五，一周内有四天都可待在家里备课和批改作业，搞我自己的阅读和写作。批改学生的作业比较头疼，尤其是作文，改起来很费心思和时间，我每改几篇，就得听听音乐，以缓解大量病句错字造成的烦扰。尽管如此，我还是有耐心随时记录下学生作文中常犯的典型错误，在作文评讲时一一列举，以利他们改善纠正。

我们每学期正式上课十三周，复课一周，考试一周，其间秋季学期有秋假一周和感恩节假，春季学期有两周春假，暑假由五月中旬放到九月初开学,圣诞假从圣诞前放到元月上旬。学生休假,老师跟着歇业,一年有少半年都在休假中。在这些课余的日子里,我按自己的计划读书写作,再穿插着一些国内外的短期旅行,日子过得自在而悠闲。我妻子总是说,比起她每日八小时的车间工作,我这份工作不知享福到哪里去了,要是给她干,她绝不退休。所以她总是敦促我接连续聘,奉劝我不要过早退休。我勉强干到68岁即退休回家,她至今仍有抱怨,嫌我退得太早。

我在耶鲁教书十八年,没在教学质量上出过任何问题,也没触犯过哪条校规。对于把中文当外语来教的工作,我既谈不上有多么专业,也不敢自诩有多大程度的热心和奉献,只能说做得还算敬业和尽力,把这份谋生的工作干得无可指责而已。要论日常的工作表现,应该说与在西安交大并没有两样。之所以得以平安无事,把这份工作干到68岁完满收场,全都归因于脱离那动辄得咎的政治环境之后,移居挪窝到耶鲁这个更加注重优化选择的教学园地。十八年来,我没有参加过一次中国院校内那种总支书记政治训导的全系大会,没遭受任何人的不良举报,也从没被叫到领导那里挨批评写检讨。东亚系和东亚研究中心,每年秋季开学都会举办一次正式的reception(招待会),教师们在一起吃点甜点,喝杯红酒,听系主任或中心主任给大家介绍一下新来的教师和新招的博士生。简短的讲话几分钟即告结束,与会者多是在一边聊些各自的假期见闻,互相寒暄一阵,散会后各回各家,整整一学期都未必会碰面几次。教师之间,领导和下属之间,很多事情都通过邮件和电话处理。一年到头,无集会,难见面,人际关系比水还淡。有时候即使与他人有些需要面谈的事情,也都是约在吃午饭的时候,在学校的食堂里短暂会面。十八年来,在广阔的耶鲁校园内,我的活动范围始终十分有限,大都是在自己的办公室和授课教室之间来回走动,做完了当天的工作,就驱车回家了。

至于教师的考绩，主要是根据选课学生每学期期末所写的评语。这评语是背对背的，学生在网上写了对授课教师的评语，才能看到自己这门课的成绩；教师发出了选课学生的成绩单，才可读到每个学生对自己的评语。我不知道全校教师与学生相处的实际情况到底如何，就我比较了解的中文教师来看，我发现某些人多少都有点对学生讨好的表现。比如说那位郭太太对学生打分过于宽松，应该说就与她担心学生会给她写不好的评语不无关系。能考进耶鲁的学生，都是很拔尖的，对各科的分数自然期待很高，有些人得了个 B，都会很不满意，找到我的办公室申诉纠缠。有位学生对我说过，成绩单内有了 B 分就不能报考医学院或法学院了，所以他必须争取全 A 的成绩。从总的情况来看，耶鲁教师的给分，多少是存在着某些偏高的倾向。这就是美国高等院校中常为人诟病的"grade inflation"现象。在我印象中，学校当局的确严肃检讨过此类问题，但得到纠正的情况以及学风的改善到底如何，没有确切的调查数据，就很难在此一概而论了。

提起我的"反动"，我曾对我那本"反动自述"的读者解释说，我的反动是"性情反动"。这"反动"不只反动在中国的党天下，也反动在常春藤盟校。我一直被认为是给分不高的教师，学生给我写评语，常有"Professor Kang is very tough"的评论。我不怕学生嫌我严，只要没人找出我 unfair 的过失，我想领导就不会严责于我。我不喜欢那些纠缠分数的学生，他们若前来向我讨价，我总是对他们说："you must earn your grade!"我始终坚持认为，身为华人，在美国教中文，应秉持的态度与教其他课程稍有不同。因为你教的是你自己的母语，自然附带有传播华夏文化及其价值的内涵。若仅为讨好学生而滥给过高的分数，难免有屈尊自己的母语，降低传统文化的价值之嫌，同时也有失中文教师的个人尊

严。一般来说,我与学生的关系平平淡淡,虽谈不上特别好,也还算过得去,因为我的教学质量无可指责。对我的 performance,学生常以 passionate 赞许,所以我得到的评语基本上还比较正面。

铁打的课堂,流水的学生,我送走一批,忘却一批,再怀着既有的心情,面对新来的面孔。教这种选修的外语课,与学生在课外接触的机会很少,只有在每周的 office hours,偶然会有学生前来要求单独辅导。与我的同事苏炜热心课外辅导的情形相比,我在与学生课外联系上付出的努力和时间,实在是少得不能再少。我基本上奉行多一事不如少一事的原则,只求努力完成自己的本职工作,对某些学生要我开 independent study 课程的要求,我一般都持婉言谢绝的态度。在美国院校,文学教授与语言教师所涉足的教学领域通常是界限分明,井水不犯河水的,幸赖我从来无意做某些越俎代庖的事情,直到我退休,都没惹出被认为动了他人奶酪的冲突。在中国读书,我没有恩师;来美国教书,也没教出哪个值得我自豪而在此一提的学生。回顾往昔,大半辈子的校园生涯已如穿堂风吹过,在剩余的退休岁月,只有把我的赤裸的孤独当合身的衣服穿下去好了。

这里是英语世界,我只有在自己的中文课堂上拥有优先的话语权,而一走出教室,就难免听说隔膜,茫然失语之忧。对校方及其他师生来说,我那些已出版的中文作品,全都无足轻重,远在被认知的范围之外。我所移居的环境并不资助我用我那支挥洒自如的笔来丈量自身的高度,长期以来,为适应这里的环境,拓展我进取的空间,我已逐渐学会谦卑,尽量让自己活得随遇而安,心平气和。

退休之日,让我有所自慰和感恩的是,校方给了我荣誉退休(emeritus)的待遇。能收获这个奖励,我想未必完全是基于我教学有功,应该说,多半是系领导考虑到我写信强调自己退休后要致力写作,照顾我需要利用学校图书馆的缘故。不管怎么说,我那部回忆录毕竟出了英译本,且在报刊上颇受好评,校方给予我这点优惠,也算是对我在写作上的努力表示应有的激励吧。这荣休待遇可终生拥有耶鲁 ID,它包括可借阅校图书馆的书籍,可继续使用耶鲁的 email 及网络系统,可像在职时一样吃学校食堂的免费午餐,还可按规定使用东亚中心的研究经费。

2012 年 5 月 13 日,本系同事在东亚语言部主任家为我举办了荣休欢送的聚会,我在聚会上做了告别和感谢的简短讲话。会后我写了一组留别中文部同事的旧体诗,现附录如下:

一捧香茶入課堂,潤喉爽口說文章。歸來漫擁書城坐,自味清醇品短長。

齊語楚咻多克侵,洋腔鴃舌學華音。四聲正罷辨繁簡,批改作文常嘔心。

非人磨墨墨磨人,改盡塗鴉紙上痕。十八流年彈指過,滿斟紅酒賦黃昏。

移居勤勉舌耕忙,日日驅車赴講堂。白首從今揮別去,望懷渺渺各殊方。

片雲掠影映秋潭,雲自悠悠水自涵。多少賞心遊樂事,如煙似夢與誰談。

2018 年

从四合院到大杂院

——开通巷 78 号院忆旧

一

开通巷的街道南北走向，北接东厅门，南至城墙跟。旧时的门牌号数从北头东边的第一家数起，依次向南编排，直到最后一家，接着转向西边顶头，又向北依次编排到最后一家。首号院的王家与末号院的杨家正好在巷子北头隔街相望，门当户对。杨家门口有一棵椿树，树身高大，枝叶茂盛，冬天黄昏，常落满黑压压一群乌鸦，在次日清晨的路面上留下白花花的鸟粪。这椿树那时已粗壮得难以合抱，在将近七十年后的今天，应会长得更高更壮，属于百年以上的古树了。

我家在 1952 年秋搬入现存的 78 号院，当初的门牌是 61 号。那门楣上钉着蓝底白字门牌的大门原先靠左开，紧挨北邻杜家大院。

大门临街而开，直面过往行人，自然需增强其装点门面的作用，所以门楼的修建大都很有讲究。从巷子北头走到南头，最能引人注目的就是街两边高台阶上那些大小不等，各具特色的门楼：有的前廊宽敞，饰有砖雕；有的檐牙高翘，颇显壮观。每一家门楼的形制多少都能显示出门内院落的规模。61 号院的门楼与前厅连为一体，前廊下是两扇固定在门框内的黑漆大门，门框底部有雕花的青石门墩支撑，显得稳固而严实。门墩之间嵌以一尺多高的活动门槛，进门后关闭大门，门下端便紧贴住挡在外边的门槛，把外人关在了门外。

门扇背面装有三道厚重的门闩，通常在晚上十点多之后，外归者关门时多会顺手把门闩向左一推，关紧大门。面对已上闩的大门，深夜晚归者就得在门外"叫门"了。叫门时会"呼呼呼"地叩响大门上的铁门环，并伴之以高声呼叫。为避免惊动他人，极个别的深夜晚归者会自带折叠刀一把，若碰到大门紧关的情况，可打开折叠刀戳进门缝，一点点拨动门闩，从外面拨开大门。我们称此举为"拨门"。在老年人眼中，拨门的举动无异于给贼引路，自然是不受赞许的做法。为防范盗贼拨门，门闩上有个隐秘处，特设一叫作"贼划子"的机关装置。如果有谁晚上关门时特意用指头按下那个圆洞内的小按钮，晚归者戳入门缝的刀子就拨不动门闩，只得久待门外，不断大声叫门了。

走进大门，是半间房宽的门道，晚上有电灯照明，院内的孩子常聚在门道里玩耍。我们喜欢手把住门背后的横木，爬上门顶的窑窝，看谁胆大，敢从高处纵身跳下去。每次做这个比赛，总是弄得身上粘不少灰絮。有时则是蹲在昏黄的灯光下，几个人围一堆，在地面上拍洋片，赢香烟盒叠成的三角，或互相讲故事。

门道出口正对北厦房的侧墙，在我的记忆中，那墙下修有砖砌的小神龛，龛内供一尊土地爷塑像。门道毗连的前厅——也叫门房——是屋顶两边淌水的鞍间房，屋内先是住着热情的妇产科医生杨大夫及其在天生园做经理的丈夫，我弟弟正观出生就是她亲自接生的。杨大夫为人态度亲和，她在此居住期间给我们留下难忘的印象，他们搬走之后，迁入了姓王的一大家人。

门房南面的角落是全院住户共用的厕所。前庭内青砖铺地，处于两对檐厦屋之间，西安话习惯叫"厦子"（sà.zi）。与鞍间房不同，厦屋只有一边淌水的屋顶，所谓"房子半边盖"是也。

其高耸的背墙紧靠左邻右舍,构成了该院落与两邻的界墙,俾使屋顶的雨水只会流到自家院内。那时候开通巷尚无可供排水的下水道设施,院内的雨水和脏水全都排入渗井。前院的渗井紧靠厕所,井口封以石板,中心开有过滤脏水的圆孔。碰到下暴雨的日子,小小的渗井口流不及大量的雨水,院内的积水就上涨到快漫过台阶的地步。孩子们喜欢蹲在房檐下,把精心折叠的纸船一个个放到水面上,任其漂流,玩得很有兴致。

我们家搬入前院南厦屋时,对面的北厦屋早已住有姓柴的一家人。那北厦屋从侧墙到前檐密布爬墙虎藤蔓,尤其是在盛夏白昼,走进院子,注目那遍布墙壁,垂挂到檐下的浓绿枝叶,再听到紧一阵慢一阵的蝉鸣,那悠长的声响和浓密的绿色便衬托出院子内外令人感到舒适的安宁和僻静。

两对檐厦屋和过厅都是木雕的格子门窗,有较深的房檐和较宽的台阶。我们房客均无自家的专用厨房,只有在屋檐下台阶上生炉子煮饭。搬入这院子一年后,我们更租到过厅的北厅房,与对面的李家各占一边,并共享中间的穿堂。从此我们拥有更多的室外空间,遂在过道内支起案板,在过厅的深檐下安置炉灶,放置水缸。

厅房与厦屋之间有一道狭窄的天井,全院共用的水井就在天井北端墙下。西安地下水的水质不好,除了城西部甜水井一带的井水适于饮用,包括开通巷在内的大片地区,井水都有咸味,被通称为"苦水"。我们院内的井水就是苦水。在自来水管道还没铺设到开通巷的年月里,住户炊饮所用之水全靠水贩的运水车沿门送水,每一桶水都得花钱购买。只有日常洗涤之类的用水取自院内的水井。汲水时站在井台上摇动辘轳,绞上一桶桶井水,好倒进各自的水缸备用。

过厅与后院之间也有同样狭窄的天井,走过天井,进入二门,即房主所住的后院。这院子原属北邻杜家所有，是杜家的正院。杜家把正院卖给闫家，退居到拥有后花园的偏院。在二门外天井北边的隔墙上可明显看出，曾有个通到偏院的门洞。那门洞经砖砌泥糊，已被完全封死。二门内也是两对檐三间厦屋，砖铺的庭院与前院大小相等，西北角上也有个同样的渗井。再往后走去，踏上宽大的台阶，便走进四合院内最重要的建筑——通常称之为上房的后庭了。上房一明两暗，两端为卧室，中间敞开的厅堂用作房主全家室内活动和招待来客的场地。厅堂背后开一小门，通到院落最后面一方小小的花园，墙角下有棵梨树，树下有些花草。上房的屋脊最高，房檐也更深，半空处棚上楼板，构成堆放杂物的楼层。那顶楼内光线暗淡，落满积尘，长年累月，都很少有人上去，可算是四合院内仅有的楼房。

二

出开通巷北口左拐，沿东厅门向西走去，穿过柏树林十字，十来分钟即可走到西安市第二十四中学。西安有不少学校的前身都是旧庙宇或旧祠堂，占地很小的二十四中即由"左公祠"——为纪念清同治年间平定"回乱"立了大功的左宗棠而修建的祠堂——改建而成。直到我母亲在那里教书的年月，校内还残存着原祠堂的亭子、碑碣和花园。1952年我母亲辞去自来水厂的工作，到位于东木头市的二十四中教书，我家随之搬出水厂的家属宿舍。之所以就近租住闫家大院的房子，也有些投奔亲戚的因素。闫家老爷子住在上房的北屋，我母亲叫他姨夫，对她姨夫那一大群儿女，我和弟妹们便以舅或姨称呼。其中五舅和六舅与我的年龄接近，我因此与他俩比较亲近。我读小学时六舅读初中，五舅读高中，放学之后，我常跟着他们出出进进，逐渐熟悉了开通巷周围的情况。他们住在上房南屋，我常同他们一起睡在屋内的大炕上。那大炕盘在镶着彩色玻璃的西窗下，宽度与屋宽相等，几乎占据室内三分之一的面积，横向排列可睡四五个人。有时候他们的同学也来这屋里过夜，一伙人在炕上大讲鬼故事，看谁讲的故事更吓人。他们描述的恶鬼总是血脸红头发，十个长指甲，常听得我又刺激又后怕，晚上都不敢独自去前院上厕所。

在学校的课堂上，我开始学到大量的新名词。比如提起1949以前的社会，我们都人云亦云地叫"旧社会"，称那时候为"解放前"，而与之形成明显对比的，就是解放后我们眼前的"新社会"。话虽如此说，实际上那被区分为"新"和"旧"的两个社会仍重叠在一起，从我们居住的院落到大门外的街道，男女老少、饮食起居和整个的生活环境都与所谓的旧社会没有太大的区别。"同志"这个称呼尚未泛滥普及，院内的成年人都以先生或太太互相称呼。我母亲是院内唯一的职业妇女，她梳剪发头，身穿新社会较为正规的蓝色列宁装，柴太太和王太太都尊称她种（Chóng）老师。王太太背梳发髻，身穿月白色大襟衫子，她身体欠佳时，前额上常有拔火罐留下的殷红色印记。柴太太的穿着和发型稍显时髦一些，她热心烹调，夏天的晴日，常把她自制的豆豉、甜面酱盆盆罐罐端出来，晾在院子曝晒。

那时候各街巷尚未成立居民委员会，逢年过节，各类节庆活动一如往昔，均由巷子内原有的民间组织操盘主办。每年正月十五前后，参与活动的人员便各司其职，把存放在巷子南头一家院落内的锣鼓家伙、戏装道具纷纷搬出，各扮各的角色，喜气洋洋地耍起了热闹的社火。

开通巷耍社火多在晚上，由各种传统节目组成一长串游行的队列。两个扎头巾的小伙子走在队列最前头，舞动着"火轮蛋"（统称火流星）开道清场。那是一根七八尺长的绳子，两头拴着铁丝编制的小笼子，笼子内盛有炽热的炭火。绳子经他们双手紧握，上下左右地快速挥舞，就甩动得笼中炭火飞旋如车轮转动，似流星划破夜空。那闪烁的火团连成一道道火线，威赫得围观人群不敢轻易靠近，统统被逼退到一定的距离之外。

　　我常跟上六舅及院内的孩子们追随游行队列，走出巷子，走过东厅门和东木头市，走向南院门和其他更远的地方。队列里的大铜钹发出沉重的轰响，敲打得震耳欲聋。为首的节目是狮舞，狮子头抖擞着憨态可掬的笑脸，两只电灯泡大眼睛一闪一闪，套在脖颈上的一圈小铜铃叮当作响。接下来是一队打起龙灯的长蛇阵，后面紧跟跑旱船和跑竹马的角色，前者花旦打扮，走路好像水上漂；后者颠簸着小步子奔走，面涂白眼窝，一副戏台上媒婆子的模样。另有一男一女，娃娃脸的大面具套到肩上，摇头晃脑地走在一起，互相嬉戏。那就是观众都熟识的老套节目，名叫"大头和尚戏柳翠"。最后是几对青年男女，他们挥动彩色霸王鞭，挥出有节奏的脆响。最引人注目的亮点是在行进中一开一闭的巨型蚌壳，那蚌壳每次缓缓张开，壳内即亮起彩色灯光，照亮蚌仙子妩媚俏丽的面孔。游行队列每行走一程，总会选择一处场地暂停下来。先是由那两个开路先锋抡起火轮蛋打场子，好把围观的人群逼向周边，随即在火轮蛋打开的场地上，演起一出出节目。在五十年代初的春节期间，这是我们开通巷最受欢迎的活动。我和院内的孩子们每一次都从头跟到尾，都跑得浑身发热，很晚才回到家中。

　　正月里另一热闹的活动是去剧院看戏。我父亲喜欢京剧，他喝酒时常在家内的电唱机上播放百代公司的京剧唱片，马连良的唱段是他的最爱。有时候他兴致来了，还会拉起京胡自乐自娱。后院闫家老爷子也爱听京剧，正月里南院门新声剧院一有北京来的名角演出，两位京剧戏迷总会互通戏讯，订票赶场。父亲常与姨夫爷同赴剧场，每次都是在巷口坐上三轮车前往，我与五舅、六舅有时也被带去凑那个热闹。剧院内经常满座，观众边看戏，边嗑瓜子，随地丢弃瓜子皮。若再额外付费，服务员会特别给你送上热毛巾和一壶茶水。正月去那里看戏，常碰到看名角演出的机会。记得有一年由麒麟童主演的《狸猫换太子》多本戏，我们场场不缺，从头看到尾。除了梅兰芳演出时因购票有限，我没能跟父亲同去，其他如马连良、荀慧生、程砚秋等名角来西安演出，我大都有幸随父亲到新声剧院看过他们的精彩表演。

与父亲的趣味不同，我母亲更喜欢秦腔，听说她做学生时还有过登台演出的记录。开通巷离尚友社、三意社和易俗社都很近，谈起那几个剧团的名角及其拿手好戏，我母亲如数家珍。我和两个妹妹也常跟上她以及闫家的虹姨去看秦腔，看遍了各剧团最卖座的演出。我爱听苦戏，每听到悲哀的曲调，就忍不住双眼湿热，泪水满溢到眼角。

那一段"解放"后的平安日子好景不长，很快就让反右运动及其后的大跃进轰轰烈烈地葬送掉了。街巷居民的日常生活日渐政治化，不知不觉间，旧有的节庆和娱乐都淡出了我们的院落和大街小巷。1958年，城镇街巷也闹起公社化，居委会就在南头那家存放戏装道具的院子内办起喧闹一时的居民食堂。食堂散伙后，耍社火的所有设备均不知去向。年还在过，但越来越失去从前的喜气，不再有那种触发着人世庄严感的喜庆和欣悦。紧接着就是被称为"三年自然灾害"的困难时期，购买吃穿日用，均按票证配给，城市居民初次尝到饥饿的滋味。再往后，旧戏被禁演，名角受迫害，剧院长期关门，在五十年代黯然终结后的好多年月内，城市居民整个地被剥夺了看戏和参与民间节庆活动的乐趣。

近年来由于环境恶化，物价飞涨，官员腐败，贫富差距悬殊，在个别人群中，隐约泛起一股五十年代的红色怀旧热。按照此类怀旧者的描述，似乎那种新社会优于旧社会的特有气象都得益于毛时代的大好政策，是解放后最值得怀念的日子。不可否认，五十年代突飞猛进的市政建设的确改善了"马路不平、电灯不明、电话不灵"等先前的落后面貌，城市居民逐步享受到现代化建设带来的方便。然而抚今追昔，对比一下今日种种令人不满的社会现象，若认真追究其来由，即可看出，五十年代真正令人怀念的核心价值其实是新政权建立之初尚未完全破坏的旧有事物。其中既有我们父祖辈身上未被改造的"民国范儿"风貌，更有当时尚未被毛泽东破坏的某些"新民主主义"政策勉强保留下来的私有制优越性。正在升级的阶级斗争还没来得及彻底破坏民间社会及其自发的活力，几千年积累下来的民德民气还维系着夕阳残照中的一抹余晖。所有这一切才是五十年代令人怀念的人文景观。总而言之，五十年代值得我们重估的核心价值绝非毛泽东的什么政绩，而是旧社会有待合理改善和继承发展的方方面面。不幸的是，日益高涨的政治运动破坏了中国社会自发自为的发展机制，在我们曾经居住的街巷及其所在的城市，到后来才出现了那么多令人不满而又无奈的现象。

三

我和两个妹妹都在开通巷小学读书，这学校离我们的住宅特别近，校内上下课打铃，我们院子内都听得见。学校的大门外有块空地，早上和午后，在学生上学时，总会有不少卖吃货的摊点摆在那里。那时候居民的消费水平还很低，我们小学生平时多是从家里带个冷蒸馍，夹些辣子酱或咸菜，到校内热水灶的龙头下接一搪瓷缸开水，回到教室吃各自的早点。冬天的早晨，我口袋里偶尔有点零花钱，会兴冲冲去摊子上买一碗枣沫糊或油茶，热乎乎喝下去。还有烧饼夹馓子，也是趁热吃到口里，又香又脆。

那时候西安冬季的气温比现在冷多了，教室内没有任何取暖设备，学生上课时只能在座位上硬着头皮挨冻。个别学生会把家里的手炉随身带来取暖。那是一种圆形或方形的铜制品，镂空雕刻的炉盖下或装满暗燃的锯末，或放几块烧红的木炭，放在身边，稍微能驱除些寒气。但室内的整个氛围是冰冷的，孩子们们尽管手戴圆筒形的无指棉手套（西安通常叫"套袖"），脚穿旧式棉鞋，长时间坐在讲台下听课写字，还是会冻得手指头发紫，双脚发麻。看到孩子们都冻得够呛，老师有时就喊一声"全体起立"，我们立即站起来搓搓手，跺跺脚，跺得地面咚咚响，腾起尘土。

好容易熬到下课铃打响，我们立即跑出去做暖身的游戏活动。或踢毽子，或跳绳，或手扳右脚，平曲小腿，与大腿和腰线成三角形，左腿金鸡独立，跳跃着互相斗鸡（也叫斗膝）。我的个子全班最高，一跳起来，膝盖即可撞击到对手的上身，猛烈攻上去，将其撞倒在地。在斗鸡比赛中，我一直名列大将。毽子都是自己手工制作的：剪一小块布，把铜钱包扎在内，缝制严实，再把鸡翎管缝制其上，插入几根彩色的公鸡毛，一个毽子就制做成功。放学之后，我们玩兴未尽，会转移到院内或大门前继续玩下去，直玩到一个个满头大汗，弄得一身土回到家中，挨母亲几句责骂。

那时候可玩的传统游戏很多，有男女都适合玩的，如跳房子、打沙包，放风筝。有些则分别属于男孩或女孩的专项。比如男孩玩弹球、滚铁环、打猴（即陀螺），女孩就插不上手。她们更喜欢跳皮筋、抓子儿、编织毛线活，男孩多玩不了。个别游戏涉及到饲养动物，且受到季节限制。女孩多在春天养蚕，到城外树林里或后院有桑树的人家采几把桑叶，拿回家喂蚕。蚕宝宝很娇嫩，成长的整个过程都得精心照顾，不能稍有懈怠。斗蟋蟀纯属男性活动，连某些大男人都乐此不疲疲。每到暑假，我总是与柴家的长子奋文结伴到城外捉蛐蛐，从城河边找到郊区菜地，直到窜入长满构树的乱葬岗子，翻动荒坟周围的草丛，想碰运气捉到红头、金翅、蓝脖子的蛐蛐。据说，那是吃了死人脑子的蛐蛐，咬起仗来最凶猛。等捉够一定数量的蛐蛐，都带回家，放进蛐蛐罐，让它们逐个互斗，随之筛选出大将、二将……把不入选的统统释放。讲究养蛐蛐的行家，蛐蛐罐都很考究。闫家老爷子是玩古董的，家里存了些好东西。我五舅、六舅都拥有陶制的优质蛐蛐罐，光洁厚重的罐壁还刻有花纹。蛐蛐一直可养到深秋，静夜中，放在床下的蛐蛐罐常会传出私语般的叫声，撩人秋思，助人安眠。所有的游戏都在这四合院内玩耍，一年四季，周而复始，孩子们百玩不厌。

那时候学生的功课比现在轻松多了，放学后并无太多的家庭作业。父母都忙于工作，很少有工夫过问我们的功课，也谈不上在身边监督，更不会花钱请家教给孩子补课。学校的课目安排和课本编写，在某些方面，仍沿袭1949年之前既有的内容。语文课本的课文质朴单纯，富有童趣，党国的政治灌输尚未达到后来那么浓厚的程度。比如像劳作课这类后来被废除的课程，就是从民国传下来的一门美育功课。该课程培养孩子的动手能力，开发其美感创意，促使他们在富有游戏趣味的活动中完成一件独创的作品。走笔至此，我不由得闭目回想起那些功课，我曾制作的小物件一时间逐个浮现出来，在眼前过起一场忆旧的电影：有用硬纸板制做的卷尺，有泥板上刻出的浮雕地图，有薄木板粘接成的航模和自己动手安装的矿石收音机……

四

四合院在从前均属于富裕人家独门独户的住宅，主人全家住

在二门以内,像我们租住的那间过厅,大概都是主人用来待客和放置各种摆设的专用场所,未必会做卧室使用。当初配上那么多美观多孔的格子窗格子门,主要是基于整体装饰的需要,未必考虑到它们是否有隔音或遮蔽私密的功能。但现在的情况不同了:前院住满了房客,一家数口挤进有限的空间,屋与屋之间,门对门,窗对窗,糊在格子上的仅仅是一层薄纸,这家屋内一大声说话,不经意就传到那家屋内。无论哪家来了客,从院子走过,别家人抬头即看在眼里。在个人私密空间缺乏封闭的大杂院内,住户经常会处于互相暴露的状况。有时候深夜里去门房角落那个全院公用的厕所方便一下,穿过庭院时,连某家夫妇在床笫上响动的声音,都偶然会隔窗传到耳边。

提起这厕所——我们都叫茅房——,可以说是大杂院内让人特别恶心和犯难的地方。在不通自来水和下水道的住宅里,住户要大小便,可去的地方只有旧式茅房,蹲在茅坑上解决问题。这茅房里有两个茅坑,茅坑后面是数尺深的粪坑。屎尿拉下来从茅坑流入粪坑,日积月累,到一定的时候,自会有清洁队的工人挑起两个粪桶,一担一担挑出去,倒入拉粪车运走。茅房内刺鼻的气味是可想而知的,有时候某些人拉屎不小心,搞脏了茅坑两边,脏得人难以蹲下。特别是到了夏天,茅房内臭气熏天,捂着鼻子入厕,面对蛆虫蠕动的粪坑走向前去,偶一注目,令人几欲呕吐。茅房是我每天必去的地方,同时也是我每次要去时又怕去的地方。

全院住户就守了这一间厕所,门上挂一木牌,一面写"有人",另一面写"无人"。若有人进去方便,必把牌子翻到"有人"那面,从门内将门闩扣上。这时候其他要上茅房的人就得在门外耐心等候。古语说,"如入鲍鱼之肆,久而不闻其臭。"我们的鼻子在恶臭中磨练既久,有些人的嗅觉遂变得不再敏感,他们蹲茅坑习以为常,蹲出了久蹲不厌的功夫。在一大早上茅房的高峰期间,要是让某位有蹲功的捷足先登,翻牌子走了进去,你就得站在门外苦苦久等了。这几位有蹲功的常拿份报纸,叼着香烟,蹲在茅坑上晨读,他们不慌不急,消磨那起床后痛快的排泄时光,常蹲到等在门外的人快憋不住尿的一刻。

永别了,大杂院的臭茅房,那里面积压了我早年生活中太多的噩梦!我常梦见自己在急于撒尿的时刻走进茅房,只见屎尿狼藉,地面很滑,我慎重挪步,唯恐滑倒,进退两难中总是找不到可以下脚的地方……最后急得在憋尿中惊醒。

五

进入"新社会",城市人口急遽增长,居民的住房随之成为亟待解决的问题。日益增加的城市人口多属于国家干部、企业职工及其家属,他们的住房本该由所在单位解决,住进体制内分配的住宅。但新政权建立不久,一时间无力满足这一需求,大量滞留在公有住房分配福利圈外的干部职工只得自寻出路,租住私房。私房的存在缓解了住房缺口,显然有益于新社会的稳定。这也正是共产党进城后本打算没收私房,共产分配,而后来并没贸然行事,仍允许私房合法存在,让房主照旧出租多余房屋,收取租金的根本原因。正因为有大量私房存在,房主与房客共享了体制外不受党文化影响的居住空间,在五十年代初,像开通巷这样的街巷,以及61号院这样的四合院,才得以旧风犹存,房主与房客相安无事,安享其久已习惯的日子。

但由于计划经济实行"低工资、高福利、高就业"的政策,如何让众多低工资收入的国家职工在租住私房的同时也能享受到体制内的福利,就不可避免地碰到了"低工资"与"高福利"之间难以解决的矛盾。因此,如何极大地降低私房租金,如何由政府全面操控私房的出租，这一亟待解决的问题便提上了议事日程。

中共政权的建立及其巩固，一直靠的是暴力支撑的掠夺经济。解放军进城后，主要没收所谓官僚资本的大量房产，率先满足政府办公和各级官员及其家属住宿的需求。随着革命进程不断升级，进一步的剥夺就骤然落到了普通房主的头上。1957年，官方发言人公开宣称，"城市房屋的私人占有制与社会主义建设之间"存在着深刻矛盾，并扬言"社会主义不能容忍私房主继续过着剥削生活。"由此敲响了对私有出租房进行社会主义改造的警钟。很多房主都在逼迫性的鼓励下向当地的房地产管理局交出多余的房屋，这些房产从此变成由房地局管理的"代租房"。闫家二门以外的房屋就在这一形势下被房地局代租出去。作为"中介"的房地局从此负责收取租金和维修房屋，自居为"代租"私房的房主，随后逐步完成了对可出租私房的彻底没收。二十四中没有教师宿舍，私房由政府代租之后，我家租住北过厅和南厦屋，由于有母亲所在单位的补贴，每月附给房地局的租金仅有三四块钱。这就是领取低薪的母亲从校方得到的"高福利"补偿。羊毛出在羊身上。表面上看，这是党国赐予体制内成员的福利；实质上论，全都是从私有财产所有者身上剥夺过来的！

闫家的老人相继过世，家中经济拮据，时有入不敷出的问题，面对共产化势头的威胁，子女们经一番合计，卖掉了二门内留给他们的两对檐厦屋。那买家姓陈，陈先生一直经营中药铺，公私合营运动中失去了祖传的产业。眼见这时局变化多端，陈先生抓紧时机，拿出他仅得的一些补偿，立马买下闫家这几间厦屋，好做他与家人最后的退守之地。大院内又增添了一家住户，闫家人全部退入仅存的上房。陈家孩子一大群，大的比我年长，小的刚会走路，前后院的青少年人口随之增加了可观的数字。

大杂院拥挤的空间虽说有暴露私密的缺点，但就五六十年代邻里间的人际关系来看，也有其人情味浓浓的可圈可点之处。我家弟兄姊妹四人，居住空间并不宽裕，从上小学直到后来，我常到后院五舅、六舅的屋内借宿。记得上小学五年级时，六舅住在后院南厦屋靠西边的房间，隔壁是他家的厨房。那间厦屋内也盘一个大炕。当时我从父亲手中得到一套《水浒》，就是睡在那个安静的大炕上，我每天晚上把旧式窗户的木窗扇一闭，神游书中江湖世界，总是贪读到很晚的时候，初次领略了古典章回小说的魅力。五舅是职业运动员，后来转业到西北大学教体育，我通过他在西大图书馆借阅，读了我在其他地方找不到的很多翻译小说和西方哲学著作。

我们家与住在过厅南边的李家房门相对，合用穿堂内的空间，长期以来，关系都比较融洽。李先生从前经商，后来行医，在东边的房檐下，养了两大缸各色金鱼。他夫人来自河北农村，比我母亲年长好多岁，发式和着装都比较趋旧，特别是那一双"解放脚"，起坐行走，自难与天足相比，人因而显得比较老态。我们都习惯称呼她"李奶"。李奶性情温和，为人慈善，在两家人多年的友好相处中，她对我照顾良多。

自来水终于供应到开通巷，我们不必再花钱买水吃了。但管道的铺设仅接通路边的水站，尚无法进入各家的院落。这好容易享有的方便仍有其难以立即解决的不便之处。居民取水，必须走向街头，或两人抬水，或一人担水，都得前往水站，拧开龙头，注水入桶，再把满桶水运回家，倒进水缸，以备饮用。我家的水缸与李家的并置在李家窗外。李家的儿子在部队工作，家里并无劳力。我和弟妹往常运水回家，奉母亲之命，总是添满自家的水缸后，接着也添满李家的水缸。两家人在各方面都互相照应，平日做了什么特别的饭食，常互相赠送，连切开一个大西瓜，也会拿几牙瓜请对方品尝。

过厅的双扇格子门高大笨重，年代老旧，开闭起来吱吱呀呀，不太方便。通常在大白天屋里有人，其中的一扇门很少关闭。家家门外都吊个门帘，幕布般遮蔽在门口。那门帘随季节而应时变换，平时单门帘，炎夏竹门帘，寒冬棉门帘，出门或进门，随手把帘子一揭，抬脚就跨过了门槛。康、李两家人来往频繁，互相走动，习以为常，往往是打一声招呼，就掀起门帘，串门到对方的屋里。对比国内今日公寓楼上那种同一单元不同室的住户楼梯上见了面也不相识的隔膜和疏离，回味大杂院住户的日常生活，自有它那个年代特有的热闹和乐趣。

六

开通巷中段岔出一条向西开通的斜巷子，顺着那狭窄的斜坡走下去，几步路就走到卧龙寺门口。寺门前矗立一座石牌坊，为慈禧太后逃难西安时赐银所建。走进朱漆大门，抬头可见康有为题写的"卧龙寺"门匾高挂正中，四大金刚塑像面目狰厉，雄踞左右，靠墙而立。1949年之前，卧龙寺一直拥有东、中、西三院，占地十六、七亩，殿宇、廊庑、僧寮二百余间，泥塑佛像菩萨像五十七尊。1949后，该寺东院前半部为开通巷小学的操场所占，西院全部充公为殡葬管理处，只留下中院供残存的十余僧人做他们有限的修行。在公有制主导的政权下，房地产所有权向来不受法律保护，对私人和集体所有的房地产，政府随时有权任意调配使用，即使寺庙也难以幸免。我祖父民国年代曾与朱子桥将军主持过修复卧龙寺和在寺内建立佛学图书馆的事务，与该寺主持朗照法师常有来往。我们小孩子常去寺内玩耍，大考前就在那里找个僻静处，背对碑碣，骑在石雕的乌龟头上复习功课。

1966年夏，"破四旧"风暴刮到西安，卧龙寺首当其冲。有一天我路经卧龙寺回家，曾目睹红卫兵在寺内毁坏佛像，焚毁佛经，殴打僧人的整个过程，场面之粗暴残忍令我脊背发冷。该寺经红卫兵破坏，寺僧全被扫地出门，社办企业接着进驻接管，把拜佛的殿堂变成了嘈杂的车间。时隔不久，红卫兵的暴行也殃及我们院落。先是中学红卫兵抄了后院闫家，接着自来水公司的红卫兵抄了我家。我家其实并没多少"四旧"，充其量就是我的满架藏书，再加上父亲爱听的旧唱片，此外再无值钱的和"反动"的东西可抄。为完成抄家的辉煌战果，他们搬走过厅外间破旧的长沙发，母亲娘家陪嫁的梳妆台，厦屋的书桌和木床。那梳妆台制作精致，髹以黑漆的台面上画几竿绿竹，题一联诗句，其词曰："未出土时先有节，到凌云处总无心。"

文革风暴搅乱了四合院一向的平静，整个社会的失序也波及街巷邻里，房客间多年来和谐相处的关系出现了裂痕。现在前院的房产已属房地局所有，作为房地局的房客，院内的住户无形中也自以为分享到公有制赋予他们的某种所有权。巷子南头的城墙有一段在暴雨中倒塌，趁时局混乱之机，有些住户私自偷窃城砖，擅自搬回家使用。柴太太生了一大堆男孩，家里劳力强壮，趁那股打砸抢的乱风，柴家也搬回很多城砖，准备施工盖房，看中了我家东窗外天井处那块地盘。那里的水井早已成为废井，每当炎夏之日，我们常利用井下的空间冷藏食物，比如将剩饭菜放进竹篮，吊到井内过夜，多少可起到防馊保鲜的作用。

柴家为盖房，未经其他住户允许，径自将这井口用石墩封住，要在井台上那席大一片空地上盖间棚屋。这棚屋一旦盖成，势必挡住我家东窗外的光线，我们自然强烈反对，出面阻拦。两家人因此当众争吵起来，争吵之际，他们居然动用文革造反话语，对我家肆意政治揭短，给我们扣上"反动家庭"的帽子。当时我父亲被打成"资产阶级反动学术权威"，关入水厂的牛棚；我是被

大学开出的反动学生，在劳改窑当就业工人。我们的脚跟没人家硬棒，最终没挡得住柴家施工，干瞪眼看着他们把棚屋强行建成。

另有与我们分据南厦屋的一家人，那家的女人比较蛮横，紧跟着效法柴家，也在李家的东窗外盖起棚屋。李先生已经去世，李奶无可奈何，只有眼看着那块曾经养金鱼的空间被棚屋吞没。我家丢了前面天井的空地，多年之后，却也跟风效尤，在过厅后窗下加盖厨房，占了一部分天井，因而曾一度引起陈家的不满。居住空间的狭窄加剧了人际关系的紧张，院内房客只顾在户外扩建棚屋，一任那大煞风景的违章建筑粗劣建起，不只败坏了四合院的整体格局，也闹得各家人离心离德，丧失了往昔曾有的和气。

房客画蛇添足的作为拙劣前呼，房地局伤筋动骨的改建大肆后应。为扩大现有的室内空间，房地局对前院的房屋进一步改造扩建。他们的建筑队首先封了61号院的大门，把宽敞的门道并入王家所住的门房。在门房与厕所之间，开通一狭窄的门道，在转移到南边的入口处装上简陋的大门。不再有高大的门楼，那旧门扇也特别寒酸，出出进进，都让人感到有损四合院应有的门面。其时街巷门牌重新编排，61号先改成80号，后又改成78号。

78号院的大杂院化从此一直恶化下去：前院的两对檐厦屋全部拆掉格子门窗，檐墙在台阶上向外拓展，宽台阶变成窄台阶，新建的檐墙换装上破旧的门窗。

同样出于扩大居住面积的需要，后院两家人也改建了各自的房屋。陈家拆除二门，拉通前后院，改建了他们的两对檐厦屋。闫家把上房整个拆除，重建了两排厦屋，老三、老六住南边一排，老二、老五住北边一排。原有的庭院变成两排宿舍中一条夹道。在已经缩小的后院内，闫家四兄弟生儿养女，他们的第三代人口日益茁壮地成长起来。

从前院到后院，唯一还能能看出四合院原貌的房屋，只剩下母亲与李奶所住的过厅，那几扇岿然独存的格子门积尘散落，垢迹斑驳，依旧牌楼一般框范住穿堂的入口，敞开那走向后院的通道，在每一处颜色暗褐的木头上铭刻下岁月的沧桑。

七

我家弟兄姊妹四个人早已各自成家，先后从78号院搬出，父亲去世之后，独有母亲留住在那间过厅内过她的日子。大杂院里外的环境日益显得败落。几十年过去了，居民仍得提着水桶，从水站运回饮用的自来水。我在交大教书，离那里较近，常回去给母亲的水缸添水。巷内的街边常堆满垃圾，道路也不如从前宽敞。院内现存的每一间房屋都经过了拙劣的改建，屋外更有附加的窝棚，唯独茅房的死角无人关注，无法改善，照旧又脏又臭。只是蹲茅坑的人口越来越少，年轻人逐个搬走，年老人单独留下。母亲的膝盖骨增生严重，行走日益艰难，住在这院子内，仍免不了受那蹲茅坑的洋罪。

1994年夏，我受聘耶鲁，要带家人移居美国。按学校的规定走手续，我得先退掉学校分配给我的住房，校方才给我开出申请护照的证明。我们全家形同被驱逐的房客，由房管科干部在场见证，将公寓内所有的房间腾空，交出房门钥匙，才得以通过手续，拿到证明。我们全家人连带家具什物一起扫地出门，全体搬回78号院，暂时与母亲同住。

6月14日，办妥了护照，我与妻子带上两个孩子告别亲友，走出了开通巷78号院。沉重的行李，轻松的挥别，淡淡的惆怅，畅快的解脱。我们在北京签了证，乘机飞往美国，在康州纽黑文定居下来。我出国不久，我母亲也搬出住了四十多年的租住房，享受到二十四中给退休教师的福利，以低于市场的价格买到两室

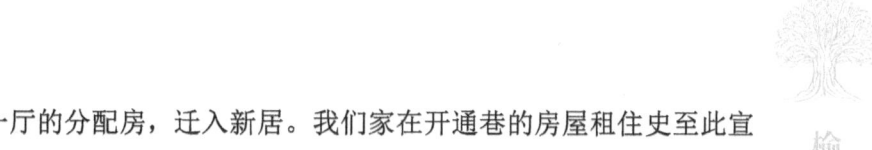

一厅的分配房，迁入新居。我们家在开通巷的房屋租住史至此宣告结束。

2000年我回西安探望母亲，听母亲说，78号院前院的房客多陆续搬走，都迁入分配的或购买的新居，同辈老人中只剩下住在门房的王太太原地留守。房地局为了赚钱，拆除了前院所有的旧房，盖起两层简易楼，出租给三十多家住户。按政策，原有的老住户仍拥有居住权，分得各自应占有的面积，按月给房地局交付低廉的租金。拐了几十年的大湾子，我们这几家曾经租住私房的房客磨蹭到今天，算是拥有了公有房产的永久租住权。包括我们家在内，已拥有各自新房出租权的原住户都把他们在78号院的租住房转租给新房客，每月可赚到一笔小钱。新房客均来自穷乡僻壤，到西安市打工、做小生意混生活。他们没有本市户口，各方面都比本市居民低人一等。

三十年河东，三十年河西。从前房地局指控房主出租多余的私房为剥削行为，现在却翻过来仗着他们的行政权做起生意，伙同我们这些老租户在农民工身上赚钱。风水流转，在今日这个"向钱看"的权贵资本主义社会上，农民工处于社会底层，在迁入城市、转换身份的拼搏中，他们重新沦入他们的父祖辈曾跟着共产党拼命斗争去摆脱的处境，经过那番虚假的"翻身"后，如今又吃起真正的"二遍苦"了。

离开西安前，我陪母亲去78号院看望王太太。开通巷变得更加杂乱，旧屋普遍褪色剥落，新盖的楼房多显得粗制滥造。原来的门楼多已消失，有不少临街房都改建成店铺门面，饭馆、旅社、商店和按摩洗脚房散布其间，构成了以招徕外来户居住和消费为主的城中村。目睹眼前这新旧混杂中正在蜕变的街景，让我一瞥到当代社会转型过程中城市低端人口转换身份的众生态。享有体制内福利的老住户纷纷搬走，打工糊口的外来户随之迁入。他们不得不撇下孩子留守乡下，租住廉价的城中村混生活。开通巷学区的学龄儿童因此逐年减少，十几年下来，曾经在碑林区名列重点学校的开通巷小学竟因生源不足而不得不关门大吉，把公有的房地产卖给了经营饮食业的老板。旧有的东西在日益颓废，正在新生的东西还看不出会长成什么样子。

78号院只有门洞，不见大门，两层简易楼住满了外来户。那是一座回形针形的楼房，上下里外涂抹的水泥一片冰冷的铁灰，房间毗连，钢筋加固的防盗窗高筑，一间间恍如囚室。如此设计的宗旨只是为了在有限的空间内住进尽可能多的房客，舒适、美观和人性的因素根本不在考虑之内。王太太住在一楼临街的房间内，墙角下放了个尿桶。她从容缓慢地诉说着往事和现状，额头上仍依稀可见那拔火罐留下的痕迹。她说她多年来在家念佛，常去卧龙寺烧香拜见法师，旧病祛除了不少，身体现状还算不错。母亲与她聊天，我去外面转悠，楼道上碰见一位房客。我问他："请问厕所在哪里？"他对我说："院子内没有厕所，要想解手，得到巷口去上公厕。"

2018年

www.ingramcontent.com/pod-product-compliance
Lightning Source LLC
LaVergne TN
LVHW091537060526
838200LV00036B/639